Sony Labou Tansi
La vie et demie

•

죽음 뒤의 삶

창 비 세 계 문 학

83

·

죽음 뒤의 삶

·

소니 라부 탄시

심재중 옮김

창비

차례

•

실뱅 음벰바에게.
이 우화를 쓰는 내내
이런 질문이 내 뇌리에서 떠나지 않았기 때문이다.
"그 친구는 이걸 어떻게 생각할까?"

또한 앙리 로뻬스에게.
따지고 보면
나는 결국
그의 책을 썼을 뿐이니까.

일러두기

1. 이 책은 Sony Labou Tansi, *La vie et demie* (Éditions du seuil 1979)를 번역저본으로 삼았다.
2. 규범 프랑스어의 관점에서 볼 때, 도서의 원제목 'La vie et demie'라는 구문 연결은 낯설고 비문법적이다. '한배 반의 삶' 정도로 직역이 가능하나, 소설 내용에 비추어 보면 '거의 죽음 같은 삶, 삶과 죽음의 경계에 있는 삶, 죽음 이후의 유령 같은 삶'을 함축하는 표현에 가깝기 때문에 '죽음 뒤의 삶'이라고 번역했다.
3. 본문의 각주 중 옮긴이의 것은 (옮긴이)로 표기하였다.
4. 본문 중의 고딕체는 원서에서 이탤릭체로 강조한 부분이다.
5. 외국어는 되도록 현지 발음에 가깝게 표기하되, 우리말 표기가 굳어진 것은 관용을 따랐다.

머리말

　『죽음 뒤의 삶』은 되는 대로의 글쓰기라는 지칭이 어울린다. 그렇다. 나는 부조리의 부조리함에 대해 당신들에게 말하는 것인데, 처음으로 절망의 부조리함에 대해 말하려는 내가 밖으로부터가 아니라면 도대체 어디서부터 말할 수 있겠는가? 인간이 그 어느 때보다도 삶을 죽이기로 작정한 시대에 육신肉身의 암호로 말하는 것 말고 내가 어떻게 말할 수 있겠는가? 나는 감히 온 세상을 희망에 회부한다. 그리고 희망은 급격한 변신을 불러올 수 있기에 나는 또다른 판본의 인간 — 물론 최후의 판본도 아니고 더 훌륭한 판본도 아닌 그저 다른 판본의 인간 — 인 척하기로 독하게 마음먹었다. 친구들은 내게 말했다. "내가 왜 글을 쓰는지 끝내 알지 못할지도 몰라." 하지만 나는 안다. 내 마음속에 공포가 생겨나게 하려고 나는 글을 쓴다. 그리고 이오네스꼬가 말했듯이 나는 뭔가를 가르치지 않고 새로 만들어낸다. 끝장나가는 이 드넓은 세상 안에 나는 공포의 초소를 새로 만든다. 현실에 구속된 참여 작가를 찾는 사람들에게 나는 구속시키는 한 인간을 보여준다. 다른 사람들, 절대로 내 편이 될 수 없는 사람들은 나를 한낱 거짓말쟁이로 간주해도 좋다. 물론 예술가가 자기 작품에 내는 문은 무한히 많은 문들 중 하나일 뿐이다. 그리고 지나치게 열대적[1]이라고, 그러지 않아도 콸콸 넘쳐나는 인종차별주의자들의 물레방아에 물을 더 부어대는 격이라고 나를 비난할 향토색 애호가들에게는 『죽음 뒤의 삶』이 만드는 그런 얼룩들은 오직 삶에서 비롯되는 얼룩일 뿐이라고 말해주고 싶다. 이 책은 전적으로 내 마음속의 일이다. 사실상 이제 지구는 둥글지 않다. 이제 더이상은 절대로 둥글지 않을 것이다. 『죽음 뒤의 삶』은 오늘의 눈으로 내일을 보는 그런 우화가 될 것이다. 거기에 정치적이거나 인간적인 그 어떤 오늘도 섞여 들지 않았으면 한다. 혼동의 소지가 있을 수 있기 때문이다. 언젠가 그 어떤 오늘에 대해 말할 기회가 내게 주어진다면 나는 아득히 먼 길로 우회하지 않을 것이다. 아무튼 우화라는 몹시도 구불구불한 길로 돌아서 가지는 않을 것이다.

---

1 (옮긴이) 이 소설에서 '열대적' '열대성'이라는 어휘는 야만성, 동물성, 육체성, 폭력성, 상스러움 등을 포괄적으로 의미하는 용어이다.

샤이다나가 열다섯살이 된 해였다. 하지만 시간. 시간은 바닥에 떨어져 있다. 하늘, 땅, 사물들, 모든 것이. 완전히 바닥에. 지구가 아직은 둥글던 시절, 바다가 바다였던 시절이었다 —숲이…… 아니, 숲은 중요하지 않다, 지금은 철근 콘크리트가 모두의 뇌를 채우고 있으니까. 도시는…… 아니, 도시는 그냥 내버려두자.

"그자를 데려왔습니다." 구원의 영도자가 머무는 푸른색 방까지 그들을 데려온 부관이 말했다.

부관이 경례를 하고 물러가려 했다. 영도자[2]가 그에게 잠시 기다리라고 명령했다. 병사는 카키색 몸뚱이로 된 말뚝처럼 움직이지

---

2 (옮긴이) 소설 원문에서 사용한 호칭을 직역하면 '구원의 영도자'지만, 워낙 반복적으로 사용되는 호칭이라서 대부분의 경우 단순히 '영도자'로 번역하였다.

않았다. 푸른색 방은 널찍한 식당에 붙어 있는 일종의 호주머니 같은 공간일 뿐이었다. 영도자는 부관이 "그자를 데려왔습니다"라고 외치며 자기 앞으로 떠밀어놓은 아홉명의 인간 넝마들에게 다가가면서 아주 꾸밈없는 미소를 지었고, 수도에서 가장 큰 백화점이자 정부 전용 백화점인 사계절에서 파는 큼직한 고깃덩어리를 자르는 데 쓰는 식사용 나이프를 찔러 넣었다. 칼날이 자신의 목 언저리속으로 천천히 사라지는 동안 아버지-넝마는 눈살을 찌푸렸다. 영도자가 나이프를 빼내더니 먹고 있던 사계절의 고기 쪽으로 돌아서서 바로 그 피 묻은 칼로 고기를 잘라 먹었다. 아버지-넝마의 목 언저리에서 피가 소리 없이 철철 흘러내렸다. 네명의 딸-넝마, 세명의 아들-넝마, 그리고 어머니-넝마는 짚단처럼 묶여 있었기 때문에, 그리고 무엇보다도 고통이 신경을 죽여버렸기 때문에 아무런 몸짓도 없었다. 어머니-넝마의 얼굴은 눈을 감겨주지 않은 사자死者의 얼굴처럼 어두운 섬광으로 가득했고 두 눈동자 속에는 피눈물이 어른거렸다. 이제 막 시작된 참이던 영도자의 식사는 보통 네시간이 걸렸다. 식사가 거의 끝나가고 있었다. 피는 여전히 흘러내렸다. 아버지-넝마는 눈살을 찌푸리며 납 그루터기처럼 여전히서 있었고 방금 막 성행위를 끝낸 사람처럼 숨을 내쉬었다. 영도자가 자리에서 일어났고, 시골 사람들이 맛있는 식사를 한 뒤에 흔히 그러듯 요란하게 트림을 했고, 후식을 가져오게 하라고 페야디조 장군에게 명령했고, 집게처럼 어금니를 꽉 문 채 아버지-넝마 앞으로 다가가서 그의 얼굴에 침을 뱉었다.

"대체 뭘 기다리는 거야?" 여전히 어금니를 꽉 문 채 그가 말했다.

아버지-넝마는 대꾸하지 않았고, 영도자가 지퍼 달린 셔츠를 열듯 신경얼기에서부터 샅굴 부위까지 아버지-넝마의 배를 갈랐고, 늘어뜨려진 내장에서 마지막 한방울까지 피가 흘렀고, 아버지-넝마의 생명 전체가 두 눈 속으로 숨어들어서 넘쳐나는 생명의 전류처럼 그의 얼굴을 둘러쌌고, 두 눈꺼풀은 소리 없는 작열에 내맡긴 것 같았고, 아버지-넝마는 방금 정사를 끝낸 사람처럼 숨을 내쉬었고, 영도자가 식사용 나이프를 차례차례 그의 두 눈에 찔러넣었고, 두 눈에서 나온 거무스레한 젤리가 볼 위로 흘러내렸고, 두줄기 눈물이 목 언저리의 상처 속으로 흘러들었고, 아버지-넝마는 여전히 성행위를 막 끝낸 사람처럼 숨을 내쉬었다.

"지금 뭘 기다리는 거야?" 격분한 영도자가 소리질렀다.

"나는 이런 죽음을 죽고 싶지 않다." 여전히 알파벳의 아이(i)처럼 꼿꼿이 선 채 토사물 속에서 두 눈과 흉측한 입술과 이마를 찌푸리며 아버지-넝마가 말했다.

그러자 영도자가 부관의 권총을 가로채 장전한 다음, 총신을 아버지-넝마의 왼쪽 귀에 갖다 댔고 발사된 총알들은 모두 오른쪽 귀로 빠져나가서 벽에 부딪치며 부서졌다.

"나는 이런 죽음을 죽고 싶지 않다." 아버지-넝마가 말했다.

치밀어 오른 분노에 영도자의 목 언저리가 부풀어 올랐고, 턱이 괭이 손잡이처럼 늘어졌고, 긴 목이 한층 더 길어졌다. 그가 힘들게 왔다 갔다 했고, 후식인 과일 샐러드를 먹었고, 이윽고 남자 쪽으로 다시 왔다.

"그럼, 어떤 죽음을 죽고 싶은 거야, 마르샬?"

그는 애원이라도 하듯 애처로운 태도를 취했고 마르샬은 입을 열지 않았다. 영도자는 호랑이 가죽과 벌새 깃털 세개가 소형 장식 꾸러미로 매달려 있는 자신의 소형 기관단총을 가져오게 했다. 그가 기관단총의 총신을 아버지-넝마의 이마 한복판에 갖다 댔다.

"이건가, 마르샬?"

"이건가?"라는 말을 신경질적으로 반복하며 그가 탄창 하나를 비웠다. 정확히 아버지-넝마의 심장이 있을 거라고 여겨지는 지점을 향해 그가 두번째 탄창을 비웠고, 모든 총알이 벽까지 날아갔고, 아버지-넝마의 입이 천천히 벌어지더니 침착하고 맑은 목소리로 똑같은 문장이 입에서 새어 나왔다. 영도자는 애원하는 듯한 태도를 포기했고, 한동안 노발대발했고, 금빛 광택이 나는 자신의 대검을 가져오게 했고, 삼백육십이명의 자기 조상들의 이름을 걸고 요란하게 맹세하면서 아버지-넝마를 내려치기 시작했고, 그 과감함과 혈기는 그의 조상들이 장차 수도 유르마가 될 최초의 마을을 건설하기 위해 숲을 베어내던 아득한 시절을 떠오르게 했다. 그는 자신의 모든 동작에 배경음처럼 추잡스러운 문장 조각들을 박아넣었다. 아버지-넝마는 이내 배꼽 높이에서 두부분으로 잘렸고, 내장이 몸뚱이 아랫부분과 함께 밑으로 떨어졌고, 몸뚱이 윗부분은 쓰디쓴 공기 속에 뜬 채 그 자리에 머물렀고, 엉망이 된 입은 똑같은 문장을 반복했다. 이윽고 냉정을 되찾은 영도자가 애원하는 듯한 태도를 다시 취했고, 자신의 얼굴을 흠뻑 적신 땀을 닦으면서 아버지-넝마의 몸뚱이 아랫부분을 발로 밀쳐냈고, 식탁 의자 하나를 가져오게 해 몸뚱이 윗부분 앞에 놓게 한 다음, 그 의자에 앉아서 담배 한대를 끝까지 피운 뒤에 다시 일어섰다.

"자, 마르샬, 분별심이 있어야지."

그가 아랫입술을 세게 깨물었다. 격한 분노가 그의 가슴을 가득 채웠고 얼굴 여기저기에 아무렇게나 뿌려진 그의 작은 두 눈이 분노 때문에 번들번들 돌아갔다. 잠시 뒤에 그는 한결 침착해 보였고, 허공에 매달린 몸뚱이 윗부분 주위를 오랫동안 맴돌았고, 몸뚱이 아랫부분을 역청으로 칠갑한 그 시커먼 피의 진창을 동정심이 이는 눈길로 슬며시 바라보았다.

"분별심을 가져, 마르샬, 말해봐, 어떤 죽음을 죽고 싶나?"

아버지-넝마의 입에서는 아무런 목소리도 나오지 않았다. 영도자는 어떤 넝마가 불쌍하게 여겨져서 신속한 죽음의 은총을 그에게 베풀어주기로 마음먹었을 때 자신이 사용하는 독약들 중 하나를 생각했다.

"훌륭하군." 그가 말했다. "자네가 이겼어, 마르샬. 원하는 대로 해주지."

그가 직접 독약을 가지러 갔고, 사계절에서 파는 포도주를 마실 때 쓰는 잔에 독약을 쏟아부운 다음, 잔의 가장자리까지 샴페인을 가득 따랐다.

"샴페인을 곁들인 죽음이라." 영도자가 투덜거렸다. "스무번 남짓이나 내전을 일으켜서 공화국에 해를 끼친 걸레 같은 인간에게 샴페인을 곁들인 죽음은 오히려 대단한 영광이지. 내가 자네한테 마지못해 베푸는 거야, 마르샬."

그가 아버지-넝마의 벌려진 입속으로 잔의 내용물을 들이부었고, 액체는 목 언저리를 지나, 칼자국 구멍으로 나와서, 벗은 상체를 따라 흘러서, 너덜너덜 찢긴 살점들과 섞였다가, 가짜 피처럼 방울방울 타일 바닥 위로 떨어졌다. 영도자는 기다렸고, 긴 침묵의 시간이 흘렀고, 이윽고 반은 입을 통해, 그리고 반은 칼자국 상처를 통해, 똑같은 목소리가 새어 나왔다. 영도자는 정말 화가 났고, 금빛 광채가 나는 자신의 검을 휘둘러 아버지-넝마의 몸뚱이 윗부분을 마구잡이로 자르기 시작했고, 차례차례 가슴, 어깨, 목, 머리를 해체했다. 이내 쓰디쓴 허공에 떠 있는 헝클어진 머리타래만이 남게 되었고, 잘린 살조각들은 바닥에서 일종의 흰개미집을 이루었고, 영도자는 발길질로 아무렇게나 걷어차서 그 살조각들을 흩뜨려놓은 뒤에, 눈에 보이지 않는 고정 장치로부터 허공의 머리타래를 잡아 뜯으려고 시도했다. 처음에는 한 손으로 잡아당기다가 이내 두 손으로 잡아당겼고, 머리타래가 떨어져 나왔고, 잡아당기던 힘의 관성에 실려 영도자가 벌렁 나자빠졌고, 목덜미가 타일 바닥에 부딪치는 바람에 즉사할 수도 있었지만 영도자는 그렇게 허약한 사람이 아니었고, 그는 자기 두 손이 먹물을 칠한 것처럼 검어진 것을 깨달았다. 나중에 영도자는 몇날 며칠 동안 세상의 온갖 용해제와 비누를 써서 마르샬의 그 검은 얼룩을 씻어내려 애를 썼지만, 그 검은 얼룩은 지워지지 않았다.

"너희들이 이제 저걸로 배를 채우게 될 거야." 영도자가 나머지 넝마들에게 말했다. "내가 공연히 땀을 흘려가면서 공을 들인 게 아니거든."

그는 다음 날 점심식사용으로 흰개미집을 가져가서 반은 파이로 만들고 반은 스튜로 만들라고 명령했다.

"입이 여덟이야." 영도자가 전담 요리사에게 정확하게 말해주었다.

그가 의기양양한 시선으로 부관을 흘낏 쳐다보았다. 부관이 알파벳의 아이(i) 자처럼 차렷 자세를 취하며 그의 지시를 기다렸다.

"저 걸레들을 데려가. 그리고 내일 식사하러 오게들 해."

부관이 여덟명의 넝마들을 앞장세워서 떠밀며 데려갔고 흰개미집을 치운 요리사는 현장을 씻기 위해 장갑을 벗었다.

샤이다나는 그날의 일들을 복기하기라도 하는 것처럼, 마치 시간의 바다에서 많은 감정이 많은 이름에 계류되어 있는 그 항구로 되돌아가기라도 하는 것처럼, 매일 저녁 그 장면들을 다시 떠올렸다. 그녀는 두개의 세계, 즉 죽은 자들의 세계와 그녀 자신의 말대로 '온전히─살아 있지─못한 자들'의 세계에 거주하는 인간 넝마가 되었다.

그다음 날 점심식사 시간에 맞춰 부관이 그들을 다시 데려왔다. 식탁은 원탁이었다. 그날 벌어진 일의 그 부분은 점심때마다 샤이다나의 기억에서 되살아났고 그녀는 자기 삶의 어떤 연속 화면들을 두번 보는 것 같은 쓰라린 느낌을 받곤 했다. 여덟벌의 은식기와 한벌의 금식기가 놓여 있었다. 샤이다나와 영도자, 그리고 어머니와 세명의 남자 형제들이 정면으로 마주 보게 자리 배치가 되었다. 샴페인 술병들 한가운데에 커다란 파이 그릇이 주인공처럼 놓여 있었고 그 옆에 향료와 양념을 듬뿍 친 스튜 그릇이 놓여 있었다. 금식기 앞에서는 영도자의 배 속으로 들어가는 유일한 상표이

자 '마뗄라-뻬네 로앙가 존엄 등급'이라는 문구가 적힌 프로비덴치아 샴페인 네병이 떡 버티고 선 사이로, 사계절에서 파는 고기가 변함없이 김을 피워 올리고 있었다.

구원의 영도자는 언제나 영도자들용으로 제조된 지방 특산주 두잔으로 식사를 시작했다.

"나는 육식 동물이야." 그가 고기 요리를 자기 앞으로 당기면서 말했다.

영도자는 경호원을 항상 자기 왼쪽에 있게 했는데, 위대한 사람들의 죽음은 항상 왼쪽에서 찾아온다는 미신을 곧이곧대로 따르고 싶었을 것이다.

"너희들 앞에 있는 요리 두개를 지금, 그리고 오늘 저녁에 다 먹어야 해."

머리카락이 잔뜩 섞인 스튜의 고기 조각들은 질깃질깃하고 이빨과 혀에 훨씬 더 큰 불쾌감을 주었기에, 자기 가족들이 그래도 조금 더 삼키기 쉬운 파이부터 먹기 시작했던 것을 샤이다나는 기억했다. 영도자는 자기 인생과 술, 여자, 축구 이야기를 했고, 주변 국가들에게 무례한 도발 행위를 부추기는 스페인 사람들, 해양 탐사 허가를 받아내기 위해 갖은 애를 쓰고 있는 프랑스 사람들에 대해 이야기했다. "그자들은 정말이지 나한테 애원을 하고 있는 판이라서 나를 좋아할 수밖에 없고, 나를 좋아하는 게 거의 사실이야."

"절대로 음식을 남기지 마시길."

맏이인 쥘은 먹지 않았다. 영도자가 자리에서 일어나 쥘의 턱과 이마를 차례차례 쓰다듬었고 상냥하게 미소까지 지어 보였다.

"자, 귀여운 것, 네 파이를 먹어야지?"

"배고프지 않아요."

"그래도 먹어."

"싫어요."

영도자가 자신의 식사용 나이프를 아무렇지 않게 쥘의 목에 꽂았다. 그들이 식사를 하는 동안 쥘의 사체에서는 많은 피가 흘러나왔다. 샤이다나는 이윽고 그 피가 자신의 맨발을 적시던 것이 기억났고 그 피의 미지근함이 기억났다. 저녁에도 그들은 파이와 스튜를 먹었다. 영도자는 진심 어린 축하의 말과 함께 아버지-넝마의 파이가 아직 남았다고, 파이가 다 떨어지면 그들을 풀어주겠노라고 선언했다. 그다음 날 점심에는 어머니-넝마, 넬랑다, 날라, 자르타, 아삼, 이스테리아가 먹기를 거부했다. 영도자는 자신의 식사용 나이프를 여섯번 꽂았고, 샤이다나와 트리스탕시아는 칠일 동안 스튜를 먹었다. 고기를 먹기 시작한 일곱번째 날 저녁에 두 여자는 먹물처럼 시커먼 토사물 카펫으로 식당 바닥 전체를 도배했고, 그 토사물 카펫에 미끄러져 넘어진 영도자의 얼굴 왼쪽에는 손에 생긴 얼룩과 비슷한, 지워지지 않는 더러운 얼룩이 생겼고, 그 얼룩은 헌법에 정해진 영도자의 장례식 날까지도 사라지지 않았고, 참으로 적절하게도 사람들은 그 얼룩을 '마르샬의 검은 얼룩'이라고 불렀다.

통상적인 네시간 동안의 식사가 끝나고 자기 침상으로 돌아가려던 영도자는 침상에서 마르샬의 검은 얼룩으로 존엄의 침대 시트를 엉망으로 더럽혀놓은 아버지-넝마의 몸뚱이 윗부분을 발견했다. 영도자는 극도의 분노에 사로잡혔고, 자신의 소형 기관총으로 탄창 여덟개 분량을 몸뚱이 윗부분에 난사했고, 그 바람에 침상 한복판의 몸뚱이가 있던 자리에 커다란 구멍이 났고, 그는 고함지르고 욕설을 내뱉고 모욕하고 을러대면서 온 방 안을 오랫동안 서성거렸다. 숨이 차서 침대 머리맡 탁자 위에 앉은 그가 다시 애원하는 듯한 태도를 취했다.

"자, 그래, 마르샬! 내가 너를 몇번이나 죽였으면 좋겠나?"

한달 사이에 존엄의 침상은 열여섯번 교체되었고, 그 기간 동안 영도자는 단 하룻밤도 눈을 붙이지 못했고, 마르샬의 상체는 변함없이 그의 곁으로 와서 침대 시트를 시커멓게 물들였고, 이제는 매일같이 시트를 태우고 교체해야 했다. 영도자는 군대에서 가장 용감하고 뚱뚱한 경호원 사십명을 자기 곁에 배치시켰는데, 대부분이 두 사람 몫의 키에 네 사람 몫의 힘을 가진, 곰처럼 털로 뒤덮인 남자들이었다. 영도자는 그 경호원들 중 네명을 자기 몸에 밀착시켜서 그 사이에서 잠을 잤고, 나머지 병력은 기존의 병사 오십여명과 함께 각하의 잠 못 이루는 밤들을 군화의 을씨년스러운 쇳소리로 가득 채웠다. 그러다가 영도자의 아랫도리에 문제가 생기자 피부 밀착 경호원들을 다른 성별의 경호원들로 교체했고, 그뒤로 위병들은 부풀어 오른 살이 찰싹찰싹 격렬하게 부딪치는 소리를 배경음으로 삼아 끊임없이 허리 왕복운동을 하는 영도자의 엄청난 육체적 노고를 목격했다. 마르샬의 상체는 여전히 찾아와서 영도자의 잠과 식욕에 찬물을 끼얹었고, 결국은 영도자가 총애하는 카드 점쟁이 카싸르 푸에블로가 어느날 이런 결론을 내렸다.

"귀신의 형상을 쫓아버리려면 각하께서는 마르샬의 딸과 동침해야 합니다. 그렇지만 마르샬의 딸과 거시기를 하는 건 절대로 삼가야 합니다."

구원의 영도자는 삼년 동안 마르샬의 딸과 함께 밤을 보내면서 그녀와도 다른 어떤 여자와도 거시기를 하지 않았다. 그 시절에 그는 모든 사람들에게 삼년 동안 자기 방광에 고인 정액에 대해 말하곤 했다. 마르샬의 상체는 더이상 존엄의 방에 들어오지 않았고 샤이다나도 카드 점쟁이 카싸르 푸에블로의 권고에 따라 그 방에서 더이상 나오지 않았다. 그녀는 알맞게 개조된 존엄의 침상에서 식사하고 용변을 보았다. 샤이다나가 바깥세상과 자연으로부터 차단되지 않게 하려고 방 자체를 축소판-바깥세상으로 개조했는데, 정원 세개, 시냇물 두개, 많은 새들과 나비와 보아구렁이와 도룡뇽과 파리 들이 사는 작은 숲 하나가 만들어졌고, 두개의 인공 우각호가 침상에서 아주 먼 곳에 하나, 그리고 다양한 크기의 게들이 헤엄치는 두개의 시냇물 사이에 또 하나 만들어졌다. 헌병들은 열두그루의 종려나무와 잡담을 했지만 샤이다나는 악어들이 사는 늪, 거북이들이 사는 작은 정원을 특별히 좋아했는데, 그 정원의 바위들은 사람 형상을 하고 있었다. 그 시기는 영도자가 먹기 시합에 열중하던 때이기도 했는데, 그는 태양이 떠오르는 곳에서 왔다고 자처하던 그 유명한 카나와마라, 솥째 코파, 조앙키오 네트르, 막강 사무, 물소의 아들 안소투라, 배불뚝이 그라마나타, 샤쉬카타나 등등을 시합에서 물리쳤다.

독립기념일 저녁에 구원의 영도자는 카싸르 푸에블로의 카드점

규정을 어기고 마르샬의 딸과 거시기를 해보고 싶어졌다. 샤이다나는 자신의 몸속을 온통 쑤시고 돌아다니는 고통을 가라앉히기 위해 매일 저녁 잠자리에 들기 전 작은 알약을 복용하고 아주 깊은 잠을 자곤 했다. "……그들이 내 안에 몸뚱이 하나 반을 넣었어요." 공식 일정에서 잠시 짬을 내어 두명의 위병 중 한 사람의 묵인하에 존엄의 방에 몰래 오곤 하던 영도자의 주치의에게 샤이다나가 되풀이해서 하던 말이었다. "박사님은 짐작도 못하실 거예요. 몸뚱이 하나 반이 얼마나 떨고 진동하는지 절대 모르실 거예요."

박사가 아는 것은 단지 그녀의 야생적인 몸, 그 엄청난 굴곡, 압도적이고 전율적인 풍성한 몸, 모든 감각을 뒤흔들어버리는 몸이었고, 그가 "압도적인 아름다움이오……! 거역할 수 없는 아름다움이오……!"라고 그녀에게 말할 때 그가 말하는 대상은 언제나 몸의 주인인 사람이 아니라 그 몸이었다.

그는 불길 한가운데 있으면서도 타지 않는 꽃, 절대로 타지 않을 꽃에 그녀를 비유했다. 샤이다나가 자기보다 세 세상은 뒤처져서 산다고 말하곤 했던 그 남자의 저돌적인 솔직함이 그녀는 아주 마음에 들었고 몸, 마음, 피에 대해 말할 때의 그가 좋았다. 그는 미남은 아니었지만 추남도 아니었다.

구원의 영도자도 샤이다나의 마성적인 아름다움을 예찬하곤 했지만 그로서는 카싸르 푸에블로의 카드점을 어기지 말아야 할 합당한 이유가 있었는데, 유독 그 독립기념일의 밤에는 욕망의 유혹이 그의 콧구멍과 바지를 부풀어 오르게 하더니 전신의 압박감으로 그를 사로잡아버렸다.

그가 샤이다나의 블라우스 위로 그녀의 젖가슴을 만졌는데, 영도자의 지시에 따라 그녀는 항상 바지와 직물 블라우스를 입은 채 잠을 잤기 때문이다. 그녀는 유르마의 한 재단사가 만들어준 표범 가죽 조끼 밑에 블라우스를 입곤 했다. 젊고 단단하고 풋풋한 젖가슴이 영도자의 손길에 반응을 보였다.

"몸은 세상에서 유일하게 바닥을 알 수 없는 물건이야." 영도자가 중얼거렸다.

젖가슴의 싱그러움이 그의 가슴까지 올라왔다. 그녀의 배꼽을 만지면서, 몸에는 절대로 바닥이 없을 거라고 그가 다시 한번 중얼거렸다. 영도자가 강제로 그녀의 몸을 막 범하려는 순간, 그의 눈에 마르샬의 상체가 보였다. 마르샬의 두 눈은 다시 생겨났지만 이마와 목 언저리의 상처는 여전히 벌어져 있었다. 기관단총을 향해 쏜살같이 달려간 영도자는 마구잡이 연속사격으로 방을 쑥대밭으로 만들었고, 맞은편 벽을 따라, 그리고 침대가 있는 곳과 존엄의 방에 조성된 인공 바깥세상 사이의 경계 역할을 하는 두개의 시냇물을 따라, 박물관의 오래된 소장품들마냥 쭉 도열해 있던 위병들을 사살해버렸다. 건장한 몸에 머리끝까지 무장한 열댓명의 남자들을 데리고 부관이 달려왔을 때, 영도자는 마르샬이 기관단총을 들고 나타나서 위병들을 향해 총을 쏘아댄 과정을 사소한 세부 사항까지 시시콜콜 그에게 설명했다. 부관은 그 거짓말을 곧이곧대로 믿었고 아직 죽지 않은 위병들 중 그 누구도 감히 영도자의 말과 다른 말을 하지 못했다. 모두가 마르샬과 그의 기관단총을 보았다고 말했다. 샤이다나는 여전히 자고 있었다. 얼굴은 야간 조명등의 희

끄무레한 불빛 속에 잠겨 있었고, 오르락내리락하는 가슴과 함께 그녀의 아름다운 몸이 달짝지근한 호흡의 리듬에 실려 가볍게 흔들렸다. 그녀는 이미 그 나라에서 가장 아름다운 여자였다. 아마도 그래서 영도자의 주치의는 자주 그녀에게 말하곤 했을 것이다. "몸은 제단이고, 몸은 나라들 중에 가장 아름다운 나라예요. 몸이 지닌 격정을 거부하지 말아야 합니다."—"제 몸은 추잡한 덩어리예요." 샤이다나가 대꾸했다.

부관이 방에서 위병들의 사체를 치우고 타일 바닥을 씻어낸 뒤에 물러가자, 영도자는 반항하며 말 안 듣는 아이한테 하듯 샤이다나의 귀를 잡아당겨 그녀를 깨웠다. 잠에서 깨어난 샤이다나의 얼굴은 여전히 어리둥절한 천사 같았고, 그녀는 언제나처럼 어머니의 이름을 소리쳐 불렀다. 아바이치앙코!

"네 아버지가 여기 왔었다." 분노에 찬 목소리로 영도자가 말했다. "그자가 다시 오면, 너를 갈가리 찢어버리겠어."

그는 샴페인 한병을 마시고 파이프 담배를 피운 다음, 침상에 누워 천장만 바라보았다. 다음 날 아침, 카드 점쟁이 카싸르 푸에블로가 잔뜩 화가 나서 그를 보러 왔다.

"마르샬이 와서 항의했어요. 수치스러운 일입니다, 거시기를 시도하시다니."

"하고 싶었어." 영도자가 해명했다. "혼자 손으로 비벼대는 건 이제 지겨워. 내 물건에 상처가 날 지경이야."

"그 여자를 강제로 범하시면 마르샬이 복수할 겁니다."

카싸르 푸에블로가 오래 카드 점을 쳤다. 영도자는 그의 동작 하나하나를 삼킬 듯이 쳐다보았다.

"일단 시도를 하셨기 때문에 열네마리 암탉과 두마리 수탉의 피에 적신 돗자리 위에서 주무셔야 합니다. 해가 지는 것을 본 어린 종려나뭇가지 세개를 그 돗자리 밑에 깔고 엿새마다 한번씩 밀감나무 꽃 세송이를 태우세요."

세월이 흘렀다. 구원의 영도자가 또다시 시도하는 바람에 마르살이 한번 더 카싸르 푸에블로에게 가서 항의했고 카싸르 푸에블로가 또다시 이맛살을 찌푸리며 존엄의 방에 왔다.

"당신의 죽음이 가까워졌고 아마도 당신의 몸은 개들한테 먹힐 겁니다."

"당신 카드들을 나한테 줘봐." 영도자가 말했다.

"부정한 자들은 이 물건에 손을 댈 수 없습니다." 카싸르 푸에블로가 대꾸했다.

영도자가 달려들어서 그의 목덜미를 움켜잡았는데, 어찌나 세게 움켜쥐었던지 카싸르 푸에블로의 뼈들이 부러지고 두 눈알이 통째로 눈구멍에서 튀어나와 눈에서 피눈물이 흘렀다. 카싸르 푸에블로가 죽고 나서도 오랫동안 영도자는 돗자리에서 잠을 잤고 계속해서 밀감나무 꽃을 태웠다. 그날 저녁, 왜 그랬는지 까닭은 알 수 없지만 영도자는 그 이십년 전에 자신이 겪었던 옛일을 기억에 떠올렸다. 가축 도둑질 때문에 체포당할 상황에서 그는 자기 자신이 화재로 죽었다는 사망증명서를 만들러 갔고, 자신이 직접 그 사망증명서를 들고 지역 경찰서에 가서 오브라무산도 음비라는 이름의 새 신분증명서를 발급받았다. 잠시 뒤에 그는 가축 도둑의 사망증명서에 쓰인 시프리아노 라무사라는 이름을 큰 소리로 읽었고, 이제 그는 그 가축 도둑의 아버지가 되어 있었다. 그 간단한 마술에 들어간 비용은 모두 합해서 당시 돈으로 8000코리아니였는데, 그 당시의 1코리아니는 오늘날 50프랑의 거금에 맞먹는 값어치가 있었다. 예전의 사망자는 자기 고장을 떠나 멀리 북쪽 지방으로 갔고, 이윽고 민족민주주의 무장세력의 일원이 되었고, 옛 가축 도둑의 열여덟가지 능력 덕분에 아주 번듯한 인생 여정을 개척해나갔다. 마르샬의 반복적인 출현은 그의 신분증 장난과는 아무런 공통점이 없었다. 영도자의 새로운 카드 점쟁이는 카싸르 푸에블로보다 능력이 떨어졌다. 그가 아는 것은 단지 영도자의 생애 나무에서 날짜 수가 줄고 있다는 사실이었지만, 모르는 사람이 아무도 없는 카싸르 푸에블로의 사인厄因 때문에 그는 그 사실을 감히 영도자에게 말하지 못했다. 그는 영도자와 마찬가지로 마르샬을 두려워했다.

그날은 구원의 영도자가 '남성-여성-사이의-평등' 광장에서 열리는 대규모 집회에 참석하는 날이었다. 평소처럼 그는 카드 점쟁이에게 다가올 몇시간 동안의 미래를 예언해달라고 부탁했다. 카드 점쟁이는 클로버 킹 한가운데에서 푸르스름한 거품 같은 것을 보았는데, 거품 속에 인형 하나가 떠다녔다. 점괘의 의미는 비극적이었지만 죽고 싶은 마음이 전혀 없었기에 점쟁이는 입을 다물어 버렸다. 영도자는 모든 일이 다 잘되리라고 확신하며 집회에 갔다. 그가 자리를 비운 틈을 타서 영도자의 주치의가 슬그머니 존엄의 방으로 들어갔는데, 샤이다나는 아직 자고 있었다. 그가 그녀를 깨웠고 무슨 수를 써서라도 유르마를 떠나야 한다고 일러주었다.

"어딜 가나 이 세상이에요." 샤이다나가 말했다.

"나의 세상은 당신입니다." 박사가 말했다.

"고약한 세상을 선택하셨네요. 최소한 그자를 스무번 죽이기 전에는, 난 이곳을 떠나지 않을 거예요. 그자가 내 동정심 앞에서 네발로 기고, 내가 그자의 배를 밟고 지나가야 해요."

"혹시 내가 당신을 몰래 빼돌리기를 바라는 거요? 아니요! 이 나라에 영웅은 없어요. 이곳은 비겁한 자들의 땅입니다. 틀에서 벗어나는 위험한 도박을 하실 수는 없어요. 당신은 운이 좋아요. 당신은 끔찍하게 아름답고, 당신의 몸은 마땅히 받아야 할 경배를 받아야 합니다. 당신의 몸은 뭐랄까, 야생적이고, 완벽해요."

샤이다나는 남들이 자신의 체취와 몸매 이야기를 할 때 청춘기의 소녀가 지어 보이는 특유의 미소를 지었다.

"당신은 인생에서 가장 달콤하고 과육이 풍부한 부분을 깨물어야 마땅한 치아를 가졌어요."

그녀가 침울해졌다.

"어떻게 말씀드려 할까요, 박사님? 우리는 같은 세상에 속해 있지 않아요. 우리는 육체의 비율이 달라요. 제 안에는 한배 반이 들어 있어요."

박사가 내민 파란색의 작은 가죽 가방 하나를 그녀가 무심한 손길로 받아 들었다.

"그 안에 당신의 신분증이 들어 있어요. 이제 당신의 이름은 샹카 라미다나입니다."

"예쁜 이름이네요. 그렇지만 저는 남을 거예요."

바로 그때, 체포되기 전처럼 예언자 무제디바의 카키색 성직자 법의를 걸친 마르샬이 그들 앞에 나타났다. 샤이다나는 두려움 때문인지 기쁨 때문인지도 알지 못한 채 사시나무처럼 몸을 떨었고 오줌을 지렸다. 박사도 두려웠지만 그런 내색을 하지 않으려고 무척 애를 썼다. 전통에 의하면 그런 상황에서 산 자들이 죽은 자들보다 먼저 말을 하지 않으면 영원히 말을 못하게 될 수도 있었지만, 그들은 마르샬이 말하기를 기다렸다. 마르샬은 말이 없었다. 그는 지혈용 거즈 밑으로 피가 흐르는 자기 목 언저리의 상처를 가리켜 보였고, 딸에게 다가와서 손을 잡았고, 자기 이마를 딸의 이마에 세번 가져다 댔고, 갈색기가 도는 흰 이빨을 드러내며 함박 미소를 지었고, 자신의 풍성한 머리채 속에 늘 끼고 다녔고 여전히 끼고 다니는 볼펜을 찾아서 샤이다나의 왼손에 문장 하나를 썼다. "떠나야 한다."

나중에 그 단어들을 지우고 싶어진 샤이다나가 손바닥을 피가 나도록 문질러보았지만 헛수고였고, 단어들은 사라지지 않았다. 사실 그 단어들은 영도자의 얼굴 왼쪽에 보이던 그 마르샬의 검은 얼룩과 똑같은 검은색으로 쓰인 것이었다. 미소, 사람의 가슴을 찢어놓는 그런 미소가 밀림의 늙은 호랑이 마르샬의 이미 주름진 얼굴을 한번 더 일그러뜨렸다.

마르샬이 사라지자 샤이다나는 박사의 품에 찰싹 달라붙었고, 박사는 너무 행복해서 정신줄을 놓아버릴 뻔했다.

"죽은 자들의 말은 항상 옳을 겁니다." 박사가 말했다.

"아버지는 말하지 않았어요. 아마 상처들 때문이겠죠."

"죽은 자들의 말이 항상 옳을 거예요." 박사가 다시 말했다.

"아버지는 거부했어요. 나는 그가 자신의 죽음을 거부했다는 생각이 들어요. 어쨌든 목적을 이루기 전에는 나는 떠나지 않을 거예요."

그들이 대통령궁에서 나올 때 간단한 질문을 하거나 심지어 신분증을 보자는 위병은 하나도 없었다. 그들이 내부 바리케이드 하나를 통과하면서 충성서약 카드를 보여주고 쉽사리 손에 넣은 외출허가증도 대형 바리케이드 앞에서는 보여줄 필요가 없었다. 거리는 삼년 전의 유르마, "조국의 배신자, 인민의 대의를 압살한 자"라는 문구가 적힌 마르샬 전단이 뿌려지던 시절의 유르마의 거리 그대로였다. 삼년 전에 그 문구는 마르샬의 이웃과 친구 들, 멀고 가까운 모든 친척들의 머리 위에 단두대의 칼날처럼 떨어졌다. 인민의 대의를 압살한 첫번째 부류의 사람들이 시청에서 총살당했다. 마르샬이 체포된 뒤의 첫 두달 동안 총살당한 자들의 수효를 기록하는 계산기는 매일 사백에서 오백 사이의 수치를 나타냈다. 사적으로 적이 있는 힘 있는 자들은 그 적의 이름을 총살당할 자들의 목록에 올리기만 하면 되었다. 목록에 자기 친구가 있는 힘 있는 자들은 그 이름을 지우게 하고 요감시 인물들의 무리 중에서 그 대체자를 찾아냈다. 영도자는 마르샬의 처형을 자기 자신의 몫, 영도자의 특권으로 정해두는 칙령에 서명했다. 그는 혈관 속에 마르샬의 더러운 피가 흐르는 모든 사람들, 마르샬의 벗은 몸을 본 모든 여자들이 마르샬의 처형을 목격하게 만들고 싶었다. 그 여자들의 목록은 마르샬의 자식들을 낳은 단 한명의 어머니로 끝이 났는데 다른 용의자 여성들은 조사관들의 가랑이 사이에서 하루나 이틀 밤을 보내는 대가로 곤경에서 벗어날 수 있었기 때문이다. 다른 한편으로 예쁜 여자와 잠자리를 같이하고 싶은 모든 남자들은 마르샬의 정부情婦라는 소문을 내겠다고 여자를 협박하기만 하면 되었기에, 그런 관행은 비극적인 양상을 띨 수밖에 없었다. 새롭고도 손쉬운 그 유혹의 기술 때문에 아버지가 누군지도 모르는 많은 아이들이 태어났고, 반역자가 태어난 도시이자 반역이 시작된 도시인 신新-유르마로부터 수만 킬로미터 떨어져 있어서 마르샬이 절대로 발을 들여놓은 적이 없던 고장들까지 그 유혹의 기술이 퍼져나갔다.

그들은 두 눈이 털로 덮인 오십마리의 고릴라들이 지키고 있는 박사의 빌라에 도착했다.

"여기저기 우리가 함께 있는 모습을 보여주는 건 신중치 못해요." 박사가 말했다. "유르마를 잘 아세요?"

"꽤 잘 아는 편이에요."

그가 수표 한장으로 둘둘 만 두툼한 지폐 다발을 그녀에게 내밀었다. 샤이다나는 망설였지만 박사가 이내 그녀를 설득했다.

"우리가 있는 곳은 문제투성이 도시예요. 이곳의 유일한 길은 그 걸레 조각들입니다. 그 걸레 조각들이 모든 것으로부터 당신을 지켜줄 거예요. 호텔 죽음 뒤의 삶을 아세요?"

"네."

"거기 가서 나를 기다려요. 38호실의 열쇠를 달라고 하세요. 그 사람들한테는 내가 지시해놓았어요. 내가 조금 늦더라도 불안해하지 마세요. 나는 호텔의 특별 고객이니까. 내가 그 방을 삼년 동안 빌려놓았어요. 그 사람들은 나를 믿어요. 지난번에 내가 팔년 치 방값을 치렀지요. 행운을 빕니다. 나는 새 신분증을 구하러 가요. 아가씨, 이게 우리나라지요. 그리고 이 나라가 우리에게 요구하는 것은 눈감을 줄 아는 뛰어난 능력입니다."

그가 택시 타는 데까지 그녀를 안내했다. 햇빛이 얇은 납덩이 같은 시간, 파리들이 날카로운 날갯짓 소리로 공기를 찢어놓는 시간, 개들이 더이상 짖어대지 않는 시간, 빈민 구역들이 불꽃과 나뭇잎의 잠에 빠져 있는 것 같은 시간, 속담에 의하면 죽기에 안 좋은 시간이었다. 박사가 앞장서서 걷는 동안 그녀는 계시[魯示] 고등학교를 다니던 시절, 무르기 짝이 없던 철학교사 델카마야타 씨를 학생들이 '네델란드 아가'라는 별명으로 부르던 시절을 떠올렸다. 불쌍한 델카마야타 씨! A12 졸업반 학생들은 그를 '웃는-암소'[3]라고 불렀지만 역설적이게도 그는 절대로 웃는 법이 없었다. 그녀는 은돌로-음바키 방바라에 대해서도 잠시 생각했는데, 그는 자기가 웃는-암소의 동생이라고 말하고 다녔지만 사실 그는 '웃는-암소-네델란드-아가'의 동생하고는 아무런 관련도 없었다. 방바라는 매일같이 물병에 지방 특산주를 담아 오거나 때로는 첨가물이 섞인 술들을 담아 와서 항상 네델란드-아가의 수업 시간에 교실 맨 뒷줄의 아이들에게 나누어주었고, 그래서 수업이 끝날 무렵이면 교실 뒤쪽 아이들은 전부 취해 있었고, 네델란드-아가의 수업은 어김없이 카쉬타니코마나 쿠투-메샹 같은 술 냄새로 끝이 났다. 그래도 별일

---

3 (옮긴이) 프랑스의 치즈 상표 '라 바쉬 끼 리'(La vache qui rit)의 역어.

없었던 것이, 교실 뒤쪽 줄은 국가시험사무소에 전화 한통만 하면 졸업장을 받을 수 있는 실력가의 자식들이 차지하고 있었기 때문이다. 그녀는 네델란드-아가가 유르마 시장의 아들에게 빵점을 주었던 해도 기억이 났다. 일이 꼬이는 바람에 아가는 자신의 철학과 함께 다르멜리아 숲속의 피그미족 유인誘引 타운에 있는 중학교의 프랑스어 교사로 발령받아 갔다. 3월 15일 시위에서 요행히 총탄에서 살아남은 오백십이명의 대학생들이 갇혀 있었기 때문에 유르마의 감옥이 대학교라고 불리던 시절도 그녀는 생각이 났다. 그녀는 대학입학 자격시험을 준비 중이던 네델란드-아가의 동생과 함께 그 시위에 갔었다. '병사의 집'에 모인 학생들이 사오천명쯤 되었다. 그녀는 네델란드-아가의 동생이 한 마지막 말을 기억했다. "남아프리카에서 이런 일들이 벌어지면 우리는 요란하게 짖어대지. 그런데 우리나라에서 벌어지면, 국영 라디오는……" 그가 쓰러졌다. 그의 이마를 뚫어버린 총알들은 샤이다나를 죽였을 수도 있었다.

택시가 멈춰 섰지만 샤이다나는 움직이지 않았다.

"여깁니다, 부인." 기사가 말했다.

"네, 기사님, 여기네요."

"그 여자 어디 있어?" 구원의 영도자가 박사의 목 언저리를 포크로 찌르면서 악을 썼다.

일요일 저녁, 영도자가 설익힌 사계절의 고기를 먹는 날이었다. 식용유, 식초, 첨가물을 섞은 지방 특산주 세잔이 고기에 추가되었다. 평상시였다면 영도자는 여러차례 트림을 했을 것이고 자기 손가락들을 열심히 빨고 나서 언제나 똑같은 그 짤막한 문장을 내뱉었을 것이다. "캉프쉬아나타⁴는 우리의 살에 살코기를 조금 더 보태어주지."

"그 여자 어디 있어?"

---

4 영도자가 자신이 먹는 날고기 요리에 붙인 이름.

감각이 죽어버린 박사의 두 귀에 희미하게 웅웅거리는 소리가 와 닿았다. 그렇지만 고춧가루 뿌린 듯 피가 낭자하고 구멍 뚫린 목구멍에서 어떻게 말이 나오겠는가? 박사는 영도자의 전임자인 오스카리오 드 쉬아불라타 대통령이 자기를 보건부 장관에 임명했던 좋았던 옛 시절을 떠올렸다. 그때는 그가 나랏일이 어떻게 돌아가는지도 몰랐던 기묘한 시절이었다. 부족적으로 타고난 그의 왕성한 호기심이 도움이 되었다. 친구인 교육부 장관 샤부알라가 자기 부처를 주무르는 서른여덟가지 비결을 금세 그에게 전수해주었다. "자네의 위치는 돈이 되는 자리야. 요령껏 처신할 줄 알아야 해……"

모든 길은 세 방향을 향해 있었다. 여자, 술, 돈이었다. 다른 데서 그것들을 찾으려 한다면 그건 아주 멍청한 짓이었다. 다른 모든 사람이 하는 것처럼 하지 않는 것은 멍청이라는 증거였다. "……자네도 알게 되겠지만 자네를 부자, 존경받는 사람, 남들이 두려워하는 사람으로 만들어줄 비법들은 많지 않아. 우리가 몸담고 있는 체제에서 남들에게 두려움의 대상이 아닌 사람은 사실 아무것도 아닌 꽝이니까. 그런데 그 모든 것들 중에서 제일 쉬운 게 돈이야. 돈은 위에서 내려오지. 자네는 양손을 크게 벌리기만 하면 돼. 우선은 의약품, 건축, 설비, 사업 과제 등의 거래 계약들을 꾸며내야 해. 자네도 이런 게임의 규칙을 알아야 하는데, 장관은 해당 부처 지출의 20퍼센트로 만들어져. 자네가 손아귀 힘이 있으면 그 수치를 주물러서 40에서 50퍼센트까지로도 만들 수 있어. 자네 부서가 보건부니까, 페인트칠이라는 잽부터 날리게. 아무 색이나 골라서 행정 명령을 내리는 거지. 보건부의 모든 건물을 흰색 페인트로 칠한다든 가. 그 일에 수백만 프랑을 책정하는 거야. 그 수백만 프랑과 페인 트칠 사이에 손을 대서 20퍼센트를 챙기는 거지. 그다음은 보수 작업인데 신생국가에서 보수 작업은 언제나 비용이 많이 드는 일이기 때문에 숫자들을 주무르기가 쉬워. 그다음에는 홍보 포스터나 게시판이 있지. 예를 들어 모기는 인민의 적이라고 온 나라에 써 붙이는 거야. 그 일에 8억 프랑은 쉽게 책정할 수 있을 거야. 손이 민첩하기만 하면, 자네는……"

"그 여자 어디 있나?"

포크가 살갗의 다른 부위를 후벼팠다. 박사가 움찔했고 혀가 움직였지만 바람보다 더 무거운 것은 아무것도 혀에서 새어 나오지 않았다.

뭔가 한마디, 죽기 전에 꼭 한마디 말은 하고 싶었을 테지만 모든 단어들이 그의 목구멍 속에서 단단하게 굳어버렸고, 모든 단어들이 침과 함께 스러져버렸다. 이미 고춧가루 같은 피가 섞인 침, 이미 딱딱하게 굳어버린 침, 죽음의 붉은빛을 띤 침이었다. 생명의 붉은빛은 각하의 네가닥 포크 날 위에 있었다. "…… 유능한 장관의 직무는 끊임없이 사업 과제를 수행하는 거야. 나는 어떻게 성공했을까? 부임했을 때 나는 형편없는 급여에 빚이 20만 프랑이었어. 자네도 내 은행 계좌 사정이 어땠는지 알잖아. 23만 67프랑 마이너스였어. 나는 빚낸 돈으로만 살았어. 사촌 베르따니오가 인민은행에서 개발부로 가고 그 자리에 벨랑뻬르가 가게 되었을 때 내가 겪은 어려움을 자네도 알잖아. 거의 자살할 뻔했던, 자살조차도 용기 있는 자들의 몫이지 우리같이 비겁한 사람들의 몫은 아니라는 걸 내가 깨달은 게 바로 그때야. 그렇지만 어쨌든 나는 뚫고 나왔어. 대담성과 신념의 문제야. 예를 들면 어느날 한 작자가 나한테 와서 교재 하나를 고등학교와 중학교 커리큘럼에 넣자고 제안했어. 정말 형편없는 책이었지. 자기 사촌이 쓴, 혁명 냄새를 풍기는 소설이었어. 그가 3퍼센트를 제시했어. 내가 수치를 8퍼센트로 올렸지. 그자는 문화부 장관이었고 그 소설을 문화부 돈으로 출간해주었기 때문에 그래 봐야 그자 입장에서는 손해 볼 게 전혀 없었어. 딸랑 서명 하나 해주는 대가가 8퍼센트야. 나는 학교 건축 계약에도 뒤를 봐줬어. 자네는 복지의료센터 건축에서 나처럼 하면 되겠지. 해당 부처로서는 그 일이 큰 돈벌이가 되기 때문에 건물들은 항상 지어야 하고 또 항상 짓는 거야. 자, 과감하게 해보게. 그러면 자네도 작은 시냇물이 어떻게 큰 강물이 되는지 알게 될 걸세."

사년 만에 작은 시냇물들이 모여서 강을 이루었다. 박사는 이제 바다가 될 수 있는 작은 시냇물들에 대해 말하고 다니기 시작했다. 그 당시에 치 박사라고 불리던 그는 소위 세개의 브이(V)가 있는 삶, VVVF[5]의 삶을 살았다. 그는 네채의 빌라를 지었고 여덟명의 아름다운 여자들에게 자동차를 사주었다. 두명의 정부들에게 집을 지어주었다. 그 시절에 사람들은 여자를 사무실이라고 불렀고 스스럼없이 아홉번째 또는 열번째 사무실을 얻었다고 말했다. 그는 말 그대로 장관의 삶을 살았다.

....
5 빌라(villas), 자동차(voitures), 술(vins), 여자(femmes).

"그 여자 어디 있나?"

그는 홀딱 벗은 알몸으로 영도자 앞에 끌려왔고 영도자는 아무렇지 않게 그의 '무슈'[6]를 절단하여 이 나라 사람들이 즐겨 쓰는 표현대로 하자면, 그를 피고인 복장으로 만들어버렸다. 그의 발가락 여러개가 고문실에 그대로 남아 있었고, 입술이 있던 자리에는 아무렇게나 너덜너덜해진 살점들이 붙어 있었고, 두 귀가 있던 자리에는 피가 두개의 커다란 괄호 모양으로 엉겨 있었고, 퉁퉁 부어오른 얼굴에서 두 눈은 사라졌지만 시커먼 구멍 두개 속에 검은 빛 두줄기가 남아 있었다. 사람의 형체조차 지워져버린 잔해물 속에 어떻게 생명이 그토록 고집스럽게 남아 있는지 의아할 정도였다. 그러나 뭇사람들의 생명은 모질다. 그들의 생명은 고집스럽다.

"그 여자 어디 있나? 말해, 안 그러면 너를 날로 먹어버릴 테니까."

박사는 아버지가 자신의 귓전에 한마디 말을 남기고 자살해버린 5월의 그날을 생각했다. "삶을 끝장내는 게 옳다는 걸 나는 얼마든지 증명할 수 있다." 그는 삶을 증오하고 싶었고 증오하려고 애를 썼지만, 삶에 대한 공포 때문에 저지르는 범죄 현장을 세상 사람들에게 들켜버린 한 아버지에게 궁극적으로 증오는 너무 버겁다. 고독. 고독. 인간의 가장 중대한 현실은 고독이다. 무얼 어떻게 하든 간에. 사교적인 환상들. 사랑의 환상들. 기만. 네 마음속에서 너는 혼자이다. 너는 혼자 이 세상에 오고 혼자 움쩍거리고 혼자 떠나갈 것이다. 그리고……

---

6 (옮긴이) 프랑스어에서 남성을 존칭하는 단어 '무슈'(Monsieur)를 남성 성기를 가리키는 비유로 사용하고 있다.

"그 여자 어디 있나?"

질문하는 저 목소리조차도 고독의 한 형태이다. 하긴 달리 어쩔 수 없는 일이기도 하다. 너는 그렇게 말고는 달리 살 수가 없을 테니까. 세상이 산산조각으로 부숴버리는 이 알몸 속에 혼자. 그리고 그것이 두려워질 때면 너는 환상을 일깨우기 위해 모든 타인들, 모든 몸뚱이들에 기어올라 노크한다. 모든 진실은 치명적이다.

"아니면 네 놈의 갈비뼈를 부숴버리겠어."

포크가 뼈에 닿았고 박사는 고통이 점화되었다가는 꺼지고 점화되었다가는 다시 꺼지는 것을 느꼈다. 포크가 늑골 속에 박히면서 똑같은 고통의 파장을 새겨 넣었다.

"그 여자 어디 있나?"

너는 혼자다. 너는 혼자다. 세상에 혼자다. 저들의 환상과 결별해라. 너는 너 자신 말고는 그 누구의 소유도 아니다. 그렇다. 육체는 비열한 속임수다. 육체는 우리를 바깥세상에 내놓아 우리를 다른 사람들의 처분에 맡겨버린다. 그 나머지 모든 것은 잘 버틴다.

집회는 생선 꼬리로 시작되었기 때문에 당연히 거북이 꼬리로 끝이 났다.[7] 영도자가 도착하기를 기다리면서 민병대 대원들이 사람들의 충성서약 카드에 출석 확인을 해주고 있을 때, 군중들의 눈에 연단 위에 있는 마르샬의 모습이 언뜻 보인 것 같았다. 이마의 상처에서는 거즈 밑으로 피가 흘렀고 가슴에는 예언자 무제디바의 십자가가 걸려 있어서, 일순간 모든 사람의 숨이 턱 막혔다. 자신들

---

7 (옮긴이) '갑자기 맥없이 끝나다'라는 의미의 프랑스어 관용 표현 '생선 꼬리로 끝나다'(se terminer en queue de poisson)를 응용하여 만든 일종의 말장난이다.

이 본 환영을 서로 확인하느라 한참 동안 웅성거리더니 군중들이 폭발적인 희열과 열광 속으로 빠져들었다. 군중들 여기저기에서 예언자의 부활 노래가 솟구쳐 올랐다. 군대가 개입할 수밖에 없었다. "독재 타도"라고 외친 다섯명의 젊은 얼간이들이 쓰러졌다. 다른 세명의 얼간이들은 한층 더 심각한 범법 행위를 저지르다가 죽임을 당했다. "마르샬 만세!"라고 외친 것이다. 그러나 팽팽한 긴장은 수그러들지 않았다. 기독교인들은 장발의 나자렛 사람 옆에 마르샬이 있는 것을 보았다고 말했다. "심판의 날이 왔다. 최후의 심판이다." 따지고 보면 결국 심판의 날을 기다리는 것 말고는 더이상 삶의 다른 이유가 없는 그 대부분의 군중들 여기저기에서 그런 목소리가 터져 나왔다. 골수 유물론자들까지도 최후의 심판을 소망하기에 이른 상황이었다.

"이제 출구는 하나밖에 없다. 최후의 심판." 국가반역죄로 그 며칠 전에 총살을 당한 국방부 장관은 최후 진술에서 그렇게 선언했다. "심판의 날이 오지 않으면 결국 세상은 불행하게 끝날 것이다."

"당신 같은 머저리 말고 심판을 받아야 할 사람은 아무도 없어." 총살 집행을 맡은 장교가 대꾸했다.

구원의 영도자가 도착하기 직전에 "경찰과 짭새를 타도하자!"라고 외친 한 젊은이를 경찰이 제압하려고 하자 군중들이 다시 흥분했고, 젊은이는 군중들 속으로 숨어들었다. 혼란이 너무 길어질까봐, 경찰은 구호 소리가 나온 지점 근처에서 아무나 손에 잡히는 대로 한 사람을 낚아채서는 총의 개머리판으로 두들겨 패면서 끌고 갔고, 경찰들의 손끝에서 신선한 피가 솟구쳤다. 그러나 이내 군중들의 다른 무리 속에서 한층 더 큰 목소리가 터져 나왔다. "그 사람 풀어줘, 멍청한 놈들아. 그 사람이 아니고, 내가 소리친 거야." '그 사람이 아니고 나'라고 소리치는 사람들이 어찌나 많았는지, 경찰은 최초의 노획물로 만족할 수밖에 없었다. 군중들 사이에 어느정도 질서가 회복되자 의전 담당 책임자가 영도자의 입장을 준비했고 숲을 이룬 총들에 둘러싸여 영도자가 도착했다. 축구 선수권대회에서 골이 들어갔을 때처럼 군중들 여기저기에서 영도자에 대한 박수갈채가 터져 나왔다. 영도자가 단상에 올라갔지만 네자루의 총이 그를 둥그렇게 둘러싸서 차폐하는 바람에 대부분의 군중들에게 그의 모습은 보이지 않고 목소리만 들렸다. 여느 때처럼 연설이 시작되었고 영도자는 하늘을 향해 주먹을 뻗으며 큰 소리로 외쳐댔다.

"우리는 다시 시작하려고 합니다!"

그러자 군중이 응답했다.

"인간을 원점에서부터!"

"다시 시작하자!"

"역사를 원점에서부터!"

"다시 시작하자!"

"세상을 원점에서부터!"

영도자는 "인간이 총체적으로 비인간화되는 이 어려운 시기"의 단합을 이야기했고, "가난한 자들 모두의, 특히 흑인들의 생존에 절대적 필수요건이 된" 혁명에 대해 말했고 "궁핍과 물자 부족에 맞서 싸우는 투쟁과 인민 행동 대오의 응집력 부족"에 대해 말했다.

바로 그때, 군중들의 눈에 영도자를 연단 아래로 떼밀어내고 그 자리에 선 마르샬의 모습이 다시 보인 것 같았다. 군중들은 마르샬이 말하기를 기다렸지만 그는 아무 말도 하지 않았다. 혼란이 극심해지자 경찰이 군중을 향해 발포했고 군중들은 욕설과 비명과 울부짖음, "빌어먹을" "나 총 맞았어" 같은 외침이 난무하는 폭풍우로 변했고 피의 번개에 뒤이어 "머저리 놈들" "빌어먹을 후레자식들" "너희들은 나를 못 죽였어" 같은 고함소리 천둥이 울려 퍼졌다. 그리고 서로 이름을 부르거나 부르짖는 소리들이 포탄처럼 하늘을 향해 솟구쳐 올랐다. 달아나는 몸뚱이들의 물결 속, 멀쩡하거나 으깨진 머리통들의 운해雲海 한가운데에 플래카드들이 나타났다. "마르샬 만세!" "가축 도둑놈들을 타도하자!" "우리 삶의 이름은 자유" 같은 문구들이 보였다. 그러나 이제는 아무도 그 문구들을 읽지 않았고, 산 자들, 죽은 자들, 거의-죽은-자들, 벗어-나지-못할-자들, 온전한 자들, 반토막들, 팔다리들, 쪼가리들 할 것 없이 모든 사람이 달아났고 일제사격이 계속해서 그 뒤를 쫓았다. 달아나는 사람들의 무리 여기저기에서 "마르샬 만세"가 터져 나왔고 사람들의 물결은 끔찍해서 사람들 같지 않았다. 무리들은 넘어졌고, 다시 일어났고, 뛰었고, 방향을 틀었고, 피를 너무 흘려 너덜너덜 창백해진 살점들을 남겼다. 저쪽에서는 일제사격이 계속 이어졌다. 그리고 이내 탱크들이 개흙처럼 뒤엉켜 달아나는 그 몸뚱이들을 추격하기 시작했다. 사흘 낮 사흘 밤 동안 도시는 그렇게 꿈틀거리는 물건, 끔찍한 물건이 되었다. 나흘째 되던 날은 수거하는 날이었다. **죽음 뒤의 삶** 호텔 13층에서 수거 광경을 바라보다가 샤이다나는 마르샬이 한 말이 생각났다. "독립이 만능은 아니야." 영도자는 자기 방에 틀어박혀서 언제나처럼 충성스러운 자들이 자기 손에 도시를 되돌려주기를 기다렸다. 나흘째 되던 날 저녁에 좋은 소식들이 들려왔고 부관은 영도자 앞에서 한층 더 신랄한 어조로 "그자를 데려왔습니다"라고 외쳤다. 영도자는 그 삼일 동안의 분노를 개인적으로 마르샬의 딸에게 풀어버릴 심산이었다가 주된 거처인 세-귀머거리 빌라에서 체포된 치 박사에게 쏟아부었다.

"그 여자 어디 있나?"

영도자는 사자보다도 사납게 포효했다. 포크가 그의 왼손에서 빛을 발했는데 이윽고 선고가 내려지는 순간이면 그의 오른손으로 옮겨갈 참이었다. 이미 숨이 거의 끊어졌음에도 불구하고 사계절에서 파는 고기를 두 입 먹는 사이에 끝나버리는 처형 장면을 수도 없이 목격했던 박사는 존엄의 포크를 알아보았고, 포크가 오른손으로 옮겨가는 순간에 그의 거덜난 목구멍에서 목소리 비슷한 것이 꺼져들어가는 몇개의 음절이 되어 새어 나왔다.

"안됩니다! 이렇게 죽이지는 마십시오! 각하! 이건 아닙니다!"

치미는 분노에도 불구하고 영도자가 빈정대듯 억지웃음을 지었다.

"박사, 이게 배신자들의 죽음이야. 다른 죽음은 없어. 배신자는 배신자로 죽어야지."

그다음 날 아침, 국영 라디오 방송은 전임 교육부 장관, 전임 국민의회 의장, 전임 외교부 장관, 전임 총리였던 치치알리아 박사가 인민의 대의와 국민적 열망을 배신해 인민과 인민의 이익을 저버린 적들에게 내려지는 벌을 받았다고 발표했다. 샤이다나는 아침식사를 하다가 우연히 그 방송을 들었다. 그녀는 개의 입에 물린 뼈다귀처럼 자기 마음이 바스라지는 소리를 들었고, 멍하니 자기 아버지의 말을 되풀이했다. "독립이 만능은 아니야." 그녀는 마르샬의 검은색으로 쓰인 저주스러운 글귀를 지우려고 한번 더 시도해보았지만 헛수고였고, 욕실의 거울 앞에서 옷을 모두 벗었고, 자신의 몸 전체를 오랫동안 바라보았는데, 그 몸은 완벽한 천상의 몸이었고, 한치의 어김없이 정확하고 동물적인 굴곡과 형태를 지닌 몸, 강렬하고 관능적인 전율의 물결을 일으키며 허공 속으로 퍼져나가는 것 같은 몸, 터질 듯한 풍만함을 지닌 몸이었고, 해안 지방 여인들 특유의 미소, 풍성하고 힘 있고 분방한 둔부, 군더더기 없이 매혹적인 엉덩이를 지닌 몸이었다. 이윽고 그녀의 눈길이 자신의 입술, 도톰하고 도발적이고 유혹적인 입술에 가서 멎었다.

그녀는 자신이 열네살이던 시절, 벌써부터 온 동네 사람들이 그녀를 신의 딸이라고 부르던 시절을 어렴풋이 떠올렸다.

"몸은 터무니없고 몰상식해." 옷을 입으며 그녀가 중얼거렸다. "몸은 추잡한 싸움이고 추잡한 드잡이야."

그녀는 뭔가 독한 것을 마시려고 바에 내려갔다가 다시 올라와서 잠자리에 들었다. 호텔은 강의 숨결과 건너편 기슭에서 전해오는 냄새들을 정면으로 맞고 있었다. 개구리들의 송가가 아침 늦은 시각까지도 이어졌고, 샤이다나는 자기 몸에 어울리는 유일한 음악인 양 그 송가에 귀를 기울였다. 11시경에 그녀는 일어났다.

"이건 그의 피야. 그의 살이고. 이렇게 추잡한 방식으로 그가 이 피와 살을 나한테서 되찾아가게 하겠어."

그다음 날 샤이다나는 호텔을 떠나 유르마의 가장 가난한 구역에 있는 재향군인의 거리로 거처를 옮겼다. 집주인은 방 다섯개짜리 집에 집세 사천과 임대보증금 만이천을 요구했다. 집주인에게 그 돈을 지불하다가, 그녀는 돈 묶음 속에서 박사가 자기한테 준 8700만 프랑짜리 수표를 보았다.

"여기선 모두가 알고 있는 것 같아. 요컨대 모든 사람이 기일期日을 알고 있는 듯해. 날짜, 시각, 방법까지."

그날 밤 세 든 집에서 보내는 두번째 날 밤에, 샤이다나는 평소보다 일찍 잠이 들었다. 그녀는 꿈을 꾸었는데 박사가 개떼 앞에 던져진 고기 조각처럼 갈가리 찢기는 것을 보았고, 그를 찢어발기는 사람들의 얼굴에 그의 피가 눈부신 섬광처럼 튀어 올랐고, 마르샬이 엄청나게 큰 글자로 이름들이 적힌 삼각 깃발 하나를 그녀에게 내밀었다. 깨어났을 때 샤이다나는 자신의 다른 쪽 손바닥에서도 마르샬의 검은색으로 쓰인 글자들을 보았다. "떠나야 한다." 그녀는 한번만 슬쩍 문질러도 글자들이 지워질 거라고 생각했지만 손바닥을 물로 씻어도 소용이 없었고 글자들은 그녀의 의도를 단호하게 거부했다.

"나는 남을 거야. 이건 그의 피야. 이렇게 저주스러운 방식으로 그가 이 피를 나한테서 되찾아가게 하겠어. 나는 오직 이런 방식으로만 이 피를 고스란히 그에게 되돌려주겠어."

그녀는 300만 프랑어치 검은색 페인트를 샀고 관리인 한 사람을 고용해 그 페인트를 되파는 가짜 임무를 주었지만, 실제로 그녀가 기획한 것은 말 그대로 낙서운동이었다. 그녀는 삼천명의 남자아이들을 모집하여 성탄절 밤에 유르마의 모든 집 대문에 자기 아버지의 그 명언을 쓰게 했다. "나는 이런 죽음을 죽고 싶지 않다." 대규모의 그 스프레이건 부대는 너무나 훌륭하게 역할을 수행했다. 그들은 대통령궁의 제3 정문에까지 그 문장을 썼다. 그중에서도 좀더 대담한 친구들은 양 장군, 오발타나 대령, 퓌르시아 중령 등을 비롯한 몇몇 군 간부들의 몸에까지 그 문장을 쓰는 데 성공했다. 아메단디오는 천구십명의 군복에 그 문장을 썼다고 했다.

도시 전체가 마시고 춤추던 그 성탄절 내내 스프레이건 부대는 도처에 마르샬의 그 문장을 쓰는 일에 전력을 다했다. 그리고 아메단디오는 영도자의 엉덩이에도 그 문장을 쓰겠다고 밝히면서 "다음에는 총"[8]이라는 알쏭달쏭한 선언을 했다.

"그자는 온 도시를 알몸으로 끌려다녀야 하고 목에 방울을 달아서 자신의 치욕을 제 스스로 딸랑딸랑 울리고 다니게 해야 해. 그런 날이 와야 이 너절하고 더러운 피를 나한테 준 자에게 내가 이 피를 돌려주게 될 거야."

영도자의 대응은 아주 철저해서 집에 검은색 페인트를 가지고 있을 것 같은 사람들은 모조리 체포했고, 검은색을 마르샬의 색으로 공표하여 검은 머리와 검은 피부를 가진 사람들의 머리와 피부만 빼고는 검은색을 띤 것들은 싸그리 없애버리라는 명령을 시민들에게 내렸고, 석탄 판매상들은 명령에 의해 영업을 중단해야 했고, 상을 치르던 사람들은 거리 한복판에서 강제로 옷이 벗겨졌다.

---

8 (옮긴이) 미국의 아프리카계 작가 제임스 볼드윈(James Baldwin)이 발표한 에세이집 *The fire next time*(1963)의 프랑스어판 제목을 차용한 표현인 듯하다.

마르샬의 검은색과의 전쟁은 몇시간 만에 온 나라로 확대되었다. 샤이다나가 사는 구역에서는 마르샬의 검은색이 대규모 광맥처럼 발견되는 바람에 엄청난 살육이 저질러졌다. 더군다나 그곳은 오래전부터 카 부족의 구역이라는 나쁜 평판을 받아왔다. 카 부족은 영도자에게 그다지 우호적이지 않은 것으로 알려져 있었다. 군대는 일석이조의 효율적인 작전을 수행해야 했고 탱크들은 아무런 거리낌없이 인육시체으로 포장된 모앙도의 도로 위로 나아갔다. 탱크들이 지나가고 며칠 뒤에 모앙도는 파리와 개 들의 구역이 되었다. 탱크들이 새벽에 지나가면서 모든 주민들을 끔찍한 진흙탕으로 만들어버렸기 때문에 수거 작업을 할 필요는 전혀 없었다.

"그 여자 어디 있나?"

"이런 죽음은 싫습니다, 각하! 제발."

피가 모두 빠져나가버린 그 고깃덩어리 속에서 이제는 뭐가 그렇게 말하고 있는 것인지조차 알 수 없었다. 어쨌든 고깃덩어리는 말했다. 희미하게. 그러자 영도자는 말이 새어 나오는 지점들을 찔렀다. 피는 고약하고 성가신 액체. 피가 타일 바닥을 더럽혔다.

"그 여자 어디 있나?"

샤이다나는 **죽음 뒤의 삶** 호텔로 돌아가서 38호실의 임대를 사년 연장했다. "나는 그자들의 작품이야. 내가 그자들을 모두 엿 먹여주겠어."

샤이다나는 유르마의 치안을 담당하는 내무부 장관의 집무실에 가서 접견 신청을 했는데, 스물다섯살 미만의 미모가 뛰어난 여자들에 대해 장관 각하가 전담 비서에게 내려놓은 엄격하고 세세한 지시 사항들 덕분에 쉽사리 접견 허락을 받아낼 수 있었다. 그 조건에 맞는 미모의 여자를 장관 각하의 집무실에 들여보낼 때마다 비서 동지는 상당한 액수의 성과 보너스를 받았다.

샤이다나를 보자마자 장관은 비서에게 가서 손가락 신호로 보너스를 암시했고, 입안 가득 고인 군침을 이리저리 굴리다가 요란하게 꿀꺽 삼켰고, 암컷들에게 단도직입적으로 접근하는 수컷들이 으레 그렇듯이 자기 두 손을 오랫동안 비벼댔다.

"마드무아젤에게 우리가 뭘 해드릴까요?"

일이 복잡해지는 것을 피하려고 장관은 모든 여자들(심지어 자기 아내까지도)을 마드무아젤이라고 불렀다. 샤이다나가 함박 미소를 짓자 장관 각하는 또다시 두 손을 비볐고 침을 한모금 더 꿀꺽 삼켰다. 좀더 수컷답게 보이려고 그가 담배에 불을 붙였다.

"티브이에서 당신을 봤어요." 샤이다나가 말했다. "당신의 모습을 보고 이렇게 찾아뵙고 싶어졌어요."

장관 각하는 거의 쓰러질 뻔했다. 자신의 기다란 두 귀를 믿을 수 없었다. 담배 연기를 한모금 빨아들이다가 팔십대 노인처럼 기침을 하고 말았다.

"뭐라고 하셨죠, 마드무아젤?"

샤이다나가 같은 문장을 반복했다. 장관 각하는 티브이에 나오는 자신의 꾸민 태도들, 영도자를 찬양할 때의 박력과 열기, 맨날 하는 판박이 말들, 애국적인 몸짓들, 작위적인 신념, 위압적인 어투가 반대 성性이라는 신비로운 대지에 어떤 효과를 만들어낼 수 있으리라고는 전혀 생각해본 적이 없었다. 그는 뗄레-유르마에 자신이 마지막으로 출연했던 때를 어렴풋이 기억해냈다. 집회가 무산된 뒤, 수거 작업이 있기 직전이었다. 방송에서 그는 전쟁 용어들을 써서 말했다. 어쩌면 그녀가 본 건 그때가 아니었는지도 모른다. 티브이에 출연한 다른 날들을 떠올려보다가 그는 거의 비참해지고 말았다. 난생처음으로 감히 자기 자신을 바라보려고 시도하다가 음모와 술책에 굶주린 심장을 가진 인간, 증오에 사로잡힌 인간의 실루엣만을 보았기 때문이고, 끔찍하게 비인간적인 내면을 지닌 하나의 형체, 인간 쓰레기에 가까운 어떤 것을 보았기 때문이다. 그는 자신이 티브이에 나갔던 일들을 모두 생각해보았지만 그중 어느 것도 아니었다…… 여자들의 저 눈과 귀가, 모든 사람들이 보는 것을 보지 못하는 눈, 모든 사람들이 듣는 것을 듣지 못하는 귀가 아닌 한에는…… 그러다가 그는 함정이 아닐까 하는 생각을 했고 크게 실소할 뻔했다. 이래 봬도 그는 권력의 핵심이었고 나라의 치안을 만들어내는 기계였다. 그리고 그는 나라의 안전을 만들어내는 일에 있어서도 우선적으로 자기 몫의 안전부터 챙기는 사람이 아니었던가? 그가 자주 말했듯이, 자기 상표商標의 안전부터.

"마드무아젤, 당신의 성적인 용기가 놀랍습니다. 그리고 완벽해 보이는 당신의 몸도 그렇고요."

"컨디션이 좋은 날 저녁에 절 보러 오세요. 호텔 **죽음 뒤의 삶** 308호예요."

"알겠습니다. 11시에서 자정 사이에."

장관은 일주일 동안 금욕했다. 아랫도리에 일주일치 정액이 고

이면 이름도 모르는 그 잠들어 있는 육체 앞에서 형편없는 수컷 취급은 당하지 않을 거라고 확신했다. 그 일주일 동안 그는 섹스 할 때의 격렬한 몸동작을 생각하면서 열심히 아랫도리를 움직였고 헤어지기 전에 샤이다나가 자신의 입술에 해준 자극적인 키스도 생각했다.

"그 여자는 내가 본 것 중에 최고로 완벽한 몸을 가졌어. 그 여자는 완벽하게 아름답고, 요염하고, 감미로워."

샤이다나는 다른 사람들, 예컨대 국영 라디오 담당 장관, 국방부 장관, 인민부 장관, 산림부 장관 등등과도 접촉했다. 그녀는 마음속으로 끊임없이 소리쳤다. "이 썩은 피를 이런 식으로 그에게 돌려줘야 해." 내무부 장관이 오기로 되어 있던 날 저녁, 샤이다나가 명함 돌리는 일을 끝내고 돌아오던 참이었다. 호텔 방 입구에서 여러 시간 동안 기다린 것 같은 마르샬에게 그녀는 호되게 따귀를 맞았다. 기절한 상태로 저녁나절을 보내기 전에 샤아디나가 마지막으로 본 아버지의 이미지는 두 눈에 담긴 격렬한 폭력의 번뜩임이었고, 그 눈빛이 어쩌나 강렬했던지 의식이 깨어나서도 그녀는 그 눈빛이 죽은 자들의 말이라고 생각했다. 마르샬은 샤이다나의 오른손에 "너는 우리 핏줄의 마지막 자손이니, 지옥이 오기 전에 떠나야 한다"라고 썼고, 그녀는 그 글자들을 감히 지워볼 엄두조차 내지 못했다. 그 글자들이 지워지지 않는다는 것을 이제는 그녀도 알고 있었기 때문이다. 그녀는 아버지가 자주 인용하곤 했던 격언을 떠올렸다. "산 자들이 없는 죽은 자들은 불행하고, 죽은 자들이 없는 산 자들도 똑같이 불행하다."

"다른 사람들의 몸은 우리를 아프게 해."

그때 장관이 도착했다. 샤이다나가 그를 맞아들였다. 그들은 샴
페인을 곁들인 정사를 했다. 그러나 그 샴페인은 샤이다나표 샴페
인이었고, 치안을 담당하는 내무부 장관께서는 그 몇주 뒤에 전신
마비에 걸리더니 샴페인을 곁들여 마지막 정사를 한 지 삼년 만에
죽어버렸다. 유르마의 치안을 담당하는 내무부 장관을 대상으로
자신의 계략을 실행에 옮긴 뒤의 첫 한해 동안, 샤이다나는 카타말
라나지 독재 체제의 가장 영향력 있는 인물들 대부분에게 샴페인
을 곁들인 죽음의 교부를 끝냈고, 결국 치안을 담당하는 내무부 장
관이 죽던 무렵에 총 오십명의 카타말라나지 장관들과 국무위원들
중에서 서른여섯명의 국장이 치러졌다. 샤이다나는 자신의 샴페인
정부情夫들의 매장지까지 따라갔고 그러면서 아주 자연스럽게 권
력 사회 안으로 녹아들어갔다. 그녀의 작전은 군부의 거물들 쪽으
로 방향을 틀었고 38호실은 장군과 영관급 장교 들에게 문호를 개
방했다. 이제 남은 것은 영도자 원수元帥였다. 남자들에게 샤이다나
의 스무살 나이와 매력적인 아름다움은 여전히 뜨거운 성적 관심
의 대상이었다. 늘 그랬듯이 그들의 주소를 구하러 다니는 대신에
그녀는 이제 그 주소들을 가지고 있었다. 그중에서도 특별히 잽싼
남자들은 그녀에게 청혼을 했다.

그렇게 해서 샤이다나는 두엔토-칸사 드 라방피르 부인, 사마낭
타 부인, 무쉬에스타 부인, 아위-무르타 부인, 요아니 부엔조 부인,
아나마라쉬 무쉐타 부인, 루피아자나 쉬오 부인, 아우구스타노 마
스타 부인, 마리아 드 카바나 부인…… 이 되었다.

특수부대의 아리아마나 푸에블로 장군이 죽던 무렵 샤이다나에게는 마음이 끌려 여덟달 동안 거의 부부처럼 산 카라는 스물네살짜리 젊은이가 있었고, 거의 연인에 가깝던 카가 죽으며 그녀에게 남긴 회한 때문에 샤이다나는 영도자의 공개적이고 맹목적인 지지자였던 오발타나 드 키엔조 대령의 청혼을 받아들였는데, 그자가 바로 군법재판과 사형 집행의 책임자였고, 사형 집행에 반대하는 최근의 시위에서 삼만여명의 군중들에게 발포 명령을 내린 자이기도 했다. 장관 서른여섯명의 국장이 치러진 삼년 뒤에 샤이다나는 오발타나 부인이 되었다. 몽락 빌라에서 결혼 피로연이 열렸을 때 구원의 영도자는 신부의 엉청난 몸을 보고 정신이 나가버렸고 그녀가 연속해서 일곱번째로 응해준 춤을 추면서 몇마디 어설픈 사랑의 말들을 그녀에게 속삭였다.

"오! 영도자 각하!" 샤이다나가 그의 속삭임에 간단히 화답했다. "저는 카타말라나지의 국모가 될 자격이 없습니다."

그 말을 듣고 자신의 고백이 통했다고 결론 내린 영도자는 사랑의 고백을 반복했고 그녀가 승낙하기만 한다면 당장 내일이라도 그녀와 결혼하겠다고 맹세하기까지 했다.

"죄악의 씨앗을 불러내리는 자에게 화가 있도다."[9] 마르샬은 이 구절을 기회 있을 때마다 수백번도 넘게 그들에게 읽어주었는데

---

9 (옮긴이) 작가는 「마태복음」 18장 7절에 나오는 문장 "Malheur à l'homme par qui le scandale arrive!"를 원용하면서, 그 문장 끝의 동사 'arrive'를 'descend'으로 바꾸어놓았다. 우리말 기독교 성경에는 "실족하게 하는 그 사람에게는 화가 있도다"라고 번역되어 있는 문장이지만 앞뒤의 문맥을 고려해 새롭게 번역하였다.

그는 언제나 "불러오는 자" 대신에 "불러내리는 자"라고 말했다. 결혼식 피로연이 열린 그날 저녁 귀가 아프게 들었던 그 구절이 그녀로 하여금 자신의 가슴, 그리고 입술을 억지로 내주게 만들었다. 아버지에 대한 기억이 그녀에게 지독한 반항 심리를 낳았고 결국 샤이다나는 죄악의 씨앗이 내려오는 것을 보기 위해 영도자의 청혼을 받아들였다.

"며칠 뒤에 합시다."

"제 머릿속이 복잡한 거, 아시죠? 수치심. 두려움. 사람들이 말이 많겠죠." 짐짓 꾸미는 데 능한 샤이다나가 말했다. "사람들이 말할 거예요……"

"사람들은 구원의 영도자에 대해서 아무것도 생각하지 않소. 영도자는 법이오. 최고의 법이지."

"크게 소리 내어 생각하지는 않겠죠."

"그건 생각하는 게 아니지. 그 격언 모르시나? 반대하지 않는 것은 동의하는 것이다."

영도자가 저녁 내내 신부와 춤을 추자 심술궂은 혀를 가진 사람들은 국유화라는 표현을 입에 올렸다.

대령은 자신의 불만을 조금 희석시켜보려고 고귀하고 막중한 국가적 책무에도 불구하고 영도자께서 자신의 비천한 신하들에게 얼마나 큰 부성애를 베풀어 보여주시는지 찬양하는 연설을 했다. 또한 그 기회를 빌려 영도자에 대한 터무니없는 비인간화 캠페인에 힘을 쏟고 있는 이웃나라의 언론을 조롱하고 야유하기도 했다.

그다음 날 저녁 카타말라나지 민주공화국의 목소리는 첫번째 부인이 심장발작으로 사망한 구원의 영도자가 카타말라나지에서 가장 아름다운 여성과 가까운 시일 내에 결혼다는 소식과 함께, 두 약혼자의 삶의 이력을 소개했다. 마드무아젤 아옐레의 이력서에 의하면 그녀는 카타말라나지 해안 지방에서 부유한 생선 상인과 여교사의 딸로 태어났고 브뤼셀에서 이년, 빠리에서 이년, 런던에서 이년씩 의학 공부를 했으며 사회과학 3기期 박사학위를 취득했다. 그러나 이제 그 누구도 그런 말을 믿지 않았다. 사람들은 라디오에서 소리가 나니까 라디오를 들었다. 영도자가 언제, 어디서, 어떤 부모로부터, 뭣 하러 태어났는지 모든 사람들이 줄줄 외고 있었지만 아나운서는 하늘의 섭리가 세상에서 가장 탁월한 재능을 부여한 아들을 그들(물론, 카타말라나지 사람들을 말한다)에게 선사해준 사마푸은돌로 페타르에 대한 찬양을 반복했다. 다차원적 영도자를 기쁨과 소박함 속에서 성장하게 해준 고향 마을은 칭송의 대상이었고, 국가 공식 시인 자노-오캉델리의 영탄적인 시도 논평의 뒤를 이었다.

> 오 불꽃의 영도자
>
> 빛을 받으시어
>
> 카타말라나지의 어두운 대중에게
>
> 빛을 비추어주시네
>
> 와서 비추시라
>
> 그대 이름의 그림자
>
> 우리 영토를 어지럽히는
>
> 돌처럼 굳은 심장들 위로……

존엄의 결혼 피로연이 열리던 날 밤에 오 대령은, 하층민들은 그를 그렇게 불렀는데, 권총 한발을 자기 왼쪽 눈에 쏘았다. 총알은 목덜미를 관통해 빠져나갔고 영험한 샴페인의 취기 속에서 대령의 생애를 영원토록 쏠어가버렸다. 영도자와의 결혼식 이틀 전 오발타나 부인이 된 샤이다나는 남편에게 사촌들의 축하를 받으러 신-유르마에 가도 좋다는 허락을 받았다. 사실 그녀는 철저한 비밀 속에 영도자의 집으로 갔고 영도자는 샤이다나에게 그녀 인생의 아흔세번째 신분증을 만들어주었다. 그녀는 이른 새벽 시간에 새로운 남편의 방에 들어가다가 마주친 마르샬에게 따귀를 맞았다. 그는 아무 말도 하지 않았지만 샤이다나는 또다시 개입한 마르샬의 행동을 오브라무산도[10]와 동침하는 것에 대한 무조건적이고 절대적인 금지로 해석했다. 샤이다나는 반항심이 자신의 온몸을 뒤흔드는 것을 느꼈다.

"지겨워. 다른 사람들의 몸을 이리저리 끌고 다니는 데 이젠 지쳤어."

닭이 세번째 울었을 때 영도자는 결혼식이 열릴 일주일 동안을 나라 전체의 유급 휴무일로 정하겠다고 선포했다. 망명자협회장이 투덜투덜 불평을 늘어놓았지만, 영도자는 협회장의 출신 국가에서는 일주일 파업이 빈번하니까 결과적으로 유급 휴무일의 손실은 파업 금지가 고스란히 벌충해준다고 그에게 일러주었다. 영도자는

10 (옮긴이) 영도자의 옛 이름.

일주일 동안의 밀월 기간에는 그 어떤 경우에도 자신을 방해하지 말라고 지시했다. 그는 대통령궁의 모든 하인들을 베란다에 나가 있게 했고, 보름간 계속되는 연례 묵상 기간과 마찬가지로 모든 출입문과 창문을 걸어 잠근 상태에서 아무도 들여보내지 말라는 지시를 내렸는데, 묵상 기간과 유일하게 다른 점은 대통령궁 주위에서 사람들이 춤을 추고 노래할 수 있다는 것이었다.

"밖에서 세상이 끝장난다 하더라도 나를 방해하지 마시오."

그리고 나서 그는 자신의 경호를 담당하는 미국인 대령 그린맨과 짤막하게 밀담을 나누었다.

삼분 정도의 시간 동안 그린맨 대령은 연신 알아들었다는 고갯짓을 하면서 그의 말을 들었고 "잘 알겠습니다"라는 마지막 말 바로 뒤에 "각하"라는 호칭을 갖다 붙였다. 축제가 베란다에서 엿새 동안 계속된 뒤에 사람들이 흩어졌다. 자신의 방에서 영도자는 아주 뜻밖의 역겨운 일을 당했다. 그는 푸른 문 앞에서 옷을 모두 벗었고 늙은 고릴라처럼 털로 뒤덮인 자신의 몸, 그리고 자기 부족의 관습대로 칼로 다듬어서 기하학적인 다발의 형태로 아름답게 배치시킨 커다란 흉터들 밑으로 부스럼이 나 있는 자신의 거대한 생식기로 아내를 깜짝 놀라게 할 심산이었다. 그는 열대적으로 발기해 있었지만 열대적으로 뛰어든 침상에서 영험한 샴페인의 취기 때문에 여전히 흐리멍덩한 그의 두 눈이 본 것 그리고 그의 첫번째 애무의 손길이 맞닥뜨린 것은 아내의 완벽한 몸이 아니라 그의 혼례시트 위에서 시커먼 생피를 흘리고 있는 마르샬의 몸뚱이 윗부분이었다. 그는 비참해졌고 오래전의 그 애원하는 듯한 태도로 되돌아갔다.

"마르샬, 넌 벌써 죽었어야지. 너한테 딱 맞는 죽음을 이미 맞이했어야지."

마르샬은 대꾸하지 않았는데, 목이 칼에 찔려서 아마도 벙어리가 된 것 같았다. 마르샬의 상체가 사라졌을 때 영도자는 침대 발치에 지렁이처럼 알몸으로 누워 있는 아내를 보았고 돌이 꿈꾸는 조각처럼 아름답고 지독하게 관능적인 그녀를 보고도 전혀 아무런 욕구를 느끼지 못했다. 그다음 날 깨어났을 때 샤이다나는 마르샬에게 세번째로 따귀를 얻어맞으면서 자신이 아버지에게 했던 말의 한조각을 입 끝으로 중얼거렸다. "……나는 이렇게 저주스러운 방식으로 아버지한테 그걸 돌려줘야 해요." 따귀를 맞기 전에 한, 그말의 다른 한조각은 이랬다. "이건 아버지 몸이에요……" 그녀는 일어나서 존엄의 침대에 가서 누웠는데 마르샬의 얼룩으로 더러워진 침대 시트는 교체되지 않고 그대로였다. 영도자는 그녀의 몸에 홀딱 빠져 있었지만 그의 '열대성'은 주인의 부름에 응답하지 않았다. 그는 신종 강장제를 먹으러 갔는데 몇년 전에 어떤 피그미족이 그에게 알려준 최후의 수단이었다.

강낭콩 술에 일곱장의 나뭇잎과 잔뿌리 열두개를 우려낸 강장제였다. 각하의 열대성이 금방이라도 전장을 향해 조국을 떠날 것처럼 원기 왕성하게 되살아났다. 샤이다나는 기다렸지만 영도자가 그녀를 건드릴라치면 이내 마르샬의 상체가 그의 두 눈에 가득 들어왔고, 눈을 감든 뜨든 상관없이 그는 단번에 불능 상태에 빠졌다. 그런 상황이 족히 두시간은 지속되었을 것이다. 샤이다나는 영도자가 검지와 가운뎃손가락으로만 섹스를 하는 가련하고 한심한 성불능자라고 확신하게 되었다. 그래서 그녀는 애초의 임신 계획을 포기했고 예전의 레퍼토리인 샴페인 섹스를 다시 해볼까 하는 생각을 했는데, 무엇보다도 영도자가 검지와 가운뎃손가락을 사용하는 단계를 지나 끔찍한 가혹 행위를 시작했기 때문이다.

"나는 이제 너 없이는, 네 강렬한 체취 없이는 살 수 없어. 나는 손가락으로 하는 오르가슴이면 충분해."

"나도 당신이 내 얼을 빼고 나를 휘저어놓는 것으로, 내가 당신의 체중 밑에서 신음하고 떠는 것으로 충분해요."

샤이다나는 거짓말을 했다. 그녀는 아이, 괴물들의 자식을 원했다. 늦어지기 전에…… 이제 그런 일은 없으리라는 걸 확신하게 되자, 그녀는 다른 길을 택했다. 그러나 영도자는 뭐든 할 수 있는 사람이었기에, 그녀는 이런저런 위험들을 계산하면서 천천히, 조심조심 다른 길을 모색했다. 언론 매체가 그녀의 초상을 보도했기 때문에 상황은 확실히 복잡해져 있었다. 그녀는 자기 옆모습만을 언론에 노출시켜서 핵심은 보전해놓은 상태였다. 그렇지만 무엇보다도 치안을 담당하는 디크라바네 포스티노 중령이 전혀 우습게 볼수 있는 사람이 아니었기 때문에 정말이지 조심스럽게 일을 진행시켜야 했다. 결혼한 지 이년 만에 정신적 위기상황이 왔다. 하층민들과 마르샬의 사람들이 영도자의 성 불능을 공식화하기 시작한 것이다. 유르마에 끊임없이 뿌려지던 전단지들도 영도자의 성불구를 언급했다. 그러자 영도자는 더욱 난폭해졌고 그런 상황이 지속되면 기관총으로 자기 사타구니를 갈겨버리겠다고 말하곤 했다.

"그건 너무 멋있을 거야." 샤이다의 생각이었다. "당신을 위해서는 내가 골라놓은 죽음이 있어. 기관총으로 갈기는 건 쓰레기들한테 는 안 어울려."

그 무렵 샤이다나는 카타말나지 해안 지방에 있는 부모님을 보러 가게 해달라고 영도자에게 부탁했다.

"너의 체취! 이제 나는 더이상 네 강렬한 체취 없이는 살 수가 없어. 내 콧구멍이 그 냄새에 길들여져버렸어."

"딱 사흘 만요."

"도대체 어떻게 하란 말이야? 넌 이제 나의 분신이야."

너무나도 소중한 그 냄새를 흠뻑 들이마시려는 듯 그가 자기 머리를 그녀의 아랫도리에 처박았다.

"이건 기적이야. 난 절대로 여자를 사랑한 적이 없었거든! 정말 기적이야."

그녀는 영도자에게 상냥한 미소를 지어 보였다. 샤이다나는 생각했다. "벌거벗은 최고 권력자는 추악함의 극치야." 여자의 몸, 요동, 체취 밑에서 한 남자가 너절해질 수 있다는 생각도 했다.

"당신이 나를 잃어버리지 않게 제 허벅지 위쪽 사타구니에 작은 십자가를 그려주세요. 이 나라에는 잘려 나가는 목들이 너무 많아서 어쩌면 내 목도……"

"입 다무시오, 부인." 영도자가 성호를 그으며 말했다.

암컷을 희롱하는 숫호랑이처럼 맹렬하게 그가 자신의 늑골 속에 타오르는 정열의 조악한 불꽃 속으로 몸을 던졌다. 그의 눈과 머릿속에서 세상이 빙글빙글 돌더니 문득 온 세상이 흐물흐물해졌고 사물들의 윤곽이 지워졌다.

"너의 체취, 너의 이 체취." 샤이다나의 길들여지지 않은 몸 위를 뒹굴면서 그가 투덜대듯 웅얼거렸다.

그의 열대성이 거의 응답할 뻔한 순간에 마르샬의 몸뚱이 윗부분이 그의 시야를 가득 채웠고 영도자는 여덟개의 탄창을 비워버린 뒤에 언제나처럼 애원하는 듯한 태도를 다시 취했다.

"자, 마르샬! 분별심을 가져. 자네 나한테 이런 식의 고문은 이제 충분히 했잖아. 자네가 나보다 더 악랄해졌어."

그러나 마르샬은 그저 눈살만 찌푸렸다. 그러자 화가 머리끝까지 치민 영도자는 여기저기 마르샬의 모습이 보이는 것 같은 지점들을 향해 여든세개의 탄창을 비웠다. 그는 다섯시간 동안 총을 쏘아댔고 그를 도우려고 급히 달려오던 충성스러운 병사들까지 죽여버렸다. 저녁식사 시간이 되어 허기도 지고 화도 좀 가라앉자 그가 다시 애원하는 투로 돌아갔다.

"그만 좀 열대적으로 굴어, 마르샬. 내가 전쟁에서 이겼으니까, 나한테 이런 권리는 인정해줘야지. 그래도 싸움을 계속하고 싶다면 내가 갈 때까지 기다려. 공평한 조건에서 정정당당하게 싸우자구. 왕년에 살았던 자가 살아 있는 사람들을 괴롭히는 건 비겁하잖아."

그러나 마르샬은 아무 말도 하지 않았다. 결국 영도자는 목에 난 상처 때문에 마르샬이 완전히 벙어리가 되었다고 믿게 됐다.

"신경 쓸 필요도 없겠어." 영도자가 내린 결론이었다. "말을 못한다면, 저 자가 할 수 있는 것도 그저 나타나는 것뿐이라는 거니까."

그날 저녁 샤이다나가 존엄의 침상 모퉁이에서 영도자가 낸 상처 때문에 여전히 피를 흘리고 있는 어머니-넝마와 이스테리아를 보았을 때, 부관이 "그자를 데려왔습니다"라는 말을 우물우물 씹어 뱉으면서 그들을 영도자 앞으로 떼밀던 11월 16일 밤과 꼭 마찬가지로, 마치 시간이 1초도 움직이지 않은 것처럼, 그들의 시뻘건 두 눈에서는 계속해서 눈물이 소리 없이 흘러내렸다. 그렇지만 이미 아홉해 전의 일이었다.

"말도 안돼, 아직도 울고 있다니." 두개의 신기루가 사라지자 샤이다나가 말했다.

그러고 나서 침상의 다른 쪽 모퉁이에 넬란다, 날라, 아삼이 나타났다. 그들도 구년 전의 눈물을 흘리고 있었고, 구년 전의 몸짓들을 그대로 반복했다. 샤이다나의 배 위에 누운 영도자는 늘 그래왔듯이 그녀의 체취를 흠씬 들이마시면서 검지와 가운뎃손가락으로 못된 장난질을 치고 있었다. 그는 오브라무산도 음비를 생각했고 자신이 어떻게 그 이름을 버리고 로앙가가 되었는지 생각했다. 그뒤에 로앙가는 다시 얌보가 되었다. 그는 얌보가 어떻게 '평화와 평등을 위한 당' 또는 머리글자로 PPEP의 총서기가 되었는지, PPEP가 어떻게 PPUD(통합과 민주주의를 위한 당)가 되었고 또 PPUDT(통합과 민주주의와 노동을 위한 당)가 되었는지, 그리고 PPUDT의 창립 의장이던 자신이 헌법상의 교묘한 덫을 활용해 어떻게 카타말라나지 공동체공화국의 종신 대통령이 되었는지 생각했다. 그렇게 해서 얌보는 '구원의 영도자 마르크-프랑수아 마뗄라-뻬네'가 되었는데, 기자들은 그 문장 같은 이름을 그때그때 경우에 따라서 날것으로 사용하거나 익혀서 사용했고, 날것이든 익힌 것이든 그 이름은 민중들로 하여금 정치 프로그램이 방송되면 라디오 수신기를 끄게 만들었고, PPUDT를 그 머리글자의 진정한 의미, 즉 '부채와 학살의 통합을 위한 영도자 부족의 당'이라고 번역하게 만들었다. 그 이후로 마르크-프랑수아 마뗄라-뻬네는 고기밖에는 먹지 않았고 존엄의 샴페인과 강장제밖에는 마시지 않았다. 그는 뼛속 깊이 열대적인 남자가 되었다. 마르샬이 골칫거리가 되면서 그는 소형 기관총 사격과 표범 사냥에 대한 열정을 잃어버렸다.

샤이다나는 카타말라나지 해안 지방에서 보내는 삼일 동안의 휴가를 얻어냈다. 그녀는 수행원들을 일절 거부했고 언론과 정부 관계자들 몰래 출발했다. 사실 그녀가 향한 곳은 **죽음 뒤의 삶** 호텔이었다. 침대에 몸을 던진 뒤 그녀는 치치알리아 박사를 생각했고 스스로 자기 왼쪽 눈에 권총을 쏜 오 대령을 생각했다. 그다음 날 아침 그녀는 특수부대장이던 카벵다코 프루덴시아 대령을 방문했고 대령은 그녀의 방문을 받은 이년 뒤에 전신마비로 국장도 못 치르고 죽었다. 대령은 완벽한 불행 속에서, 기념 공동묘지가 되어버린 영도자의 도시 유르마로부터 불과 3킬로미터 정도 떨어진 곳에서, 자기 삶의 마지막 두해를 보냈다.

영도자는 삼일 더 아내를 기다렸다. 이윽고 그의 조바심이 엄청난 광기로 바뀌었다. 그녀를 찾고 또 찾느라 온 나라를 뒤죽박죽으로 만들었고, 신분증만으로는 사람들을 완전히 믿을 수가 없었기에 해외 열강의 장교들에게 훈련받은 삼천명의 베레모로 최측근 독립부대를 꾸렸다. 훈련에 여섯달이 걸렸다. 이천삼명의 병사들만이 혹독한 훈련을 버텨낼 수 있었다. 영도자는 훈련 수료자들과 두시간 동안 면담하면서 그들의 임무를 설명해주었고, 오른쪽 허벅지 위쪽 사타구니에 그려진 십자가로 정체를 확인할 수 있는 여간첩 한명이 공화국과 PPUDT에 어떤 위협이 되고 있는지 이해시켰다. 여자들이 사타구니 검사를 받을 수 있게 시장, 상점, 공원 앞에 격리 공간이 만들어진 것이 바로 그 무렵이었다. 민중들은 최측근 독립부대 병사들을 아랫도리-근위병이라고 불렀다.

이년에 걸쳐 샤이다나는 카타말라나지 비극의 등장인물인 서른명의 고위 인사들에게 샴페인을 대접했다. 전염병이라는 말이 돌기 시작했지만, 설혹 전염병이라 하더라도 카타말라나지 독재 체제의 인사들만이 그 전염병의 희생자가 되었기 때문에 해외에서는 그것 또한 영도자의 열대적인 수법 중 하나라는 결론을 내렸는데, 일반적으로 비용이 너무 많이 드는 카타말라나지 공동체공화국의 선거를 대체하는 수법, 좀 과격하긴 하지만 어쨌든 좀더 신속하게 정부 구성원들을 교체하는 수법이라는 것이었다. 물론 샤이다나의 두 볼은 아버지의 거듭된 따귀질로 움푹해졌다. 어느날 저녁 샤이다나는 자신이 샴페인에 섞는 물질인 부오카니를 과다복용한 뒤에 침상에 누워 생명이 멎기를 기다렸다. 나흘을 기다렸지만 죽음의 문은 열리지 않았다. 네번째 날 아버지가 와서 그녀의 따귀를 폭풍 치듯 후려쳤고 떠나지 않고 그녀의 머리맡에 아침까지 앉아 있었다. 그녀는 엄청난 고열로 온몸이 덜덜 떨렸다. 8시에 마르샬이 커피 한잔을 그녀에게 가져다주었고 그녀는 정오에 그 커피를 마셨지만 식사는 하지 않았다. 저녁이 되어 떠나기 전에 그는 레몬과 레몬 껍질을 넣은 탕약을 만들어주었다. 그러고는 열두개 가량의 초에 불을 붙여서 양동이 바닥에 내려놓은 다음 샤이다나로 하여금 몸을 수그려 탕약에서 나는 증기와 촛불의 열기를 쐬게 했고, 그녀를 담요로 덮어서 흠뻑 땀을 내게 했다. 그다음 날 다시 왔을 때 마르샬은 침상과 바닥 위에서 시커멓게 썩어가고 있는 토사물 더미를 발견했다. 그녀는 여전히 자고 있었다. 마르샬은 그녀를 깨웠고, 그녀가 세살 때 그랬던 것처럼 그녀를 씻겼고, 그녀에게 커피를 마시게 했다. 그는 증기 치료를 다시 시작했지만 이번에는 양초 대신 물과 레몬즙, 적포도주 혼합물에 여러가지 식물들을 넣고 끓인 조제약을 썼다. 그녀가 또다시 시커먼 먹물을 토해냈다. 그러나 **죽음 뒤의 삶** 호텔은 망명자들의 호텔이었고 주인인 드 비양꾸르 씨는 그 어떤 식의 수색도 결코 용납하지 않을 인물이었다. 게다가 각하께서도 나라의 공복들에게 급여를 못 주는 형편일 때 자기를 도와주는 사람들은 알아서 건드리지 않고 내버려두었다. 검은색이 카타말라나지에서 추방되었음에도 불구하고 검은색과 노란색이 섞인 호텔 깃발은 건물 앞에서 계속 나부꼈고, 대리석 여인이 청동 남성에게 왼손을 내주고 있는 모습이 그려진 검은색 바탕의 깃발 위에서 금색의 큼지막한 간판용 글자들도 함께 나부꼈다. 마르샬의 색은 이곳에서 계속 살고 있었고 도전의 뜻인지 자유에 대한 애착 때문인지는 몰라도 드 비양꾸르 씨는 1층에 있는 레스또랑 겸 바의 벽들을 검은색과 노란색으로 칠하게 했다. 나중에 파란색이 마르샬의 색이 되자 드 비양꾸르 씨의 이웃들은 자기 호텔을 파란색으로 칠했고 파란색 복장이 금지되자 호텔 종업원들에게 파란색 옷을 입으라고 지시했다. 또한 주앙아아탕 사설 공항이 파란색과 흰색으로 칠해진 것도 그 시기의 일이었다.

점심식사 때 샤이다나는 엄청난 양을 먹었다. 그녀는 닷새를 더 침상에서 보냈는데 마르샬은 어김없이 와서 그녀에게 식사를 준비해주었고, 그녀를 아이처럼 먹이고 재우고 깨워주었지만 말은 하지 않았다.

새벽녘과 저녁 해거름에는 어머니-넝마, 넬랑다, 아고스티노, 날라, 아삼, 이스테리아가 무리 지어 다시 나타났다. 줼은 오지 않았다. 자르타도 오지 않았다.

"그들은 다른 죽음을 죽은 게 틀림없어. 좀더 독하거나 약한 죽음을." 줼과 자르타를 생각하면서 샤이다나가 중얼거렸다.

샤이다나가 완전히 회복되자 마르샬은 더이상 오지 않았지만 작은 무리는 계속해서 찾아왔다.

"저마다 자기한테 맞는 죽음을 죽은 거야." 샤이다나는 치 박사와 자르타, 줼을 생각했다. "아마도 그들의 죽음은 덜 너절했을 거야."

그녀는 여섯달 동안 호텔 밖으로 나가지 않았다. 영도자와의 관계를 통해 인생을 쉰번 살아도 가난해지지 않을 정도의 엄청난 돈이 그녀의 수중에 들어와 있었다. 사실 그만한 돈을 전쟁에 쓸 수 있었다면 그녀의 아버지는 영도자들의 뒤를 대어주는 해외 열강이 무책임하게 영도자의 군대에 쏟아부은 고철더미 홍수에 맞설 수 있었을 것이고, 휘하 병사들의 완강한 결의 덕분에 그 부패한 전쟁에서 승리할 수 있었을 것이고, 오천이백만 카타말라나지인들의 열망으로부터 영도자의 권력을 지키기 위해 서둘러 병무에 투입된 구만

이천명의 친족 군대를 물리칠 수 있었을 것이다. 해외에 우방들을 만들기 위해 영도자가 틈만 나면 입에 올리곤 했던 이념적 방패막이, 소위 '열대적 공동체주의'에 맞서서 마르샬은 단 한문장을 내걸었다. "독재가 공동체적이라는 것을 어디 한번 증명해봐라." 그리고 마르샬의 사람들은 그의 문장을 살짝 비틀어서 전단에 사용했다. "잔혹 행위가 공동체적이라는 것을 어디 한번 증명해봐라."

샤이다나는 아버지가 마르비아나 아벤도티라는 이름을 사용하던 시절, 국경일을 맞이한 해외 열강의 대통령에게 보낸 전보를 기억해냈다. "지금은 책임의 시대가 되어야 합니다. 이상 끝."

"책임의 시대." 샤이다나가 반복했다. "딱 맞는 말이야."

샤이다나는 옷을 입고 외출하여 유르마 시의 주둔군 사령관을 방문했다. 그 이틀 뒤에 사령관은 자기 몫의 샴페인을 마시기 위해 샤이다나가 계약을 십오년 더 연장한 **죽음 뒤의 삶** 호텔에 왔다. 사령관 다음은 광업부 장관의 차례였고 그다음에는 군사교육부 장관, 공보부 장관, 기획부 장관, 대통령 업무부 장관이 차례차례 왔고, 뒤이어 정부의 모든 장관들이 왔지만 급여 문제 때문에 발목이 잡혀서 샤이다나의 초대를 거절했던 재정부 장관만이 예외였는데, 접견실 구조를 그런 용도에 맞게 완벽하게 고쳐놓은 사무실 곁방에서 다른 여자들과 함께 그 일을 하자는 재정부 장관의 제안을 이번에는 샤이다나가 거절했다. 그 일은 이미 장관님들의 직무와 오락의 일부가 되어 있었고 그 일이 끝나면 아무 일 없었다는 듯 업무가 다시 시작되었다. 계속해서 다른 많은 정부 인사들과 군부 책임자들에게도 차례가 돌아갔다. 세계의 모든 언론과 여론은 영도자가 아주 악랄한 방식으로 자기 정부를 개편한다고 믿었다.

유엔은 비밀리에 조사관들을 파견했지만 아무 소득이 없었는데 일반적으로 병의 진단이 있은 지 오래 뒤에 죽은 전신마비 사망자들의 죽음이 사체부검에서 자연사로 판정이 났기 때문이다. 병이 곰팡이균 탓으로 여겨지는 바람에 사계절을 비롯해서 유르마의 정부 전용 상점 세곳이 문을 닫았다. 망기스트라 본점과 지점 세곳은 문을 열었는데 그곳에서는 입구에 놓인 컴퓨터들이 상품의 청결을 보증해주었다. 문 닫은 사계절의 가격 장벽에 확실하게 빗장을 지르는 법조문 하나가 추가되었고 입구에는 게시문도 나붙었다. "19..년 8월 24일자 183077/MJITGP호 법령에 따라 이 상점은 정부 인사, 선출직 의원, 군대와 경찰의 고위 간부들만 출입할 수 있다." 연도 표시는 마르샬의 사람들에 의해 지워지는 경우가 많았는데 그들은 예언자 무제디바의 사망 연도가 그렇게 치사한 기업과 연관되는 것을 원치 않았기 때문이다.

합동 장례식이 치러진 뒤인 1월 2일에 샤이다나는 호텔로 돌아갔다. 유르마의 거리를 돌아다니는 모든 사람들처럼 샤이다나도 장례식 참석증명서를 받았는데, 거리의 구석구석 어느 곳에서나 민병대원들이 그 증명서를 요구했다. 그녀는 자기 방 입구에서 아버지를 발견했다. 아버지는 폭삭 늙어 있었지만 그녀의 따귀를 때리는 힘만은 십오년 전부터 말을 한 적이 없는 입 주변의 팔자 주름과 전혀 어울리지 않았다. 노인은 물건들, 바닥, 벽, 천장 할 것 없이 방 안의 모든 것 위에 똑같은 문장을 써놓고 그녀의 방에서 나갔다. "그날이 오기 전에 떠나야 한다."

그 문장이 쓰인 횟수만큼, 만사천팔백칠십세개의 다른 문장이 기라도 한 것처럼, 그녀는 만사천팔백칠십세번 그 문장을 읽었다. 아홉시간에 걸쳐 읽은 뒤에 샤이다나는 그 문장들을 지우려고 시도했지만 남은 생애 내내 지워도 그 글자들에 흠집 하나 내지 못하리라는 것을 이내 깨달았다. 이제는 항상 장갑을 끼고 다니는 그녀의 손에 쓰인 글귀와 마찬가지로, 그 글귀들도 절대로 지워지지 않았다.

"하늘이 무너져 내리기 전에는 난 절대로 떠나지 않을 거야."

영도자가 세자마 1세 폐하가 된 뒤에 그의 마술馬術 교관단 최고 우두머리가 된 옛 가톨릭 주교 그라시아나 오를랑도와 샤이다나의 결혼식이 있던 날 저녁, 영도자는 모든 생김생김이 사라진 자기 아내와 너무 비슷한 신부의 아름다움에 충격을 받았다. 그라시아나 오를랑도가 결혼한 지 딱 삼일 뒤에 영도자는 그를 영도자들의 뒤를 대어주는 나라로 장기 파견을 보냈다. 그라시아나 오를랑도 부인이 된 샤이다나는 몇년 전에 오 대령에게 받았던 것과 똑같은 허락을 남편에게 받아냈고 영도자에게 자기 주소를 남긴 뒤에 호텔로 돌아갔다. 그날 저녁 그녀의 방에 들어가면서 영도자는 마르샬의 검은색으로 쓴 무수한 글귀들이 방 전체를 장식하고 있는 것을 보지 못했다. 침대 위에서 몸을 뒤척이는 그녀의 완벽한 몸을 바라보면서 영도자는 어질어질 현기증이 났다.

샤이다나는 알몸이었고 샴페인잔 두개가 하나는 오른쪽 젖가슴 위에, 다른 하나는 그녀의 성기 위에 놓여 있었다. 그녀는 눈을 감고 있었다. 영도자는 자신의 무기들을 마지막으로 점검해보려고 욕실로 갔다. 그는 옷을 벗었다. 이상하게도 사라진 자기 아내를 닮은 그 여자를 위해, 그는 젊었을 때 그랬던 것처럼, 중간중간 샴페인을 곁들이는 길고 특별한 섹스를 할 생각이었다. 일시적 성불능이 아랫도리에 남겨놓은 문제 때문에 침 바르기는 이제 잘 해낼 수 없을 것 같았다. 그가 좋아하는 굉음 울리기, 폭포수 쏟기, 틀어막기도 이제는 절대로 잘 해낼 수 없을 것 같았다. 아랫도리는 폭삭 늙어버렸지만 그는 여전히 어엿한 수컷이었고 때때로 물결치기 등등은 제대로 해내는 팬찮은 성능의 수컷이었다. 그는 주성분이 운향芸香 수액인 액체와 녹색 가루, 표범 담배 추출물을 자기 성기에 발랐고, 그런 상황에서 항상 몸에 지니고 다니는 물약 열네방울을 마셨고, 두방울은 호흡 운동이 왕성해지도록 콧구멍에 흘려 넣는 것도 잊지 않았다. 그는 알몸으로, 샤이다나가 야간 조명등의 불빛 아래 샴페인 두잔만을 몸에 걸친 채 잠들어 있는 침상 앞으로 갔다. 이번만은 가엾은 자기 아내에게 검지손가락 장난질의 쾌감밖에는 주지 못했던 밤들, 하얗게 지샌 그 모든 헛된 밤들을 보상해줄 쾌거를 이룰 거라고 영도자는 확신했다. 섹스 채비가 오래 걸렸기 때문에, 영도자는 샴페인은 생략했다. 그러나 그의 두 눈이 그녀의 오른쪽 허벅지 위쪽 사타구니에서 자기 자신이 그려놓은 작은 십자가를 알아보았을 때, 방은 온통 마르샬의 몸뚱이 윗부분들로 가득 찼고 마르샬의 눈들이 소형 기관단총의 총신들마냥 금방이라도 불을 뿜을 기세로 그를 노려봤다. 영도자는 알몸인 채로 방에서 뛰쳐나갔고 달려가는 내내 마르샬의 이름과 자신의 기관단총 이름을 외쳐댔다. 그것은 공포의 비명이 아니라 분노와 광기의 외침이었다. 또한 자신의 기관단총과 금빛 광채가 나는 검을 가지고 다시 돌아오겠다고 을러댔다. 극도로 분노한 마르샬은 자기 딸을 짐승처럼 두들겨 팼고 아마도 속 싸다귀[11]를 때리려는 듯 그녀와 동침했다. 행위가 끝나자 마르샬은 또다시 자기 딸을 두들겨 팼고 그녀를 초주검 상태로 남겨두고 가버렸다. 그는 떠나기 전에 그녀에게 침을 뱉었고 그러자 방 안의 모든 글귀들이 사라졌지만 샤이다나의 손바닥에 쓰인 글귀들은 그대로 남았다. 그녀는 속 싸다귀를 맞은 지 이틀 낮 이틀 밤이 지나서야 의식이 돌아왔는데 성기와 배가 쓰라렸고, 가슴이 답답했으며, 육신은 텅 빈 껍데기에 한걸음 더 가까워져 있었다. 세번째 날에 속 싸다귀의 첫번째 효과가 나타났다. 부관이 자신들을 빨래처럼 두들겨 팬 뒤에 영도자 앞으로 떼밀어갔던 그날 저녁 이후 처음으로, 샤이다나가 쓰라린 눈물을 흘렸던 것이다. 그녀는 샹카 샤이다나의 신분증이 보관된 지갑을 집어들었고, '고위 인사 특별 방문용' 드레스를 입었고, 어딘가 경박한 느낌이 나는 밀짚모자를 썼고, 아랫도리에 아버지의 독한 냄새를 간직한 채 호텔을 떠났다. 그녀는 이따금 침을 뱉었다.

"첫 판은 당신이 이겼네요." 그녀가 절규했다. "두번째 판도 당신이 이기는지 어디 두고 봐요."

그녀는 곧장 앞을 향해 걸어갔다. 그녀는 어느 철교 앞에 멈추어섰고 죽고 싶었지만 결심이 서지 않았다. 그녀는 두세시간을 기다렸고 인간이 자기 자신의 추악함의 거울 속에서 스스로를 가차없

---

11 (옮긴이) 이 소설에서 성행위를 지칭하는 은어로 자주 사용되는 표현이다.

이 응시하는 순간, 죽음의 방법과 이유를 묻게 되는 순간을 경험했다. 삶이 질료의 중심에서 빛을 발하는 광기의 얼룩처럼 보이는 순간, 희망이 인간의 유일한 이유이자 유일한 앎이 되는 순간.

"이런 식의 죽음은 아니야." 그녀가 말했다.

11시 48분에 **죽음 뒤의 삶** 호텔이 몸뚱이들, 고객들, 경영자들, 직원들, 재화들과 함께 다이너마이트로 폭파되었다. 공식적으로 열두 명의 프랑스인, 일곱 명의 미국인, 두 명의 독일인이 죽었기 때문에, 영도자는 국제 여론을 누그러뜨리기 위해 라디오와 티브이 방송에서 거짓말을 하는 수고를 감수했는데, "외국인 용병 부대가 영도자를 제거하기 위해 시도한 자살 테러가 **죽음 뒤의 삶** 호텔의 비극으로 끝이 났고, 용병들의 잔인하고 뻔뻔한 시도로부터 인근 주민들을 구하기 위해 민주주의인민보안군대(APDSP)가 호텔에 있던 칠백칠십이 명의 고객, 요리사, 남녀 종업원, 외국인 망명자 들(숫자는 공식적인 것이었고, 따라서 원천적으로 거짓이었다)을 죽일 수밖에 없었다. 그들은 평화를 위해 싸우는 병사들의 명예로운 전쟁터에서 쓰러졌기에 모두 공화국의 국민적 영웅으로 추서되었고, 명예 훈장 수여와 함께 보름간의 국민적 애도를 받았으며, 유족들은 APDSP 본부에 와서 그들의 훈장을 찾아가기 바란다"라는 것이었다. 그 뒤에도 영도자는 티브이에 다시 나와서 고인들의 가족에게 애도의 뜻을 표했고 모든 형태의 용병 활동을 맹렬하게 열대적으로 비난했다. 비극이 있기 이틀 전에 호텔에서 마르샬 복장(마르샬의 사람들이 교수형이나 총살형을 당할 때면 마치 인간이 처음 세상에 왔을 때처럼 항상 알몸이었던 것에 빗대어, 사람들은 아담의 복장이라는 표현 대신 마르샬의 복장이라는 표현을 썼다)을 한 영도자를 보았다고 주장하면서 정부 발표와 상반되는 소문을 퍼뜨린 호텔 수위는 군사재판에서 국가반역죄 및 간첩죄로 총살형을 당했다. 그의 사체는 유르마 시청에 전시되었다. 그는 스프레이건으로 영도자의 엉덩이에 마르샬의 문장을 쓰겠다고 맹세했던 아메단디오의 아버지였다. 그 무렵에 희생자들의 연금 수급권에 관한 협상이 시작되었지만 영도자 각하가 협상을 오년간 중지시켰고, 그사이에 흥청망청 팁으로 나가는 돈이 너무 많아진 예비 수급권자들이 만장일치로 수급권 포기를 결정했다.

샤이다나는 철교를 지나 강 쪽으로 갔고 혐오스러운 아버지, 불같은 기질을 가진 아버지와의 싸움에서 두번째 판은 반드시 이기겠다고 굳게 마음먹었다. **죽음 뒤의 삶** 호텔의 비극이 있던 날 그녀는 하루 종일 강가에서 흘러왔다가는 이내 흘러가버리는 황토빛 강물을 바라보았다. 그러나 여전히 결심이 서지 않았다. 이따금 지나가는 민병대원들이 그녀에게 신분증을 요구했다. 하지만 그들의 유일한 목표는 강가에서 생기를 회복한 그 완벽한 미인, 강가에서 세이렌의 자태와 피안의 향기를 머금고 있는 그 미인으로부터 '얼빼기'[12] 선물을 받는 것이었다. 그녀의 눈은 보는 사람을 꿈꾸게 만들었고 서른네살의 그 오만하고 위풍당당한 몸은 산 자들의 세상에서는 보기 힘든 관능의 소용돌이와 뇌우를 품고 있는 것 같았다. 그녀는 자기 내장 속의 아버지 냄새에 귀를 기울였다. 이름 붙일

---

12 여자가 이성을 성적으로 유혹하기 위해 동원하는 모든 기교를 '얼 빼기'라고 부른다. 남자의 경우에는 '작업'이라고 한다.

수 없고 추잡하고 강렬한 그 냄새가 그녀와 그녀의 결심 사이에 가로놓여 있었다.

'죽은 자들이 우리보다 강하다고 해도.' 그녀는 생각했다. '그들이 우리보다 강하다고 해도 아버지는 비겁자가 된 게 분명해. 비겁자니까 결국 아무것도 아닌 거지. 왜냐하면 용기 빼고는, 아버지가 가졌던 건 아무것도 없었으니까.'

저녁에도 그녀가 그 자리에서 꼼짝하지 않았기 때문에 열다섯 명의 민병대원들이 무리지어 와서 그녀에게 볼일을 보고 갔다. 그 바람에 그녀는 의식을 잃고 말았다. 첫닭이 울 무렵에 또다른 민병대원들이 와서 그녀를 초주검 상태로 만들어놓았고, 동틀 무렵에 마지막으로 온 무리는 시간이 촉박했기 때문에 한층 더 거칠게 굴었다. 사흘 밤 동안 그녀는 의식이 없었고 그 사흘 밤 동안 그녀는 연속적으로 열세무리의 민병대원들, 요컨대 삼백육십삼명의 남자들을 감당해냈다. 그녀의 아랫도리는 감각이 없었다. 사실 샴페인을 곁들인 응대를 하느라 그녀의 아랫도리에 엄청난 내구력이 생기지 않았더라면 그녀는 죽고 말았을 것이다. 의식이 깨어난 날 아침에 그녀는 자기 가랑이에서 시작되어 황토빛 강으로 흘러드는 작은 우윳빛 물줄기를 발견했다. 그녀는 이주일 동안 자리에서 일어나지 못했고, 아메단디오가 그녀를 데려간 오두막에서 밤의 어둠속으로 무리지어 다니는 민병대원들의 발소리와 투덜대는 말소리를 들을 수 있었는데, 그들은 자신들의 불운했던 난봉 행각의 이력 위에 하늘의 섭리가 던져준 그 밤들을 되풀이하고 싶어 했다.

"삶은 죽었고, 인간은 짐승만도 못해졌어요." 아메단디오가 거듭 말했다. "저 개자식들! 더러운 개자식들! 사정만 할 수 있다면, 저 자들은 당신 시체하고라도 잤을 거예요."

"그들은 사랑이 필요해요."

"사랑 같은 소리 하시네요. 이제는 이 나라 어디에도 사랑 같은 건 없어요. 이 세상천지 어디에도 없어요. 있는 거라곤 이제 유혈 참극뿐입니다. 당신이 말하는 그 사랑 때문에 저 자들이 당신을 죽일 수도 있었다는 걸 생각해보세요."

잔혹 행위가 공동체적이냐고, 마르샬의 사람들은 계속해서 전단을 뿌렸다.

세상의 어느 지역에서나 어부들은 항상 다른 사람들에 비해 인간성이 풍부하다는 평판을 들을 것이다. 유르마 시청에 전시된 아버지의 사체를 탈취하려고 시도한 일 때문에 영도자의 경찰이 자기를 감시하고 있다는 것을 안 아메단디오는 동료 어부 중 한 사람인 레이쇼의 집으로 샤이다나를 데려갔다.

"마르샬의 딸이에요."

"이 나라에는 마르샬의 딸들이 하도 많아서 이제 나는 안 믿기로 했어. 나는 시프리아노 라무사가 마르샬의 딸들을 모두 죽인 걸로 알고 있었는데."

"낙서 작전을 할 때, 내가 이분과 함께 일했어요."

십팔개월 십육일의 임신 기간 동안 샤이다나는 늙은 어부 레이쇼의 집에 머물렀고, 뒤이어 영도자의 전담 보안을 책임지게 된 한 영국인에 의해 **죽음 뒤의 삶** 호텔의 미스터리만 빼고 전신마비 사건과 샴페인 여성 사건의 진상이 모두 밝혀지는 바람에 샤이다나가 더이상 샹카 샤이다나라는 이름을 쓸 수 없게 되자, 레이쇼가 그녀의 '서류상의 아버지'가 되었다. 외국인 용병들이 펼쳤다는 활극에 많든 적든 충격을 받은 해외 열강들의 귀에 혹시라도 무슨 소리가 들어갈까봐 두려워진 영도자는 **죽음 뒤의 삶** 호텔에 관한 모든 조사를 중단시켰고, 용병들이 온 날짜를 호텔 건물이 파괴되기 이십일 전으로 정한 다음, 그 보름 전에 호텔에서 무슨 일이 있었는지에 대해서는 분명하고 단호한 지침을 내려두었다. 그 악랄한 샴페인 여성과 연결될 수 있는 모든 흔적들, 아흔두개에 달하는 그녀의 신분증들이 그 호텔의 16층에 이르러 모두 사라져버렸다. 영도자, 일명 세자마 1세가 마르샬의 딸이 항상 양손에 실크 장갑을 끼고 다녔던 사실을 기억해내자 온 나라의 여성들은 허벅지 위쪽 사타구니 외에도 신분증 지갑의 내용물과 함께 자기 두 손도 내보여야 했다. 손과 허벅지에서 뭘 찾고 있는지는 이제 아무도 몰랐지만 영도자의 통치가 이어진 그뒤 이십오년 동안에도 그런 관행은 계속 이어졌다. 어떤 지역에서는 그런 관행이 이십오년간의 무아앙초 대령 체제 시절까지 존속되었다. 늙은 레이쇼가 거의 반주검 상태의 샤이다나를 데려간 병원의 미국인 의사가 세 쌍둥이를 꺼내면서 그녀를 전신마비 환자로 만들어버렸기 때문에, 샤이다나는 손이나 허벅지를 보여줄 기회가 없었다. 그래서 신-유르마의 공동묘지에 갈 때 말고는, 그녀는 레이쇼의 오두막에 특별히 그녀를 위해 마련된 작은 방에서 나오는 경우가 거의 없었다. 세 쌍둥이는 레이쇼의 성을 따랐고, 딸에게는 샤이다나라는 이름이, 그리고 두 아들에게는 마르샬과 아메단디오라는 이름이 각각 붙여졌다. 아메단디오 레이쇼는 태어난 지 몇달 만에 죽었다. 샤이다나는 자기 자신의 무덤에(요행히 죽어서 무덤이라도 갖게 된다면) 쓰려고 골라두었던 비명을 아가의 무덤에 써달라고 고집했다. "나는 추악한 삽화였다." 레이쇼 노인이 그 문장을 회반죽 덩어리에 새겨서 무덤의 머리 쪽에 놓게 했다. 죽은 아이를 몹시 사랑했던 그는 뭔가 자신의 말을 덧붙이고 싶었지만 써넣을 공간이 부족했는데, 회반죽 덩어리가 작아서가 아니라 샤이다나가 고른 문장의 의미가 워낙 크고 깊었기 때문이다. 어린 아메단디오의 죽음 뒤에 샤이다나는 더이상 나타나지 않는 자기 아버지에 대해 생각하기 시작했다. "어린 것들이 태어나면서 아마도 아버지가 진짜 죽음을 맞이하셨나봐."

그 무렵에 그녀는 첫번째 책 『아름다움의 펜으로 쓴 어리석음의 모음집』을 썼다. 자주 그녀를 찾아갔던 아메단디오는 우연치 않게 그 원고를 보았고 아주 마음에 들어 했다. 샤이다나가 『사탄의 비망록』과 『말의 조각들로 바뀐 육신의 조각들』을 쓰던 시기에도 아메단디오는 여전히 찾아왔고 '빙긋 미소'를 지으며 친구의 글을 읽느라 시간을 보냈다. 그녀는 노래, 외침, 이야기, 날짜, 숫자 들 요컨대 존재의 고독을 중심축으로 하는 하나의 우주를 만들어냈다. 샤이다나는 아메단디오에게만 자기 글을 읽게 허락했지만 레이쇼 노인도 샤이다나 몰래 그 글들을 읽었다. '살조각들, 혈관들'이라는 제목의 시가 아주 마음에 들었던 노인은 그 시를 옮겨 적어서 미국인

편집자 짐 파나마에게 보여주었고, 편집자는 시집 한권이 되려면 최소한 그 열배 정도 분량의 원고는 있어야 한다며 그를 재촉했다.

"글이 빵 찍어내듯 만들어진다고 생각하시는 건 아니겠지요!"

"딱 시 한편 가지고 도대체 뭘 어쩌란 말입니까?"

"그 시 한편에 마음 하나의 깊이가 담겨 있소."

"이보세요, 돈은 마음의 깊이를 몰라요. 돈이 아는 건 숫자의 깊이뿐입니다."

레이쇼는 그 쓸데없는 말을 끝까지 듣지도 않았다. 그는 오두막으로 돌아왔고, 이미 열살 나이에 꽃동산에 들어와 있는 꼬마 마르샬, 딸 샤이다나와 놀아주었다. 마르샬은 열대적인 얼굴에 랭보[13] 같은 눈을 가졌지만 너무 큰 두 귀는 고릴라를 연상시켰다. 샤이다나가 그의 엄마였다. 그의 뛰어나게 아름다운 용모에서 레이쇼와 샹카 셀라타의 모습이 나타나기 시작했다. 샹카 셀라타는 샤이다나의 이백네번째 신분, 이제 그녀가 무덤까지 가져갈 신분이었다.

아메단디오는 샤이다나의 글들을 열심히 마르샬의 사람들에게 나누어주었다. 그렇게 해서 '마르샬 문학'이 탄생했는데 마르샬의 복음 또는 통과 문학이라고 불리기도 했다. 원고들은 은밀하게 손에서 손으로 전해졌다.

11월의 어느 저녁이었다. 샤이다나는 자기 아버지의 속 싸다귀나 민병대원들의 연쇄 폭행에 대한 꿈을 꾸었던 것 같다. 샤이다나 샴페인, 그리고 자신이 나누어준 그 샴페인잔들에 대해 꿈을 꾸었

---

13 (옮긴이) 아르튀르 랭보(Arthur Rimbaud). 프랑스 상징주의의 대표적 시인.

을 것이다. 그녀는 자기 글에 뭔가를 덧붙이고 싶은 것처럼, 뭔가를 계속 찾고 있는 있는 것처럼, 원고 위로 몸을 숙였다. 그러나 조용히 생명이 빠져나가 있었다. 언제였는지는 아무도 모르게 생명이 빠져나가 있었다. 그 무렵에 아메단디오는 더이상 오지 않았다.

그녀가 침대에서 바퀴 달린 의자로 옮겨 앉는 것을 도와주곤 했던 레이쇼가, 두 손은 뻣뻣해지고 입술과 두 눈에는 아직 생기가 남아 있는, 냉장고에서 꺼낸 생선처럼 싸늘해진 그녀를 발견했다. 형태뿐인 모습의 저 안쪽에 그녀 특유의 망연한 태도가 남아 있었다. 마르샬에게 따귀를 맞은 볼은 검어졌는데 먹물로 여러번 덧칠한 것처럼 다섯 손가락이 선명하게 드러난 큰 손자국이 보였다.

"나도 그녀가 볼에 낙인이 찍힌 건 알고 있었어." 레이쇼가 말했다.

묘석에는 그 어떤 이름도 새겨지지 않았다. 날짜 두개, 그리고 "나는 추악한 삽화였다"라는 문장이 전부였다. 사람들은 죽은 자들에게 뭔가를 덧붙이거나 그들에게서 뭔가를 떼어 내기를 아주 좋아한다. 레이쇼는 『어리석음 모음집』의 한구절을 무덤 위에 덧붙임으로써 샤이다나의 아름다운 사유 한자락을 떼어 냈다. "모든 날것이 익혀진 지금, 나는?"

샹카 셀라타, 일명 샤이다나의 장례식 일년 뒤에 카타말라나지 공식 음악계의 몇몇 거물 가수들이 그녀의 시구를 노래하기 시작했다. 그렇게 해서 영도자는 공화국 가수이자 유르마 컨서버터리에서 노래하던 혼혈 미녀 가수 마리아나토 빵뜨꼬뜨를 국가반역죄 명목으로 교수형에 처했다. 라무엘리아 곤잘레스와 빠블로 엘 그라니또는 샤이다나의 "소환"을 노래했다는 이유로 생매장을 당했다. 카타말라나지의 가장 위대한 작가들인 빅또리오 람푸르타, 카바마니 이쉬오, 사브라타나 무앙케는 샤이다나의 글쓰기 방식과 비전을 작품에 응용하려고 시도했고, 샤이다나의 마지막 책『말들은 불쌍하다』를 출판한 빅또리오 람푸르타는 작품 전체의 금서 처분과 함께 구금되었다. 사브라타나 무앙케는『내 아버지의 이름은 마르샬이었다』를 배포했다는 이유로 화가 자이카, 파쉬크로, 무나망타는 샤이다나가 그린 데생의 확대본들이 포함된 '고통의 성처녀' 전시회를 기획했다는 이유로 체포되었다. 아주 짧은 시간에 카타말라나지의 모든 예술 생산 활동이 지하로 들어갔다. 그러나 영도자는 자기 자신만의 예술가들을 임명하여 그들에게 확정적이고 명확히 규정된 임무를 부여했다. 그 공식 예술가들이 얻어낼 수 있었던 유일한 결과는 사람들을 웃게 하거나 화내게 하는 것이었다.

그날 저녁 레이쇼는 샤이다나의 글을 배포하는 전쟁을 마치고 귀가한 참이었다. 영도자의 특수경찰대 소속 하사관 두명이 총의 개머리판 끝으로 문을 두드렸다. 레이쇼는 먹고 있던 수프를 버려둔 채 문을 열러 갔다.

"영도자의 이름으로 당신을 체포합니다."

"영도자한테 내가 뭘 어쨌길래요?"

"질문은 받지 않습니다."

9시에 "그자를 대령했습니다"라는 말이 다시 한번 울렸지만 왠지 말투에서 마지못한 기색이 느껴졌는데, 구인 집행을 맡은 새로운 부관은 영도자를 썩 지지하지는 않았지만 자기 콧구멍으로 들어오는 산소가 영도자의 신경줄을 거쳐 오는 것이었기에 "세자르의 몫을 세자르에게 주고 있는"[14] 인물이었던 것이다.

"야당의 맨 앞줄에는 걸레들밖에 없을 때가 있단 말이야." 위병들이 접대용 나이프라고 별명을 붙인 식사용 나이프를 손에 든 채 영도자가 레이쇼의 주위를 한참 동안 돌고 나서 말했다. "파리들하고까지 싸워야 하니, 위대한 사람들의 운명이란 참 한심하지." 그가 말했다.

그는 레이쇼의 목 주위에 칼을 댄 채 원을 그리며 돌았다. 그가 치 박사를 죽일 때 썼던 포크를 가져왔다. 그의 두 눈이 넓찍한 눈구멍 속에서 휘휘 돌아갔다.

"뭘 바라나, 형제? 잉크로 나를 쓰러뜨리고 싶나? 왜 그러고 싶나? 그러지 않아도 이 나라에는 골칫거리가 많아."

그가 망기스트라에서 파는 고기, 고추, 강장제, 프로비덴치아 샴페인이 섞인 침을 레이쇼의 눈에 두번 뱉었다.

"너희들이 권력을 갖고 싶다면 전단 같은 건 집어치워. 권력은 핏속에 있지, 권력이 뭔지 알기 위해서 지능이 필요한 건 아니야."

"대통령 각하……"

"입 닥쳐! 너는 마르샬의 딸을 집에 들였어. 그런데 그 여자…… 그 암캐는…… 조사가 끝나면 그년을 무덤에서 찾아내고, 그년의 뼈를 군사법정에 세우고, 사후 사형을 내리고, 그년의 유골을 박애 광장에서 태워버릴 거야."

영도자가 다시 한번 레이쇼의 목 주위에 식사용 나이프를 가져

---

14 (옮긴이) 「마태복음」 22장 21절에 나오는 "가이사의 것은 가이사에게"라는 구절을 패러디한 표현이다. '가이사'의 프랑스어 표기가 '세자르'이다.

다 댔다. 찌르려고 하다가 그가 갑자기 동작을 멈추었다. 그의 두 눈이 표범의 눈처럼 빛을 발했고 입술이 떨렸다.

"아니지! 너를 죽이지 않겠어. 너한테 '마르샬의 삶'을 주고 싶지 않아. 네 놈들은 모두 똑같잖아. 너희들은 한번에 죽지 않는 놈들이지. 너한테 철제 우리 하나를 만들어줄게. 네가 퍼뜨리고 다니는 사상은 이 세상에 아직 자리가 없어. 그 우리 속에서, 너희들의 사상이 제 시대를 만나 이 땅에 발을 붙이게 되기를 마음 편히 기다리라구. 그러면 그 사상에 동조하는 자들이 너를 우리에서 꺼내줄 거고, 너는 네 악취를 마음껏 세상에 퍼뜨릴 수 있을 거야. 도시, 시골, 대륙 할 것 없이 마음대로 돌아다닐 수 있겠지. 그래, 이 친구야. 나도 사람 죽이는 데 지쳤어. 내 몸속에는 이미 수백만개의 몸뚱이가 들어 있어. 나를 이해해줘야 해. 나도 피곤하다고."

레이쇼는 팔십팔년을 기다렸다. 바깥세상에 그의 사상의 시대는 결코 오지 않았고, 결국 그는 백서른세살 구개월의 나이에 죽었다. 그가 죽자, 구원의 영도자의 후계자의 후계자인 영도자 아버지-마음-장은 법률에 정해진 대로 저주받은 자들의 공동묘지에 레이쇼의 시신을 묻기 위해 시신의 부패가 시작되기를 기다렸다. 시신의 부패는 레이쇼가 죽은 지 일년 십이일 뒤에야 시작되었다. 노인의 몸은 목욕을 마치고 나온 사람의 몸처럼 계속 싱싱했다. 이틀, 사흘, 나흘을 기다렸고 결국 일년이 지나갔다. 예언자 무제디바의 예언대로 노인의 몸이 썩지 않을 거라는 소문이 돌기 시작했다.

나흘 낮 나흘 밤 동안 폭우가 쏟아졌다. 돌풍이 그친 날, 유르마의 북쪽에서 지진이 일어났다. 돌풍이 휩쓰는 동안 아무도 집에서 나오지 않았기 때문에 지진 참사에서 더 많은 사망자가 났다. 국영 라디오는 삼백명의 사망자와 이천명의 부상자, 그리고 수많은 이재민들이 발생했다고 보도했다. 그리고 국영 라디오가 정치적 사건의 사망자 숫자는 줄여서 말하면서(모두가 알고 있는 사실이었다) 해외 열강의 도움을 받기 위해 그런 피해 숫자는 부풀려 말한다는 것도 모두가 알고 있었다. 레이쇼를 매장하던 날 아메단디오와 그의 친구 델라부르엔자는 죽음의 위험을 무릅쓰고 대통령궁에 잠입하여 샤이다나와 레이쇼의 원고를 우리에서 꺼내왔는데, 그들이 구해내지 못한 샤이다나의 원고들은 불태워졌다.

"저 더러운 쓰레기들을 태워버려. 이 땅에 절대로 발을 못 붙일 사상들이야." 아버지-마음-장이 말했다.

길고 피비린내 나는 내전 끝에 카타말라나지에서 떨어져 나간 작은 지방 요캄에서조차, 지방 정권의 진보적인 성향에도 불구하고 샤이다나의 사상은 그다지 호응을 받지 못했다.

"신이 널 죽일 거야, 나는 피곤해." 레이쇼의 철제 우리 앞을 자주 지나가면서 구원의 영도자가 말했다. "신이 직접 널 죽일 거야."

그러나 신은 그를 죽이지 않았다. 때때로 노인은 샤이다나의 냄새와 그다지 다르지 않은 여인 냄새를 맡았다. 그는 이름을 불렀다. 그러나 아무도 대답하지 않았다. 그렇지만 그는 누군가가 있다고 확신했다. 그는 자기 육신의 지옥 속에서 근근이 목숨만 부지했다. 그러다가 그는 자기 내면을 부수고, 내면 속에서 길을 잃거나 자신을 찾아 헤매고, 거기에 도로와 오솔길과 광장과 영화관과 거리와 침상과 친구 들을 만들기 위해, 글을 쓰고 싶어졌다.

욕망을 억압당한 인간. 구원의 영도자가 그에게 종이를 주었다.
"정말 쓰고 싶다면 자기 피로 쓰라고 해."

레이쇼는 정말 쓰고 싶었다. 팔십육년 동안 그는 자신의 피로 수천 킬로그램 분량의 종이에 글을 썼다. 그의 우리가 대통령궁 뒤뜰의 곰 우리에서 그다지 멀지 않은 곳, 희망 호수와 왕뱀들의 우리 사이에 지어졌기 때문에, 그는 바람, 햇빛, 파리떼, 진창 속에서 살았다. 악취, 모기떼, 냉기 속이기도 했다. 갇혀 지낸 지 오십년이 되자 레이쇼의 몸은 털이 제일 많은 짐승보다도 더 많은 털로 뒤덮였다. 구원의 영도자의 뒤를 잇게 되었을 때 부드러운-마음-앙리는 철제 우리 속 남자에 대한 지침들(영도자 유언집의 여든일곱 개의 장章 중의 하나였다)을 곧이곧대로 지켰다.

부드러운-마음-앙리는 무아앙초 대령의 바뀐 이름이었다. 그러나 이 이름의 경우, 단어들은 이제 더이상 그 단어들이 통상적으로 의미하는 바를 의미하지 못했다. 부드러운-마음-앙리는 숫처녀와 고기와 술을 좋아했고 그래서 사람들은 그 나라를 3V[15]의 나라라고 불렀다. 부드러운-마음-앙리는 하층민들의 표현으로 "사분지일 형제"였던 카타라나-무샤타에게 살해당했고 카타리나-무샤타는 아버지-마음-장이라는 존호를 사용했다. 자신의 사상이 바깥 세상에 조금이라도 자리잡게 되기를 기다리던 철제 우리 속 남자에 대한 지시 사항들은 곧이곧대로 지켜졌다.

조항의 규정에 따르면 그 무렵에 레이쇼의 혀를 자르게 되어 있

---

15 (옮긴이) 각각 '처녀' '고기' '술'을 의미하는 프랑스어 단어 'vierge' 'viande' 'vin'의 머리글자 V를 가리킨다.

었다. 영도자 아버지-마음-장이 자기 손으로 직접 레이쇼의 혀를 잘랐다. 피가 흘러 우리에서 진주 정원까지 작은 시냇물이 만들어졌고, 시냇물은 명상의 숲을 가로지르고 소박한 영혼들의 호수를 지나 퐁티나크라 극장에 이른 다음, 아버지-마음-장이 자주 몽상하러 가는 장소인 다이아몬드 갤러리 앞에 가서 멈춰 섰다.

"저게 뭐지?" 영도자 아버지-마음-장이 물었다.

"철제 우리 속 남자의 피입니다, 각하."

"죽었나?"

"아닙니다, 각하."

"죽으면, 썩기를 기다려야 해.

구원의 영도자가 죽자 마르샬이 그에게 작별 인사를 하러 왔고, 헌법에 규정된 사십팔일간의 전국적 철야 애도 기간 중 이틀 밤을 고인의 곁에서 지샜다. 12월 31일에 그는 '다섯번째 계절의 궁宮' 까지 고인과 동행했고 이런 글귀가 적힌 꽃다발을 무덤에 내려놓았다. "시프리아노 라무사에게, 마르샬이." 그 무례한 꽃다발은 일흔두번 치워졌지만 일흔번 영도자의 무덤으로 되돌아왔다. 지혈 거즈 밑에서 여전히 피를 흘리고 있는 가련한 노인 마르샬이 꽃다발을 다시 가져오는 것을 본 사람들도 있었다. 추기경 은데사 포코니르타를 불러와 무덤 위에 성수를 뿌리게도 해봤지만 마르샬은 여전히 왔다. 그가 자신을 살해한 자와 화해했다는 소문이 돌았다. 험담하기 좋아하는 사람들은 그가 존엄의 무덤에 와서 용변을 본다고 말했다. 배설물이 발견되기도 했다. 그러나 누군가 짓궂은 사람이 해놓은 짓이었다. 영도자의 마지막 전담 카드 점쟁이는 무덤 주위에 묵직한 쇠사슬을 둘러 치고 파인애플 나무들을 심었다. 그래도 마르샬은 왔다. 그제서야 사람들은 진실을 받아들였고 마르샬의 것은 마르샬에게 그리고 영도자의 것은 영도자에게 주었다. 사실 마르샬이 얻고자 했던 것은 오직 그것뿐이었다. 민중들은 그가 원하는 것이 무엇인지 미루어 짐작했고, 어느날 그가 국영 티브이에 나와서 자신을 위해 계속 싸우고 있는 모든 사람들에게 자기가 어떻게 죽었는지 설명할 거라는 소문을 퍼뜨렸다. 예전에 마르샬이 석호潟湖의 비밀저항조직 총사령관에게 했다는 말, 언젠가 체포당하더라도 자신은 저들이 부과하는 죽음은 거부할 거라는 말, 예언자 무제디바 교회의 카키색 사제복은 저들에게 넘겨주게 될지 몰라도 자기 핏줄 속의 악어 피만은 절대로 그렇게 할 수 없다는 말도 사람들의 입에 오르내렸다. 하층민들은 말했다. "그가 죽음에서 벗어났다는 건 신이 있다는 증거야." 신화들이 만들어졌다. 마르샬의 검은 얼룩, 마르샬의 어록, 마르샬의 따귀질, 마르샬의 냄새와 함께, 신화들은 '마르샬의 사람들'이라는 종파를 만들어냈고 그들은 죽기를 거부하면서 모두 마르샬처럼 이상야릇한 죽음의 상태에 들어갔다. 유르마 대학의 학생들이 '학위의 무차별적 정치화'에 항의하는 시위를 벌인 날 영도자 부드러운-마음-앙리가 발포 명령을 내렸고, 삼천구백십이명의 사망자들이 모두 마르샬의 죽음 상태에 들어갔는데, 12월 20일 저녁에 그들이 피의 깃발을 흔들면서, 상처에서 여전히 피를 흘리는 모습으로, 거리를 행진했던 것이다. 그러자 죽음 이후에 다시 삶으로 돌아올 기회를 얻기 위해 마르샬의 죽음을 죽고 싶어 하는 사람들이 많아졌다. 많은 사람들이 영도자들에 의해 총살당하는 사람들과 그 대학생들을 부러워했다.

"그 사람들은 말만 못해." 사람들은 그렇게 말했다.

우리 모두 잘 알다시피 지식인들은 감히 삶을 구체적으로 살지는 못하면서 삶의 실제에 관한 이론들을 만드는 괴벽이 있고 그들이 만드는 대부분의 이론은 실천이 불가능한 것들이다. 영도자의 국립사건연구소에서도 마르샬 현상과 그 사회심리적 영향에 관한 이론 작업이 계속 이루어졌다. 포르캉사 교수는 하층민들이 마르샬을 너무 좋아하고 존경하는 바람에 그들의 존재 깊숙이 각인된 마르샬의 이미지가 그 가련한 사람들의 정신에 신기루를 만들어내고 있다고 주장했다. 아침, 정오, 저녁마다 국영 라디오는 소위 마르샬의 회귀란 공화국의 적들이 꾸며낸 허구에 불과하다는 것을 교묘하게 입증하려고 시도했다. 수도의 신문 네개도 국영 라디오를 거들었다. 경찰은 부모들이 자기 아이의 이름을 마르샬이라고 짓는 것을 금지했고, 그 이름을 가진 사람들에게는 개명하라고 명령했다.

레이쇼가 체포되던 날 마르샬 레이쇼와 샤이다나 레이쇼는 강에 물고기를 잡으러 갔다. 그들은 그날 아주 많은 물고기를 잡았다. 그런데 유르마로 돌아가려고 쪽배를 밧줄로 묶어두려던 순간, 그들은 목과 이마에 상처가 있는 가련한 노인 하나를 보았고 노인은 이내 두 사람을 설득하여 강물을 따라 표범들의 숲까지 내려가게 했다. 레이쇼가 체포되었고 그자들이 레이쇼의 두 아이도 찾고 있다는 것이었다. 마르샬과 샤이다나 남매는 열아홉살이었다. 상처가 있는 노인은 이 남매에게 신분증 지갑 두개를 주었는데, 하나는 장미색 가죽 지갑이었고 다른 하나는 흰색 가죽 지갑이었다. 그는 커다란 장바구니에 든 이주일 치 식량도 그들에게 주었다. 그들은 일주일 밤낮 동안 강을 따라 흘러내려갔고 쪽배에서 내려 푸른 자연과의 험난한 전쟁에 돌입했다. 그곳의 세상은 여전히 순결했고 인간 앞에 마주 선 자연의 순결함은 변함없이 가차없는 질문의 원천이자 충만한 완전성의 공동空洞이었으며, 그 변함없는 투쟁 속에서 모든 것은 보이지 않는 손가락이 되어 의식 없는 것들의 무한 속에 놓인 인간의 고독과 인간을 그저 알을 낳듯 철학을 낳는 존재로 만들어버리는 거대한 절망, 결국 우리가 허무라고 부르게 되는 그 거대한 절망을 가리켜 보이고 있었다. 그들이 마주하게 된 첫번째 결핍은 불이었고 불이 없는 그 새로운 삶의 첫번째 경험은 익힌 것 대신 날것을 먹는 것이었다. 그들은 서로의 몸에 바짝 달라붙어 잠을 잤다. 노인이 샤이다나 레이쇼에게 준 신분증 지갑은 그녀에게 알레요 오샤방티라는 이름을 주었고, 마르샬 레이쇼의 지갑은 파레소 아르주강티 파샤라는 이름을 그에게 주었다. 푸른 자연과의 격렬한 투쟁이 시작된 지 어느새 이년이 지났다. 이년이 조금 더 되는 세월. 그들은 끊임없이 비가 내리는 숲 지대에 이르렀다. 나뭇잎에 떨어지는 빗방울 소리에는 뭔가 사람을 불안하게 만드는 것이 있다. 마르샬과 샤이다나는 귀를 막았지만 침묵의 세계 또한 나뭇잎에 톡톡 떨어지는 빗소리 못지않게 불안스러웠다.

"우리는 미쳐버릴지도 몰라." 샤이다나가 자주 하는 말이었다.

"우리는 미쳐버릴지도 몰라." 마르샬이 대꾸했다. "사람에게는 타인이 꼭 필요한 거야. 저 나뭇잎, 칡덩굴, 버섯 들한테 내 신분증을 보여주고 싶어질 때가 있다니까. 누가 됐든, 사람에게는 타인이 필요해."

때때로 그들은 야생 짐승들의 합창, 수많은 곤충들의 깊은 교향악에 귀를 기울여보았고 아름다운 음악을 듣는 것처럼 숲의 냄새에 귀를 기울여보았다. 그러나 어떤 암묵적 동조가 있을 때에만 삶은 삶이 된다는 것을 그들을 깨달았다. 사물들은 완벽하게 그들의 외부에 있었고 사물들 쪽으로 다가가려고 시도하는 것은 오로지 그들뿐이었다. 그들은 상처 있는 노인이 애타게 그리웠고, 레이쇼와 샤이다나가 애타게 그리웠고, 민병대원들과 그들의 성가신 짓거리가 애타게 그리웠으며, 자신들의 지옥을 완성하기 위해 타인들의 지옥이 필요했다. 사분지 삼, 삼분지 일짜리 지옥은 죽음의 허무보다 고약하다. 자연은 우리를 알지 못하고 우리에게 관심이 없다. 모든 것은 우리 안에서 일어나고 타인들은 외부에 있는 우리 내면이자 그 내면의 연장이다. 두 사람은 어느 숲속의 공터에 이르렀다. 이년 동안 햇빛을 보지 못했기에 그들은 그 공터에 불랑-우타나라는 이름을 붙였는데, '태양은 죽지 않았다'라는 의미였다.

훨씬 나중에 장 깔슘이 수십억년 전의 목소리와 음향들을 간직하고 있는 바위를 발견해, 자신이 발명한 기계의 도움을 받아 그 돌에서 피그미족의 서른아홉개 문명의 역사를 추출해낸 곳이 바로 그곳이었다. 또한 장 깔슘이 자신의 다섯번째 파리 공장을 세워서 카타말라나지와 영도자들의 뒤를 대어주는 해외 열강과의 열두번째 전쟁에서 승리할 수 있었던 곳도 바로 그곳이었다. 마르샬 레이쇼가 공터 한가운데에 오두막집을 짓고 오두막집 안에 침상 대신 조잡한 선반 두개를 만들었지만, 추위 때문에 그들은 두개 중한 침상에서 항상 함께 잘 수밖에 없었다. 성性의 경계선을 넘지 않으려고, 그들이 다닌 프로테스탄트 중급학교에서 디카반느 목사가 수도 없이 말했던 그 유혹에 빠지지 않으려고, 그들은 항상 한 사람의 머리를 다른 사람의 가랑이 쪽으로 두고 잤다. 그들이 만든 속바지는 너무나 조잡해서 아랫도리를 가려주기보다는 오히려 두 사람의 아랫도리를 화끈화끈 달아오르게 만들었다.

"아이가 생긴다면." 어느날 저녁, 샤이다나가 말했다. "덜 외로울 텐데."

"입 닥쳐." 마르샬 레이쇼가 대꾸했다.

그녀는 밤새도록 울었다. 마르샬 레이쇼가 달래보았지만 그녀는 여전히 울었다. 그녀의 눈물은 이내 그들에게 저기 바깥세상과 같은 어떤 것, 바깥세상과 타인들 같은 어떤 것이 되었다. 이제 그들은 번갈아가며 울었다. 저녁에 사냥이나 물고기잡이에서 돌아오면 마르샬은 티 없이 명랑한 미소를 지으면서 말했다. "오늘은 누이 차례야." 그녀는 자기 차례를 지켰고 저기 바깥세상에서 사람들이 누군가가 죽었을 때 우는 것처럼 꼭 그렇게 울었다. 아침에는 언제나 마르샬 레이쇼의 차례였다. 그는 사냥을 떠나기 전에 울었다……

"아이를 가질 수 있다면……"

"입 닥치라고. 그 추잡한 여자 몸뚱이 좀 치워."

그렇게 시간이 흘렀다. 그들은 스물다섯살이 되었다. 그 무렵에 한무리의 피그미족이 숲속의 공터에 불을 가져다주었다. 피그미족은 샤이다나와 마르샬의 귀에 무의미한 소리들의 시냇물처럼 흘러드는 언어를 말했다. 피그미족은 분명 두 사람을 원하지 않았다. 그러나 두 사람에게는 누군가에 대한 갈증이 있었다. 목소리에 대한 갈증. 마르샬과 샤이다나는 아주 어렵사리 피그미족의 무리 속에 끼어들었는데, 쌍둥이 남매로서는 도저히 알아들을 수 없는 어떤 소리, 카베에야아쇼 같기도 하고 타바아아쇠 같기도 하고 파바에야샤 같기도 한 소리가 자기 이름이라고 말한, 젊은 피그미족 사냥꾼의 도움 덕분이기도 했다. 남매는 그 피그미족 사냥꾼을 카바아슈라고 부르기로 결정했는데 그 친구가 갖은 애를 써서 발음해준 음절들, 마치 허공에 흩뿌려지는 것 같은 음절들 중에서 평범한 소리들 몇개를 합친 이름이었다.

"카페야아쇠라니까! 카페야아아서!"

빌어먹을 이름 같으니! 카바아슈의 아버지(또는 삼촌)가 부르는 그 이름에는 특유의 따뜻함과 울림이 담겨 있었다. 카바아슈가 부족 사람들을 설득하여 그 두명의 유배자를 무리의 일원으로 간주하게 만드는 데에는 오랜 시간이 걸렸다. 그 믿음이 완전하고 실질적인 것은 결코 아니었다. 사람들은 두 사람을 험담했고 따돌렸고 아주 성가시고 귀찮은 불청객으로 대했다. 어느날 카바아슈는 사냥을 나가 있었다. 카라무오쉐 비슷한 소리의 이름을 가진 젊은 피그미족 하나가 잔꾀를 썼다. 그가 두명의 유배자들이 먹을 음식에 일정량의 샤만캉[16]을 타서 가져왔다.

카바아슈가 돌아왔을 때 쌍둥이 남매는 무리 사람들 모두의 무관심 속에서 죽어가고 있었다. 느긋하게 지켜보는 사람들 앞에서 사람이 생으로 죽어가고 있다니 비극적인 일이었다.

"무쉐노 아카나타 부엔타니."

아마도 이런 의미였을 것이다. "목숨이 질긴 자들이군."

샤만캉의 효능을 너무나 잘 알면서도 그들은 아무것도 하지 않았다.

"오쉬민카 오카나타니."

"저 자들이 죽지 않는 건 마귀들이기 때문이야."

밤이 되자 무리들이 모두 흩어졌다. 죽어가는 두 사람, 그리고 물약과 침으로 두 사람을 죽음에서 구해내려고 애쓰는 그들의 친구만이 남았다.

"지옥! 지옥! 지옥!" 마르샬 레이쇼가 소리쳤다.

지옥이라는 단어가 마침내 기억 속에 각인되어 마르샬이 그 단어를 말할 때마다 따라하곤 했던 카바아슈는 그 단어의 모든 가능한 의미를 생각해보았고, 처음에는 물이 아닌가 하는 생각에 환자에게 거북할 정도로 많은 양의 물을 가져다주었다. 그러고 나서는 '지옥'이라는 단어가 음식을 의미하는 게 아닐까 생각했고 그다음에는 차례차례 공기, 추위, 열기, 공포라는 의미를 떠올렸...... 열두번의 낮과 밤이 지난 뒤에 사이다나 레이쇼는 위험에서 벗어났지만 마르샬은 계속해서 지옥을 외쳐댔다.

그는 피그미족들이 떠난 뒤 셋째주 세번째 날에 죽었다. 기진하

---

16 칡의 독.

여 침상을 떠나지 못하던 샤이다나에게는 아무 말도 하지 않고, 카바아슈는 마르샬 레이쇼의 사체를 나무 하나에 묶고 그 주위에 빙 둘러 덫을 놓았다. 사체가 썩는 데 걸린 열아홉달 스무이틀 동안 카바아슈는 그 덫으로 칠백마흔두마리의 멧돼지, 이백스물여덟마리의 사향고양이, 팔백세마리의 자칼, 구십세마리의 고양이, 네마리의 악어, 두마리의 표범, 온갖 크기의 많은 쥐, 네마리의 보아구렁이, 열세마리의 독사를 잡았다. 독사들의 독은 카바아슈가 샤이다나 레이쇼의 마비를 고치는 데 사용한 치료제에 들어갔다. 젊은 나이에도 불구하고 카바아슈는 숲의 지혜에 정통했다. 샤이다나는 목소리도 나오지 않았다. 그런 상황이 다섯달 정도 지속되었다. 카바아슈의 지혜 덕분에 샤이다나는 팔다리를 사용할 수 있게 되었지만 목소리는 돌아오지 않았다. 어느날 저녁 샤이다나가 말했다.

"마르샬은 어디 있어요?" 그녀는 자기 고장의 말로 물었다.

카바아슈는 질문을 이해하지 못했다. 오랜 뒤, 샤이다나가 카바아슈가 쓰는 말의 단어들을 예순개 정도 터득하게 되었을 때, 그녀는 이름이 카파아쇠(다정한 마음이라는 뜻)였던 그 선량한 피그미족으로터 마르샬이 지옥이라는 이름의 아저씨를 만나러 갔다는 말을 들을 수 있었다.

"그 아저씨는 어디 살아요?"

"나는 모릅니다. 마르샬은 보름 낮 보름 밤 동안 그 아저씨 이야기를 했어요. 그러더니 그 아저씨를 만나러 떠났어요."

"그럼, 마르샬은 죽었나요?"

카파아쇠는 배 고프냐 배 고프지 않냐라는 질문에 대답하듯, 그

저 고개짓으로만 그렇다고 대답했다.

"마르샬을 어디에 묻었어요?"

"묻어요?"

"파묻는 거…… 땅속으로 되돌려놓는 것 말이에요." 샤이다나가 피그미족의 아름다운 은유를 써서 말했다. "우리는 죽은 사람들을 묻어요."

"우리 부족은." 카파아쉬가 말했다. "악당들, 죄인들을 묻어요. 착한 사람들은 보존합니다."

그가 마르샬의 뼈로 만든 공예품과 도구 들의 소장품 목록을 그녀에게 보여주었다. 공예품들은 기막히게 아름다웠는데 네개의 작은 조각상, 열두개의 목걸이, 두개의 악기, 파이프 하나와 허리 전대 하나였다.

"지옥의 이빨들이에요." 카파아쉬는 마르샬을 때로는 지옥이라고, 때로는 마아쉬아라고 불렀다.

그가 자기 허리에 두른 예쁜 목걸이 하나를 가리켜 보였다. 그 목걸이를 지그시 바라보면서 샤이다나는 아무런 반응도 보이지 않았다. 그녀는 그저 무심결에 같은 말을 반복했다.

"악당들을 묻는군요. 그게 더 좋을지도 모르겠네."

두 사람은 서로에게 각자의 조상들에 대해 말했다. 아! 그 바람에 샤이다나는 다시 신랄해졌다.

"우리 집안에 너절한 인간들이 있다고 했어요. 내가 살던 그곳 땅만큼이나 너절한 인간들. 끔찍할 정도로 너절한 인간들. 맞아요, 땅은 설계가 잘못되었어요. 네댓 사람 정도 들어갈 땅 하나가 필요했는데. 그뒤로 땅은 지옥이에요. 지옥은 사람을 죽이지 않고 먹어 치워요."

그녀는 자기 고장의 말로 지옥이라는 단어를 말했고, 카파아쉬 는 그 단어에서 마아쉬아의 아저씨를 떠올렸다.

"지옥?"

"그건 당신을 먹어 치우는 어떤 거예요. 아귀처럼 당신을 먹는 거예요."

"표범인가?"

"아니요."

"사자, 악어, 호랑이?"

"아니요! 당신이 숨을 쉬는 한 그놈은 당신을 먹어요. 당신이 죽 으면 내던져버리죠."

"모르겠어요!"

"당신은 모를 거예요. 그곳에 가봐야 알 수 있어요."

카파아쉬의 조상들은 사냥꾼들이었고 나뭇잎을 먹는 사람들이 었으며 수액에 대해서는 그 누구도 가진 적이 없는 지식을 소유하 고 있었다. 그러나 그들은 살아생전에 사람을 산 채로 먹고 죽으면 내팽개쳐버리는, 지옥이라는 이름의 짐승은 만난 적이 없었다. 그 들은 모두 재빠르게 움직이는 눈을 가지고 있었고, 영양처럼 숨고 달리고 기어오르고 나타나고 사라질 수 있었으며, 물론 두명의 악 당을 땅에 묻었지만 착한 사람들은 보존하여 자식들에게 전해주었 고, 사냥꾼으로 축성하는 관습에서 가장 중요한 요소이자 사람을 보름 낮 보름 밤 동안 죽은 상태로 있게 해주는 수액인 방감아마나를 발견한 사람들이었다. 그들은 죽은 상태로 있을 기간을 고려하여 그 사람을 먹고 마시게 했고, 만찬이 끝나면 사냥꾼 조상 중에서 가장 명망 높은 사람이 남긴 그릇에 일정량의 방감아마나를 담아 그에게 주었다. 그러면 그는 여행의 암호인 **옹글루에니마나 샤타나 용카**(나는 우리 부족의 모든 소망들과 함께 폭풍의 고장으로 갑니다)를 읊조렸다. 사람들은 이제 그를 숲속으로 데려가서 진짜 죽은 사람처럼 온몸에 이상한 칠을 하고 주위에 덫을 놓았는데, 사람 냄새를 맡고 올 짐승들에 대비하기 위한 것이었다.

"발이 몇개죠?"

"발이 몇개라니, 뭐가요?"

"지옥 말입니다."

"아! 거기, 그 인간들 수효만큼 있죠. 아주 많아요."

"커요?"

"나라 하나만큼 크죠. 숲만큼 커요."

카파아쉬와 샤이다나는 팔년 동안 불랑-우타나에 머물렀다. 사냥감이 줄어들고 있었다.

"짐승들이 우리 냄새를 두려워해요. 떠나야겠어요."

"마르샬이 여기서 죽었어요. 우린 여기 있어야 해요. 여기서 우리 차례를 기다려야 해요."

"숲에서는 이렇게 살지 않습니다. 양식이 떨어지면 머물지 않아요. 그게 절대적인 법칙이에요."

그들은 사십일 동안 걸었다. 때로는 임시로 만든 작은 뗏목을 타고 내려가기도 했다. 적어도 샤이다나가 살던 곳의 개념에 의하면

숲은 지리적으로 국경을 맞댄 세 나라에 속해 있었다.

"여기가 카타말라나지든, 파마라시든, 샹바라시든, 나한테는 정말 아무 상관없어요."

"그게 뭔데요?"

"나라들이에요. 땅들."

"땅에는 숲이라는 이름밖에 없어요."

"여기선 그렇죠. 그렇지만 그곳 사람들은 사람들 가랑이 사이까지 국경을 만들어놓았어요."

"국경요?"

"경계선. 분리하기 위한 경계선. 분리해야 하죠. 무슨 말인지 알겠어요?"

단지 샤이다나의 심기를 건드리지 않으려고 카파아쇠는 "네"라고 대답했다. 그는 이해할 수 없었다. 그는 그들의 그 빌어먹을 '그곳'을 절대로 이해하지 못할 것이다. 샤이다나가 말할 수 있는 바추아[17]어 어휘가 늘어나면서 그녀는 카파아쇠에게 마치 세상 밖의 일 같은 이야기들을 들려주었다. '세상 밖'은 카파아쇠 부족의 바추아족들이 땅에 묻힌 죽은 자들의 저주받은 세상을 가리키는 데 사용하는 표현이었다.

"아직 혼자일 수 있는 자리가 있어서 다행이에요. 그곳에서 세상이 끝장나도 이곳에는 여전히 자리가 있을 거예요. 이곳이라는 단어, 나는 이 단어를 말하는 게 힘이 들어요. 가혹한 단어 같아요. 나

─────────

17 '바추아'는 피그미족의 원래 이름이다.

한텐 너무 가혹한 단어예요. 그 단어가 내 목구멍을 후벼파낼 것만
같아요."

샤이다나의 독백이 들불처럼 그녀의 온 존재 위로 번져 나가기
시작했다. 독백이 그녀를 카파아쇠로부터 조금 멀어지게 만들었지
만 그녀에게는 자기 자신 말고는 누구에게도 말할 수 없는 것들이
있었다. 그곳에 대한 그녀의 욕구가 커져갔다. 그곳에서 사람들은
살아남기 위해 온갖 짓을 다하지만 그런 온갖 짓에도, 쓰디쓴 매력
이긴 하지만, 어쨌든 나름의 매력이 있는 법이다. 어찌 되었든 여자
들은 그곳에서 특별 산소 공급을 받았다. 예쁜 여자들이 그랬다. 예
쁜 여자들은 샴페인, 춤, 거리, 침대에서 많은 몫을 배당받았고, 남
자들이 꼴통인 나라에서 여자들 차지가 되는 모든 좋은 자리를 배
당받았다.

"이 잎을 혀 밑에 넣으면 나무-인간이 될 수 있어요. 이 잎을 씹
으면 당신 냄새 때문에 사냥감이 도망가는 걸 막을 수 있어요. 이
잎을 몸에 문지르면 뱀들이 오지 않아요. 이 잎은 숨을 참는 데 도움
이 돼요. 이 잎. 이 칡. 이 뿌리. 이 수액. 이 초목."

카파아쇠는 숲을 통째로 샤이다나의 텅 빈 머릿속에 쏟아부었
다. 눈에 넣으면 먼 곳을 보거나 어둠속에서도 볼 수 있는 수액들.
콧구멍에 넣으면 멀리 있는 짐승이나 사람 냄새를 맡을 수 있는 수
액들. 잠이 들게 하거나 잠들지 않게 해주는 수액들. 환영을 보게
하거나 술에 취한 효과를 내는 수액들. 여러 종류의 독. 여러 종류
의 약. 그리고 말들. 낫게 해주는 말들. 비가 오게 하는 말들. 행운을
불러오는 말들. 불운을 불러오는 말들.

"그봉블루야노 수액에도 살아남았기 때문에, 당신은 이제 독 때문에 죽지는 않을 거예요. 그게 숲에서 제일 고약한 수액이거든요. 일단 그 수액을 견뎌내면 이백번의 우기도 살 수 있어요. 숲의 모든 뱀들이 물어도 당신은 전혀 아무렇지 않을 거예요. 우리 가문을 세운 카이아위라는 아저씨가 있었어요. 그 아저씨도 그봉블루야노 수액에서 살아남은 뒤에 이백여덟번의 우기를 살았어요. 관습에 의하면 숲에 칡이 하나 있는데 그 칡을 먹으면 절대로 죽지 않는다고 해요. 숲처럼 오래 사는 거죠. 뿌리-인간이 되는 거예요. 모두가 그 칡을 찾고 있어요. 모든 부족들이 찾고 있지요. 모든 세대가 찾고 있어요. 그런데 아무도 찾아내지 못해요. 그렇지만 칡은 있어요. 그 칡이 자기 생명의 수액으로 숲을 생겨나게 했거든요. 그봉블루야노에도 살아남았으니, 우리가 부족 사람들을 다시 만나게 되면 당신은 우리 부족의 어머니가 될 거예요. 숲이 밤에 자기 비밀들을 당신에게 말해줄 거예요. 숲이 우리 귀에 들리지 않는 것들을 당신한테 말해줄 거예요."

자주, 샤이다나는 귀 기울여 듣지 않았다. 그녀는 이빨 목걸이를 바라보았다. 그녀는 그 이빨들이 마르샬의 것이었다는 생각을 했다. 악기 밑에 걸려 있는, 손가락뼈들의 작은 왕국도. 저곳에 있는, 영도자의 세상도. 사람들은 공예품이나 도구 들을 만들며 재미있어 하는지도 모른다. 그러나 공동묘혈이 있었고 아마도 레이쇼는 그 묘혈에 묻혔을 것이다.

"시간은 숲이야."

샤이다나는 자주 그 문장을 되뇌었다. 그녀는 결국 자기 존재의 강렬함, 자신의 냄새를 그 문장에 덧입히게 되었고 그 문장을 더럽히게 되었다.

"시간이 원한다면 난 다시 떠나겠어. 그리고 엄마처럼 나도, 나의 섹스로 도시를 정복하겠어. 이건 내 핏속에 씌어 있어."

"그게 무슨 뜻이죠?" 카파아쉬가 물었다.

"싸움이죠. 전쟁."

"나도 음아아족이라고 전쟁을 좋아하는 부족 하나를 알아요. 최초의 인간들이라는 뜻이죠."

"그곳에선 세상이 아주 빨라요. 눈 깜작할 사이에 부족 하나를 죽일 수 있는 무기들이 있어요."

"수액인가요?"

"아니에요. 불이에요."

"최초의 인간들에게는 한 부족을 순식간에 죽일 수 있는 수액이 있어요."

"내 할아버지는 전쟁에서 졌어요. 할아버지가 진 전쟁이 있었죠. 나는 또다른 전쟁을 만들어낼 거예요. 내 어머니가 진 전쟁이 아닌 다른 전쟁. 내가 이기지 못하면 땅이 꺼져 사라질 거예요. 이런 생각들이, 마치 내가 태어나기 전부터 내 속에 살고 있었던 것처럼 내게 떠올라요. 내 피가 그렇게 소리쳐요. 가서 정복하라고! 생각하지 말고. 왜냐하면 생각하는 건 금지되어 있으니까. 정복해라—세상에서 제일 강하게 숨 쉬어라."

"그렇게 빨리 말할 거면 차라리 그곳 말로 하지 그랬어요. 여기 우리는 그곳이 필요 없어요. 우리한테는 숲이 있어요. 숲은 커요."

"난 지금 말의 계절이에요. 말하지 않으면, 나는 안에서부터 서서히 죽을 거예요. 표면까지 죽어서 껍질만, 거죽만 남게 될 거예요. 말을 하면서, 나는 나를 담아내고, 나의 윤곽을 그려요."

"또 말하면, 난 가겠어요."

"알았어요! 가지 말아요. 입 다물게요."

"이 수액은 말을 못하게 해요. 이 수액은 귀를 멀게 해요. 이 수액은 기억을 지워버려요. 이 수액은 사자처럼 용감하게 만들어줘요. 이 수액은…… 그리고 저 수액은."

이번에는 카파아쇠가 자신의 수액 공화국에 대해, 자기 조상들에 대해, 그봉블루야노를 이겨낸 아저씨에 대해, 비를 내리게 하는 잎에 대해, 사냥감이 빨리 달아나지 못하게 만드는 잎에 대해 말했다. 그렇게 해서 결국에는 샤이다나의 머릿속에 숲이 만들어졌고, 숲과 함께 그 야생의 뒤얽힘, 숲의 냄새, 숲의 음악, 숲의 외침, 숲의 마술, 숲의 난폭함, 숲의 형태, 숲의 어둠, 숲의 빛, 숲의 가슴 아픈 열기가 만들어졌다. 저기 그곳에서 보낸 십구년 말고는 샤이다나는 자기 나이를 분간하지 못하게 되었다. 낮들이 있었고 밤들이 있었다. 그것들은 그녀의 아름다운 육체 속에 있는 시간의 숲, 생명의 숲이었다.

"여자들이 아이를 다섯이나 여섯까지 출산하게 해주는 수액이 있지만 그 수액은 수명을 단축시켜요. 그리고 사냥감 문제 때문에 사람들 수효가 너무 많아도 안돼요. 그래서 임신을 끝내는 수액을 사용하기도 하죠. 행운, 우정, 증오, 공포, 수치, 용기를 불러일으키는 수액이 있어요. 체격을 조절해주는 수액도 있어요. 숲에서는 거

추장스럽기 때문에 큰 신체가 필요하지 않아요. 지방을 녹여주는
수액도 있는데, 뚱뚱해서는 절대로 훌륭한 사냥꾼이 못되거든요."

카파아쇠는 샤이다나가 말하는 게 싫어서 폭포수처럼 말을 쏟
아냈다.

"그러니까, 오라버니……"

"그러니까, 누이…… 그래요, 이 수액, 이 초목, 이 칡, 이 버섯, 이
곤충. 그리고 조상들의 목소리를 간직하고 있는 큰 나무가 있어요.
땅에 묻히지 않는 죽은 자들의 목소리를 간직하고 있는 다른 나무
도 있고요. 말하는 돌이 있어요. 익힌 물고기들이 있는 호수가 있
어요."

영도자 부드러운-마음-앙리가 통치한 지 이년 삼개월 일주가 되던 때였다. 아마나자부 경卿은 새로운 체제에 가까스로 매달려 살아남을 수 있었고, 자식들을 계속 학교에 보내기 위해 온 힘을 다했다. 피그미족의 후예로서 그는 이미 우애의 도로 아스팔트 포장, 다르멜리아 가톨릭 선교관에서 멀지 않은 곳에 이백열두채의 초현대식 빌라로 구성된 유인誘引 타운 건설, 오십명의 교사와 육천명의 학생 들을 수용할 수 있는 중학교 옆에 삼천 병상짜리 병원 건설의 허가를 받아냈다. 아마나자부 경은 자기 동족의 용맹스러운 자질을 영도자에게 납득시켜서 주로 피그미족으로 구성된 군사 기지를 다르멜리아에 건설하도록 그를 설득했다. 피그미족의 동화同化를 위한 피그미족 사냥이 절정에 달해 있던 시기였다.

"그자들을 위한 거야. 저항하는 놈들은 죽여버려. 우리 조국이 삼백만 가량 되는 일손을 잃는다는 건 말도 안돼."

샤이다나와 카파아쇠도 붙잡혔다. 그녀가 어찌나 아름다웠던지 영도자의 친애하는 병사들은 여러차례 그녀에게 성폭행을 시도했다. 카파아쇠가 그녀를 지켰고 온갖 종류의 수액으로 병사들을 혼쭐내주었다. 삼천명 가까운 피그미족들이 유인 타운의 놀이공원에 격리수용 되었다. 그러나 그 며칠 뒤 수인囚사들이 충분한 양의 작은 토끼풀과 그 수액을 손에 넣게 되자, 수용소에 남은 것은 카키색의 주검들뿐이었다. 수용소를 지키던 삼백십이명의 병사들을 살해한 다음, 음아아족은 밤중에 숲으로 되돌아갔다. 오샤브란치아 장군 휘하에서 포섭 사단에 편성되어 있던 삼천오십팔명의 피그미족도 영도자들의 뒤를 대어주는 해외 열강 소속 교관들의 사체 위에 장군의 사체를 버려둔 채 다른 형제들처럼 숲으로 떠났다. 아마나자부 경에게는 힘든 시절이었다. 그는 반역죄로 총살까지 당할 뻔했다. 군사재판에 회부된 그는 영도자들의 뒤를 대어주는 해외 열강들의 개입 덕분에 종신형으로 감형받았다. 그러나 영도자 부드러운-마음-앙리의 즉위와 함께 구금이 석방으로 바뀌었고 아마나자부 경은 계속해서 피그미족의 동화를 위해 온 힘을 다했다. 그는 다르멜리아보다 조금 더 북쪽에 군사 기지 건설을 허가받았다.

"샤이다나."

교구 신부는 여러차례 그 이름을 되뇌었다. 자기도 모르게. 생명력과 신비로 가득한 그녀의 싱싱한 얼굴이 다시 생각났다. 첫번째 날, 그는 자기 앞에 갈릴리의 성모가 현현한 줄 알았다. 마음을 진정시키려고 그는 이렇게 소리치기까지 했다. "흑인 성처녀는 절대로 없을 거야. 없어. 흑인 성처녀라니, 말도 안돼." 서른살. 그녀는 서른살쯤으로 보였다. 서른살 먹은 육체. 그러나 스무살의 육체. 열정적이고, 야생적이고, 매혹적인 피. 꾸밈없는 형태, 이목구비의 조화, 굴곡진 몸매의 강렬함 속에서 그 육체는 여기저기 터져 나올 것만 같았다. 기술적으로 완벽하게 단단한 젖가슴, 관능적이고, 당돌하고, 야생적인 턱. 전체적으로 그 몸은 하나의 축제였다 — 폭풍 같은 몸매와 어우러진, 이목구비의 축제.

"샤이다나."

교구 신부는 또다시 그 이름을 되뇌었다. 그는 절대로 그녀를 자신들의 여왕으로 삼았던 피그미족들처럼 — 주술적으로 — 그 이름을 말하지 못할 것이고 그 이름에 절대로 그녀 육체의 강렬함을 담아내지 못할 것이다.

악마에게 이르는 길을 차단하기 위해 그는 성호를 그었다. 주님께서는 자신의 가장 열성적인 종복 하나가 온통 넋이 나가서 그토록 이교적인 방식으로 발음하는 것을 절대로 용납하지 않을 것이다. 두번째 날, 아마나자부 타운의 음아아족 사람들이 나무-여인 또는 여왕이라고 불렀던, 성처녀처럼 옷을 입은 그 야생녀에 대해 그는 하마터면 왕고티 신부에게 말할 뻔했다. 여러날이 흘렀다. 그는 결국 그 여자 얘기를 하고 말았다. 그가 너무나 이교적인 단어들을 써서 말하는 바람에 왕고티 신부는 덜컥 겁이 났다. 그날 저녁, 교구 신부는 걷고 있었다. 해가 완전히 졌고 잠시 햇살로 얼룩졌던 궁륭들이 그 선명한 녹색을 열대 지방의 밤 특유의 파란색에 넘겨주고 있었다. 곤충들, 무수하게 빛을 발하는 개똥벌레들이 기이한 빛의 둥지들로 피어났다. 여기가 정말 천국일지도 모른다고 신부는 생각했다. 여기가 예루살렘이고 그 부속지들이야. 신은 여기에 더 많이 자리하실 거야. 그리고 자신의 꿈을 증명이나 하려는 듯, 그는 그 마법의 이름을 되뇌었다. 샤이다나. 결국 그는 영벌의 내음을 맡았고, 성호를 그었다.

"하느님, 제게 이곳의 심장을 주소서. 제게 이곳의 시간을 주소서."

왕 신부는 현지 언어를 아주 외설적으로 말했기 때문에 놀이공원의 피그미족들은 그의 설교를 들으며 매우 즐거워했다.

"샤이다나."

숲 사람들과 예수 그리스도의 사람들 사이를 가르는 다르멜리아 다리까지 그녀가 그를 배웅했다. 고인이 된 다르멜리아 신부의 이름이 강, 작은 둑, 선교관, 반투족 구역, 그리고 꽤 많은 다른 장소들에 붙여져 있었다. 유르마에는 그 이름을 가진 작은 광장 하나와 거리 두개가 있었고, 신-유르마에는 작은 기념물 하나가 있었다. 아주 오래 뒤에, 영도자 돌마음-장의 자식 중에서 C계열의 장들[18]이 샤이다나-시티를 건설했을 때에도, 여전히 많은 사람들은 그 광장을 다르멜리아-타운 광장이라고 불렀다.

"안녕히 가세요, 신부님."

"안녕, 샤이다나."

---

18 (옮긴이) "C계열의 장들"이라는 표현의 의미는 152면을 참조할 것.

그녀의 입술은 단어들이 아파할 정도로 단어들에 힘을 주었고 천사 같은 그녀의 두 눈에서는 수수께끼 같고, 순진하고, 강렬한 시선이 번져 나왔다. 그녀는 사악한 말들을 했다.

　"난 갈 거예요, 도시를 정복할 거예요. 나의 이 몸은 세상, 고장, 삶, 시간 들을 가로질러 왔어요."

　"숲에서 가장 아름다운 몸이오." 신부가 용기를 내어 말했다.

　"가장 고통스러운 몸이에요. 가장 더러운 몸. 그리고 이 몸으로 난 도시를 정복할 거예요. 너절함이 우리들 손에 쥐어준 수단들을 가지고 작업해야 해요."

　"그렇죠." 신부가 대꾸했다.

　그렇다니, 뭐가? 다시 혼자가 되었을 때 그는 그렇게 자문했다. 자신의 신앙의 길 위에 육신의 덫처럼 드리워진 그녀의 그 엄청난 몸이 기억났다. 안돼. 그는 육체를 두려워한 적이 전혀 없었다. 나는 절대로 아랫도리로 죄를 짓지 않을 거야. 그의 성기는 주님의 뜻에 따라 침묵하는 법을 알고 있었다. 육신의 일들은 정신의 일들 다음의 문제일 뿐이었다. 그의 아랫도리는 명예로운 침묵을 감수했다. 들썩거릴 수도 있는 침묵, 그러나 신뢰에 부응하는 침묵.

　프랑스식으로 주님이 세워져 있는 언덕 꼭대기에 이르러 한숨 돌리고 나서, 신부는 단어들을 처음 배우는 아이처럼 그 이름을 되뇌었다.

　"샤이다나! 나는 내 심장이 그들의 심장과 다르다는 걸 내 모든 피에게 납득시켜야 해."

　그가 자기 욕망의 기계 장치를 항상 덮고 다니던 사제복의 매무새를 바로잡았다.

"너가 쓰러지면, 주님은 너를 쓰러지게 내버려둘 거야."

그는 또다시 걸었다. 그 언덕은 지옥 같았다. 왕고티 신부가 그를 기다리고 있었다. 허브가 들어간 수프, 낡은 행주 같은 황어黃魚, 딱딱하게 굳은 까망베르 치즈, 언제나 그렇듯이 오렌지나 바나나가 나오고 그다음에 커피가 나오겠지. 잠이 들려면 오래된 알약 한 알을 먹어야겠어. 내일은 미사가 있지. 세상일이 내 기분도 바꿔줄 거야. 주님을 선사하는 내 훌륭한 손을 향해 줄지어 오는 세상일들. 그러고 나면 시간은 또 다음 일요일까지 닫혔다가 다시 두번 열리겠지. 화요일에는 보건 진료소, 목요일에는 그 아가씨와 피그미족들. 얌비의 보좌신부가 예정대로 온다면 상황이 많이 달라질 거야.

선교관에서 신부는 자신이 서재 겸 집무실 겸 침실로 사용하는 방으로 곧장 갔다. 그는 침상에 몸을 던졌다. 반수면 상태에서 그는 꿈을 꾸었고, 두줄기 피의 냇물이 흐르는 커다란 구렁텅이를 보았다.

"샤이다나."

그는 눈을 떴다. 가슴이 타는 것처럼 쓰라렸다. 머리가 무거웠다.

"안돼." 신부는 마치 의식을 잃었다가 되찾은 사람처럼 중얼거렸다.

그는 성경을 펴서 큰 소리로 읽었다. "그들은 회개를 거부했다. 내가 말하기를, 한갓 어리석은 자들이구나, 저 자들은 율법을 모르기 때문에 무분별하게 행동한다. 그래서 숲의 사자들이 저들을 죽이고, 사막의 늑대가 저들을 물어뜯고, 표범이 도시 입구에서 호시

탐탐 저들을 노리다가 나오는 사람들은 죄다 찢어죽일 것이다. 그
리고……"

"저녁식사하세요, 신부님."

그는 자리에서 일어나 휘청휘청 식당까지 갔다. 습관들. 습관들
의 덩어리가 되고 나면 삶은 너절해진다. 책 읽는 습관, 말하는 습
관, 듣는 습관, 윗사람들을 존중하는 습관 ― 그것들은 교육이라는
이름의 시계제조공에 의해 시계처럼 맞추어져 있다. 그는 피그미
족이었고 그의 부족은 수천가지 수액들을 알고 있었다. 그의 부족
사람들은 악한 자들만 땅에 묻었다. 주님이 이해해주신다면! 그러
나 주님은 저 높은 곳에서 내려온 몇가지 습관들만을 요구했다.

왕 신부는 왕왕 그랬듯이 교구 신부가 돌 씹는 것처럼 입맛이 없
다는 것을 알아챘다. 몇가지 질문들이 떠올랐고 질문에 대한 대답
도 짐작이 되었지만 그는 그것들을 굳이 입 밖에 내지 않았다.

그는 질릴 대로 질려 있었고 자기 같은 백인한테는 아무것도 안
보여도 흑인에게는 언제나 문제가 되는 일들이 있나보다 생각하며
더이상 골머리를 썩고 싶지 않았다.

"샤이다나." 교구 신부가 한숨을 쉬었다.

왕 신부가 눈을 크게 뜨고 그를 쳐다보았다. 그는 하마터면 말을
할 뻔했지만 목소리가 나오지 않았다. 그는 사리아나토에게 피아
노를 쳐달라고 했다. 그들이 식사를 하는 동안 사랑스러운 시동이
피아노를 연주했다. 시동은 두 사람이 식사를 끝내면 저녁을 먹을
참이었다.

"젠장맞을!"

교구 신부가 사리아나토의 연주를 멈추게 하려다가 파트리스가 내민 수프 그릇을 엎어버리고 말았던 것이다. 매운 수프가 튀어서 왕 신부의 얼굴과 수염을 적셨고 왕 신부가 화통 삶아 먹은 것처럼 냅다 소리를 질렀다. 아! 저 물건, 저 물건이 또 시작이네!

"젠장맞을!"

왕 신부는 자기 두 눈을 거칠게 움켜잡았다. 시동이 작은 대야를 들고 달려왔다. 시동이 대야를 왕 신부 앞에 내려놓았다.

"젠장맞을! 물 대신에 뭘 갖고 온 거야?"

물이 아니고 석유였다. 요리사가 서두르다가 통을 착각한 것이다. 눈에는 고추가, 입과 콧구멍에는 석유가 들어간 상태에서 왕 신부는 난리법석을 떨었다. 세상의 모든 흑인들을 싸잡아 저주라도 할 기세였다. 저주는 시동과 그의 조상들에게만 떨어졌다. 그가 워낙 심한 욕설을 하는 바람에 시동도 교구 신부도 물 생각을 전혀 하지 못했다. 고추와 석유가 신경을 계속 자극하자 왕 신부의 욕설은 말 그대로 성부와 성자의 이름만 빠진 상스러운 욕지거리 미사로 바뀌었다.

"당신네 피그미족의 심성은 어찌 이리도 고약하지?"

주님께 피그미족들의 악한 심성이 바뀌도록 어떻게든 해달라고 청하면서 그가 식탁을 내리쳤다. 주님이 남아 있던 수프를 그의 얼굴에 튀어 오르게 했다. 계속 소리를 질러대면서 그가 자리에서 일어나 양손으로 허공을 더듬으며 주방으로 갔다. 연이은 두번의 욕설 사이로 뭔가 깨지는 소리가 들렸다. "젠장맞을!"이라는 고함소리에 뒤이어 고통스러운 비명소리가 들렸다. 이윽고 다시 돌아온 그는 여전히 고추와 석유를 뒤집어쓴 채 세상의 모든 피그미족과 그들의 악마 같은 열대성에 저주를 퍼부었고, 피그미족을 만든 주님을 비난했다. 그가 의자에 부딪쳤고, 대자로 바닥에 넘어졌다. 파트리스가 물이 담긴 작은 대야를 들고 왔을 때는 왕 신부가 식당을 온통 쑥대밭으로 만들어놓은 뒤였다. 사람들에게 그의 그런 식의 분통 터뜨리기는 익숙한 일이었다. 그리고 그를 진정시키는 것은 주님의 몫이었고, 때가 되면 주님이 그렇게 할 것이다. 파트리스도, 사리아나토도, 교구 신부도 감히 그에게 뭐라고 말을 하지 못했다. 왕 신부가 대야 앞에 무릎을 꿇고 두 손을 바닥에 댄 채 숨을 헐떡 거렸다. 갈퀴 같은 그의 긴 머리가 섬유처럼 늘어뜨려졌고, 눈물과 콧물이 범벅이 되어 흘러내렸다.

"당신 왜 그랬어요?"

"신부님…… 신부님……"

그들은 또 한번 욕설의 미사를 들었다. 교구 신부는 왕 신부의 난폭한 성격에 무뎌질 만큼 무뎌져 있었고, 주님의 종인 저 짐승 같은 인간은 죽을 때까지 피그미족을 하찮게 여길 것이라고 확신했다. 왕 신부는 그를 자기 인생, 자기 종족, 자기 문화, 자기 시대, 자기 나라를 저버리고 십자가 발치에 와서 숨을 헐떡이고 있는 쓰레기로 간주했다. 그가 언젠가는 다시 변절자의 길을 갈 거라고. 그러나 교구 신부는 기도할 때마다 그를 잊지 않았다.

"주님, 제 목소리가 들리신다면 우선 피그미족을 가엾이 여기시고, 그다음으로 모든 인간을 가엾이 여기시고, 마지막으로 왕 신부를 가엾이 여기소서. 왜냐하면 주님, 왕 신부도 인간이니까요. 성부와 성자와 성령의 이름으로, 아멘."

새벽 3시에 그는 성부와 성자의 이름으로 자기 침상을 떠났고…… 정원으로 갔다. 달. 서늘함. 어둠. 향기들. 온전한 세상. 모든 것이 그 젊은 여자로 채워졌고, 그의 정열이 깨어나 야생 짐승처럼 그의 내면을 무너뜨리기 시작했다. 그의 존재 속에서 사물들이 액체로 바뀌어 일렁거렸다. 여자 몸의 격렬한 폭풍우가 그의 존재 깊은 곳에 두려운 먹장구름을 만들었다. 그의 발걸음이 그를 언덕 아래쪽으로 이끌었다. 그는 자신의 발걸음에 저항하려고 했지만 그 발걸음은 정신 나간 발걸음, 살과 피에 취한 발걸음이었다. 그는 다르멜리아 다리, 그 몇 년 뒤에 영도자 돌마음-장의 C계열의 아들인 장 꼬르베이유가 지역에서 가장 큰 호텔을 세우게 될 곳까지 걸어갔다.

"사탄아, 물러가라!"

미쳐서 주님께 무수한 질문을 던지는 자신의 몸을 이끌고 지옥처럼 모든 것이 흐물흐물 무너져 내리는 느낌 속에서 그는 맞은편 기슭까지 걸어갔다. 그는 샤이다나와 카파아쇠가 잠들어 있는 집 앞에 이르렀다.

"사탄아, 나를 어디로 데려가느냐?"

그 물음에 대한 꾸밈없고 퉁명스러운 대답이 신부의 마음속 깊은 곳에서 올라왔다. "세상으로." 저항하기 위해 신부는 반박했다.

"난 세상이 필요하지 않아."

그는 성호를 그었고, 단호하게 돌아설 생각을 했다.

"난 더이상 세상이 필요하지 않아."

"세상을 가로지르지 않고는 주님께 갈 수 없지."

요컨대 사탄은 모든 것에 대한 답을 가지고 있었다…… 신부가 땀을 닦았다.

"성부와 성자의 이름으로……"

"너 자신의 이름으로 존재해보지 않을래?"

"뭘 위해서, 사탄아?"

"실존의 경험을 위해서지."

"나는 그럴…… 성부와 성자와 성령의 이름으로……"

"아멘."

사탄이 아멘이라고 말했다. 향기들이 아멘이라고 말했다. 샤이다나의 몸 냄새가 아멘이라고 말했다. 신부는 술집들이 주님의 교회보다 더 많은 신자들을 거느리고 있는 바티칸 구역을 생각했다. 교회 미사보다 술집에 더 많은 사람들. 이해할 수 있는 일이었다. 사람들은 기도로써 독립을 요구했고, 그게 신이 유일하게 들어준 흑인들의 기도였다. 사람들은 가축들을 잡았고, 여자아이들을 수도원에 보냈고, 남자아이들을 신학교에 보냈다. 그러나 신에게서 받은 그 첫번째 선물은 사람들의 기대를 저버렸고 ─ 존경하는 이 아무개, 존경하는 저 아무개, 이것 예하禮下, 저것 예하 ─, 독립은 정말 실망스러웠으며 독립을 보내준 신도 더불어 실망스러웠다. 그래서 사람들은 맥주, 포도주, 춤, 담배, 침 뱉듯이 싸지르는 사랑, 정체불명의 음료, 사교邪敎, 잡담 ─ 요컨대 예하들처럼 양심의 가책에 빠지지 않게 해줄 수 있는 모든 것들을 향해 몰려갔다. 이곳은 살과 피의 고장이 되었다. 주님은 험담의 대상이 되었고 사람들은 왕왕 주님이 왕 신부의 눈과 턱, 그의 탐욕과 이기심과 행동 방식을 지녔을 거라고 상상했다. 신부가 당신에게 가지 나물을 준 다면, 그건 당신의 텃밭을 빼앗기 위한 것이라는 속담이 생겨났다. 임종 시의 병자성사에 사람들은 교구 신부를 부르지, 절대로 왕 신부를 부르지 않았다. 사람들은 왕 신부가 죽은 사람의 영혼을 자기 어머니의 나라로 보낸다고 비난했다. 유령을 가로막는 일에도 사람들은 교구 신부를 불렀다. 고故 바카쉬오, 고 카예스, 고 낭브로의 경우에도, 자기 아내와 암탉들을 찾으려고 다시 돌아온 고 다쉬모, 목이 마르고 저승은 끔찍이도 어둡다고 소리치던(온 마을 사람들이 들었다) 고 달랑조의 경우에도 교구 신부가 갔다. 다른 유령들이 나타나도 교구 신부는 갈 것이다, 주님의 명령이라면……

엠마누엘로 디판조 대학은 반투족 마을과 동화된 피그미족 마을 사이에 세워져 있었다. 그 학교는 유리와 콘크리트, 네온으로 만들어진 거대한 꿈 같았다. 그 옆에 있는 아마우 경卿 병원도 유리와 네온으로 만들어진 또 하나의 비현실이었다. 비극은 그 대학, 병원, 놀이공원에 피그미족은 한명도 남아 있지 않아서 그것들이 지역의 공무원들 차지가 될 수밖에 없었다는 사실이다. 병원에 의약품이 부족하지만 않다면, 병원에서 주는 키노포름이 남자의 성기능을 떨어뜨리고 여자를 불감증이나 불임으로 만든다는 소문만 없다면, 아마나자부 경의 조카인 웨이터가 의사 자격으로 병원에 파견되어 넙다리뼈와 목을 혼동하고 견갑골과 배를 혼동하지만 않는다면, 아흔세명의 여자 간호사들의 역할이 고위 인사들이 와서 머물 때마다 가구 노릇을 하거나 상처 치료를 위해 니바킨이나 주는 것이 아니라면 ─ 환자들은 다르멜리아 보건진료소에서 아주 비싼 값에 치료해주는 왕 신부의 욕설을 더 선호했다 ─, 반투족이나 반[#] 반투족 들은 그 병원에 갔을 것이다. 아마나자부 경은 계속해서 온 힘을 다했다. 피그미 예술박물관과 피그미학 연구소 옆에 휴양 시설 하나가 건축 중에 있었다. 무수한 착복과 사취가 국가 재정을 좀먹지만 않는다면 주택장관이던 아마나자부 경은 다르멜리아에 민족의 수도를 건설했을 것이다. 실제로 경제 수도, 광업 수도, 당의 수도(영도자 부드러운-마음-앙리의 고향이었다), 바나나의 수도, 맥주의 수도, 축구의 수도가 건설되어 있었다…… 그러나 국가 재정을 좀먹는 착복과 사취는 정부의 사면팔방에서 이루어졌다. 아마나자부 경이 마지막으로 다르멜리아에 왔을 때, 그는 샤이다나의 아름다움에 큰 충격을 받았다. 그는 메시지 하나를 보냈다.

"내가 아는 가장 아름다운 여인, 세상에서 가장 아름다운 여인이 피그미족이라는 사실이 나는 기쁩니다."

샤이다나는 그저 미소를 지으며 피그미어로 말했다.

"여기 사람들 때문에 이 고장에서 피그미족으로 사는 건 쉽지 않아요."

"자매님, 지금은 세상이 다 그래요. 온 세상이."

그날 저녁, 장관 각하는 자매님과의 동침을 요구했다. 두 사람은 동침했다. 아마나자부 경은 그녀가 숫처녀라는 것을 알고 크게 감동했다.

"내 머릿속에 당신의 냄새와 당신의 비명소리를 간직하고 떠납니다."

신부는 오랫동안 귀를 기울였다. 그녀는 자고 있었다. 그의 심장은 거부할 수 없는 육신의 노래를 부르고 싶어 했다. 그는 걸었다. 몇시쯤엔가 그는 바티칸 술집에 들러 그다음 날 돈을 치르기로 하고 맥주 한잔을 마셨던 것 같고, 술과 담배 냄새를 풍기는 무용수들의 그 둥그스름한 몸뚱이들, 화관처럼 벌어진 입들, 죽은 눈들, 웃음들, 얼굴들을 바라보았던 것 같다. 그 젊은 여자의 영상을 부숴 버리려고, 그는 그 여자들의 마음의 심연, 그녀들의 살갗, 배 밑, 허리, 썩어가는 음부들을 두드렸을 것이다. 새벽이 되었다. 신부는 여전히 밖에 있었다.

"죄악은 그 짓에 부가적으로 덧붙여지는 의미일 거야. 내 마음은 너무나 큰 죄악이 되었어."

그뒤로 샤이다나가 다르멜리아에 더 머물렀던 열여섯달 동안 신부는 아마나자부 경이 자기 정부情婦에게 선사한 빌라의 정원에서 밤들을 보냈다. 온 마을사람들이 쑥덕거렸고 그 불명예는 자기 사제들을 제대로 감시하지 못하는 주님의 몫이 되었다. 어떤 구역 사람들은 그래도 교구 신부가 생뜨-바르브 선교원의 수녀들을 '착취'한다고 알려진 왕 신부보다는 덜 한심하다고 생각했다.

"마음은 죄악이야. 그렇지 않을 리가 없어."

이제는 바티칸의 탁자 하나가 신부 차지가 되었다. 그는 술잔을 비우기 전에 성호를 그었다. 다른 사람들은 모두 알고 있었지만, 아마나자부 경이 토요일마다 샤이다나와 잠자리를 하러 온다는 사실을 뒤늦게 알게 되었을 때 그는 마음이 지옥이라고 결론 내렸다.

그는 아주 지저분해졌고 그가 술에 취했다고 생각한 아이들은 뜀박질로 그를 뒤쫓아가면서 노래하고, 욕설을 퍼붓고, 온순한 광인들에게 하듯이 그의 옷을 잡아당겼다. 그에게는 오카파쿠안사라는 별명이 붙었는데 '인간 말종'이라는 뜻이었다.

그는 여전히 성호를 그었지만, 대충대충 하는 몸짓일 뿐이었다. 아이들은 그를 모욕하는 내용의 노래들을 지어냈다. 그는 더이상 선교관에 가지 않았고, 바티칸의 등 없는 의자 두개를 붙여놓고 잠을 잤다. 술집 청소부가 와서 의자를 흔들어 그의 잠을 깨웠다. 그러면 그는 맥주를 청했다. 바티칸의 사장이 그를 쫓아내자 그는 교회를 자기 숙소로 선택했다. 그의 발에는 모래벼룩이 끼었고 피부에는 옴이 올랐다. 온 마을사람들이 이런 말로 그를 동정했다.

"불쌍한 신부, 개보다도 더 사람 같지 않은 짐승이 되다니! 돼지보다도 더 사람 같지 않은 짐승이!"

아이들은 그를 모욕하는 다른 노래들을 지어냈다. 그가 바카농티아 추기경에게 저주를 받았다는 소문이 돌았다. 다른 사람들은 교황이 직접 저주를 내렸다고 말했고, 또다른 사람들은 그가 주술에 걸려서 왕 신부를 자기 아저씨로 착각한다고 말했다. 어느날 신부는 숲속으로 들어갔고, 마흔여덟번의 낮과 마흔여덟번의 밤 동안 앞을 향해 걸었다. 왕 신부가 사람들을 시켜서 가로세로로 숲을 베어냈지만 신부의 흔적은 전혀 발견되지 않았다.

신부가 사라진 지 구십이일째 되던 날, 그가 보좌신부에게 한통의 전보를 보내왔다. "피그미족 남자는 제 칡넝쿨로 돌아왔음." 물론 보좌신부는 그 전보의 내용을 전혀 이해하지 못했는데, 전임자가 마르샬의 사람이라는 것이 밝혀져서 영도자 부드러운-마음-앙리의 식사용 나이프로 참수당한 뒤에 후임으로 부임한 지 얼마 되지 않았었기 때문이다.

카파아쉬는 교구 신부를 아주 좋아했다. 그는 신부가 사라진 것이 몹시 마음 아팠고, 4000프랑을 들여서 그를 위한 미사를 부탁했다.

"마을사람들은 모두 신부가 당신 때문에 떠났다고 말해요."

"그는 죄가 두려웠던 거예요. 나는 그 사람이 몹시 두려웠고요. 그 작자는 멍청이, 지독한 멍청이예요."

"떠난 사람인데, 좋게 기억합시다."

"한 사람이 당신 마음속에 들어왔다가 떠나가버리면 그 사람은 멍청이 취급을 받는 거예요. 그는 왜 머물러 있지 않았을까요? 내가 평범한 여자가 될 시간만큼이라도. 그래요. 그때 난 아직 악마였어요. 나는 남자들과 잠자리를 하고 싶었어요. 세상의 모든 남자들하고라도. 내 심장이 그걸 원했어요. 내 심장이. 결국 인간의 가장 큰 죄는 심장이예요."

그녀는 교구 신부가 딱 한번 뜰을 지나 더 멀리까지 왔던 날 밤, 그가 미쳐버리기 며칠 전의 밤이 기억났다. 그녀는 창문에서 아마나자부 경의 밤 심부름꾼이 내는 것 같은 이상한 소리를 들었는데 아마나자부 경은 낮 동안에 미리 알릴 겨를이 없었거나, 자신의 순회 출장 시에 가구 역할을 하도록 그 지방에 배치시켜놓은 아흔세 명의 독신 간호사들 중 하나와 샤이다나 사이에서 결정을 못 내린 날에는 밤 심부름꾼을 보내오곤 했다. 그녀는 대개 심부름꾼을 문

쪽으로 오게 했고, 맨몸에 파뉴[19]를 걸친 다음 자신이 직접 전언을 확인했다. 그날 밤 그녀는 긴 산책에서 돌아와 있었고, 온몸이 피로로 녹작지근했다. 소리가 들리자 그녀는 창문을 열었고 신부를 보고 깜짝 놀랐다.

"안녕하세요."

두 사람 중 누구도 어떤 다른 대화거리를 찾아내지 못했다. 상황이 꽤 많이 진전되었을 때 샤이다나가 미소 사이로 딸꾹질하듯 말했다.

"내가 당신을 주님한테서 빼앗는 것 같아 부끄러워요."

멋진 밤이었다. 그녀의 아랫도리는 근사한 열기의 방출을 받아들였고 ─ 그녀는 여섯번에 걸쳐 오-이-이-이 소리를 내지르다가 따발총처럼 오-우-아-에 비명을 내질렀다 ─, 신부는 탁월한 수컷이었고, 그는 그녀의 몸이 내는 소리에 필설로 다 할 수 없는 뭔가를 덧붙였고, 구멍 뚫듯 그녀의 아랫배에 감미로운 공허를 만들어냈다. 곧이곧대로 말하자면, 신부에 비해 아마나자부 경의 섹스는 빵점에 가까웠다. 그녀는 그다음 날에도 그를 내내 침상에 붙잡아두었고 저녁이 되어 식사 시간 무렵에야 그를 놓아주었다. 샤이다나의 침대 시트에는 신부의 냄새가 아직도 남아 있었다. 그녀가 신부의 다정한 얼굴을 기억에서 지워내는 데에는 삼년이 걸렸다. 카파아쉬가 일종의 망각-보조-수액을 그녀에게 권하기까지 했다. 그러나 이런저런 부주의와 실수로 그녀에게 신부를 다시 생각나게

---

19 (옮긴이) 아프리카 원주민들이 허리에 둘러 입는 겉옷.

만드는 사람도 대개는 카파아쇠였다.

"난 여전히 그 사람이 필요해요."

"그는 아마도 철제 우리 속 남자의 나라로 갔을 거예요. 모든 게 파욘다 족[20]의 차지인 곳으로요."

숲속 사람들을 위한 회유용 빌라의 낙성식에 영도자 부드러운-마음-앙리가 직접 오기로 했다는 소식을 들었을 때, 그녀는 아마나자부 경이 남겨주고 간 약혼반지를 서랍 속에 던져버렸고, 카파아쇠를 보내서 자신의 풍성한 머리채에 악마적인 윤택을 더해줄 수액을 구해 오게 했고, 아마나자부 경이 영도자들의 뒤를 대어주는 해외 열강의 나라에서 그녀에게 가져다준 드레스를 다림질 시켰고, 새 향수를 하나 사서 카파아쇠의 향기 나는 수액들 중 하나와 섞었고, 그녀의 치아를 거울처럼 반짝거리게 해줄 치약-수액을 사용하기 시작했고, 결국은 영도자에게 환영의 꽃다발을 건네줄 사람으로 지명되었다. 또한 무도회를 열고 영도자와 함께 식사를 하고 필요할 경우에는 영도자의 열대성을 만족시켜줄 시녀들 중의 한 사람으로도 뽑혔다.

그 나라의 다른 곳들과 마찬가지로, 다르멜리아에도 "우두머리는 모두가 기쁨을 줘야 할 사람"이라는 격언이 있었다. 특수부대의 첫 병력이 도착했고, 그들은 자신들의 능력을 십분 발휘하여 그 고장에 올 영도자의 안전을 확보했다. 그들은 나무랄 데 없는 능력을 지닌 사내들이었다. 그들은 이미 다섯 명의 수상한 자들을 공

----

20 (옮긴이) '파욘다 족'은 영도자가 속해 있는 부족이다.

개 교수형에 처했고 사람들에게 오른쪽 가슴에는 충성서약 카드, 왼쪽 가슴에는 부족 카드를 달고 다니도록 의무화했다. 특수부대가 내린 두번째 처방의 희생자는 저녁 7시 이후에 다르멜리아 다리를 건너려던 바티칸 구역의 전도사 카프앙쇼였다. 그는 총알, 자신의 신약 성경, 찬송가집으로 배를 채워야 했다. 일요일 9시가 되기 전에 주님의 식탁에 열명의 사람들을 불러모았던 왕 신부에게는 자신의 책과 교인들의 책을 모두 먹으라는 명령이 내려졌고, 사람들은 그에게 여덟시간 동안의 식사거리로 마니옥 두개를 사다주었다. 처음에 그는 자신의 귀를 의심했지만 총의 개머리판으로 두들겨 맞자 명령의 내용을 분명하게 이해했다. 그는 두개의 마니옥과 서른일곱권의 책을 먹었다. 영도자가 오기로 예정되어 있던 날 아침에 그는 배 속 밑바닥까지 토해냈지만, 영도자가 머무는 오일 동안 그 지역의 모든 차량 출입이 금지되어 있었기 때문에 그는 망고의 병원으로 이송되어 처치를 받을 수도 없었다. 카발라쇼 영감은 시효가 이미 지난 구원의 영도자 배지들을 달고 있다가 어느날 아침 그 배지들을 먹고 죽어야 했다. 자식들은 함께 모여 아버지를 애도하려고 했지만 자식들의 수효가 열명이 넘었기 때문에 특수부대가 와서 그들을 해산시켰다. 자식들이 떠나지 않으려고 하자 일제사격이 가해졌다. 이윽고 카파아쇠 차례가 왔고 그는 교구 신부가 준 낡은 카키색 신부복을 먹어야 했다. 그가 팬티 차림으로 집에 왔을 때, 샤이다나는 그가 갑자기 숲에 대한 향수에 사로잡혔나 보다 생각했다. 카파아쇠가 그녀에게 자초지종을 설명해주었다.

"그들이 나한테 옷을 먹게 했어요. 이게 지옥이죠, 그렇죠? 그들이 나더러 목걸이를 먹으라고 하기에 내가 말했죠. 우리는 우리의 죽은 자들을 먹지 않는다고. 그들이 나를 두들겨 팼어요. 세게. 너무 세게. 그래서 목걸이를 먹었어요. 지옥은 혹독해요."

"그들이 우리에게 유르마를 옮겨오네요."

"지옥 말인가요?"

"지옥의 일부죠."

그의 배 속이 그를 기진맥진하게 만들었다. 그는 수액을 마셨다. 샤이다나는 그에게 복용량을 두배 늘린 하제도 먹게 했다. 그 바람에 화장실에 가긴 했지만 항문이 카키색 신부복을 위해 만들어진 건 아니다. 엿새 동안 열여덟번 분량의 하제를 먹었지만 효과는 전혀 없었다. 이번에는 구토제를 먹게 했다. 목구멍이 막혔다. 결국은 그냥 내버려두고 기다려보았다. 영도자가 도착하던 날, 카파아쇠는 수액 하나를 먹어보았다. 그러자 항문으로 모든 창자를 쏟아낸 뒤에 "지옥!"이라고 소리치며 죽고 말았다. 그는 그토록 보고 싶어했던 영도자 부드러운-마음-앙리를 보지 못했다. 샤이다나는 각하의 꽃다발 증정 행사에 가지 않았고 몇몇 이웃여자들과 함께 친구를 애도했다. 남자들은 같이 남아 있는 것을 두려워했다. 유일하게 뮐라타쇼가 여자들과 함께 카파아쇠를 애도했는데 독사에게 물린 그를 고인이 수액으로 구해준 적이 있었기 때문이다. 고인이 수액을 처방해주었을 때 뮐라타쇼는 이미 반죽음 상태였다. 병사들이 왔다.

"해산하시오."

"우리는 우리 친구를 애도하고 있어요. 당신들도 우리 친구들이니 당신들이 죽으면 우리는 당신들도 애도할 거요." 뮐라타쇼가 말했다.

병사들의 우두머리가 벌컥 화를 냈다.

"피그미족이 어디다 대고 감히 파욘다족한테 말대꾸야."

"숲은 음아아족 소유요. 군인 양반, 당신은 왜 숲에 왔소?"

그에 대한 대답이 즉각 날아왔다. 총알이 휘파람 소리를 냈고, 뮐라타쇼의 피가 고인의 벌어진 입속으로 흘러들었다. 병사들이 샤이다나를 데려갔다. 사체들은 영도자의 체류 기간 내내 파리들과 쥐들의 차지가 되었다. 풍성한-머릿결-샤이다나가 회식자들의 박수갈채 아래 각하에게 소개되었고, 각하는 그녀가 굉장하다고, 반짝반짝 빛난다고, 먹음직스럽다고, 감동적이라고 생각했다. 몇몇 반투족들은 피그미족에 가까운 하찮은 여자가 자신들의 아름다운 딸들 대신 각하의 평가 트로피를 차지하는 바람에 자신들의 딸들이 각하의 저 눈길, 저 미소, 저 총애를 그녀에게 빼앗기는 것이 못내 불편했다. 특수부대의 물샐틈없는 감시만 없었다면 그들은 그녀를 납치하여 죽이기라도 했을 것이다. 사실 누군가가 사다주는 마니옥 빵 하나와 함께 자신의 셔츠, 파뉴, 바지를 먹고 싶은 사람은 아무도 없었다.

"저 자들은 아주 비열한 수단을 써." 사람들이 하는 말이었다. "저 자들이 쓰는 방법은 지독해."

특수부대 사람들은 단방에 결정적으로 자신들의 명성을 확립하고 싶어 했다. 그들은 기회만 되면 어김없이 영도자 부드러운-마음-앙리에게 조금이라도 저항감을 가진 것처럼 보이는 모든 사람들에게 뭔가 끔찍한 물건을 먹게 했다. 왕 신부의 신도들과 마타살라카리 목사의 신도들은 모두가 한결같이, 신이 풍성한-머릿결-샤이다나와 그녀 주변의 몇몇 피그미족들만 빼고 모든 사람들에게 집까지 지옥을 배달했기 때문에 이제 예배에 참석하는 건 아무 소용이 없다고 말했다. 유르마 사람들은 일년에 두번 세금을 징수하러 왔고 몸세, 땅세, 자녀세, 영도자에 대한 충성세, 경제부양 노력세, 여행세, 애국세, 용병세, 무지와의 전쟁세, 토양보존세, 사냥세…… 등을 요구했다. 그만한 돈이 없는 사람들은 이웃에게 돈을 빌렸다. 그래서 마을사람 그 누구도 돈 때문에 나라의 남쪽 오지로 추방되어 강제노역을 강요받지는 않았다. 일이 꼬여서 자기 친족이 총살형 리스트에 오르게 되면 힘 있는 사람들은 종종 세금 체납으로 수감된 하층민들 중에서 친족의 형을 대신할 대체자를 찾아냈다. 그렇게 해서 귀하신 몸인 죄수들은 사형수로 격상된 수형자 대신 감옥 생활을 했다. 세상이 다시 조용해지면 그들은 감옥에서 나왔고 또 한번 신분증 밀거래의 혜택을 보게 될 날을 기다리며 죽은 자의 신분으로 살아갔다.

때로는 원래의 사형수가 신분 제공자의 신분을 그냥 유지하기도 했다. 혹독한 정치범 감옥에 갇힌 사람들도 그 나라에서 유일하게 집으로 돌아갈 희망이 남아 있던 죄수들의 무리에서 그런 기회를 용케 찾아냈다.

출발 전날, 영도자 부드러운-마음-앙리는 측근들의 반대에도 불구하고 즉석 연설을 통해 풍성한-머릿결-샤이다나를 유르마로 데려가서 자기 아내로 삼겠다는 결심을 사람들에게 알렸다. 측근들은 샤이다나라는 이름이 구원의 영도자의 통치 시절에 마르샬의 마귀 들린 딸이 쓰던 이름이고, 마르샬은 구원의 영도자가 인민의 흉포한 적으로 공표하여 그 무덤을 파괴해버린 쓰레기 같은 인간이며, 그 유골을 유르마의 가장 번잡한 거리에 뿌려서 말 그대로 흙이 될 때까지 모든 사람들이 밟고 다니게 하라고 구원의 영도자가 지시했던 끔찍한 인간이라는 이유로 반대했다. 마르샬의 무덤이 있던 곳은 저주받은 장소로 바뀌었고 그곳에 반역자들의 기념물이 세워졌다. 거대한 놋쇠 부엉이가 커다란 콘크리트 두꺼비를 삼키려고 하는 형상이었는데 전체가 악마의 색깔로 알려진 회색으로 칠해졌다.

"그 여자가 뱀이라고 해도 나는 데려가겠다. 그녀가 악마라고 해도. 그 여자의 풍성한 머리채 때문에. 그 여자의 엄청난 테크닉 때문에."

두달 뒤에 풍성한-머릿결-샤이다나가 카타말라나지의 절세미녀 국모님이 되었을 때, 그리고 아마나자부 경이 오 장군처럼 자기 눈에 총알 한발을 쏘았을 때, 그녀는 카파아쉬의 유골을 유르마에 묻어달라고 청했다. 영도자 부드러운-마음-앙리는 자기 처남에게 국장과 두달간의 전국적 추모 기간을 선사했고, 아카데미 회원들을 묻는 까뜨리엠 쎄종 궁전에 카파아쉬의 기념물 하나를 세우게 했다. 카파아쉬는 우방국가들과 다른 나라들에서 보내온 천팔백열일곱개의 화관과 함께 땅에 묻혔다. 묘석에는 이런 글귀가 새겨졌다. "공화국의 명예로운 전쟁터에서 쓰러진 국가 영웅, 카파아쉬 쿤드라나 샤이다나."

카파아쇠는 악인들만을 땅에 묻는다고 알고 있었기에 아마도 무덤 속에서 조금 웃었을지도 모른다. 국가 영웅? 말은 죽은 자들보다도 더 죽어 있는 경우가 흔하다. 하기야 그보다 더 나은 표현이 있었을까?

결혼식날 저녁, 샤이다나는 피로연을 위해 화장을 하고 있다가 머리가 백발에서 카키색으로 변한 마르샬의 상체를 보았다. 이마와 목구멍의 상처에서는 여전히 피가 흐르고 있었다. 풍성한-머릿결-샤이다나는 그의 모습에서 몇년 전 자기 남매에게 두개의 신분증 지갑, 즉 장미색 가죽 지갑 하나와 흰색 가죽 지갑 하나를 가져다준 노인을 기억해냈다.

"저 다시 왔어요." 풍성한-머릿결-샤이다나가 말했다. "마르샬 레이쇼는 죽었어요."

마르샬은 아무 말도 하지 않았다. 그저 샤이다나의 오른손을 쥐더니 전에 그녀의 어머니에게 했던 것처럼 손바닥에 문장 하나를 썼다. "떠나야 한다."

그녀는 레이쇼가 항상 말하던 할아버지가 생각났다. "그자들 귀에 대고 할아버지 이름만 말하면, 그자들이 바로 너를 데려가서 총살시켜버릴 거야."

"저 다시 왔어요." 풍성한-머릿결-샤이다나가 말했다. "오는 데 십일년이 걸렸어요."

마르샬이 그녀에게 첫번째 바깥 싸다귀를 때렸다. 그녀의 왼쪽 볼에 먹물로 다섯개의 손가락이 그려졌다.

영도자 부드러운-마음-앙리는 어설픈 수컷이 아닌 진짜 수컷으로 아내를 맞이하고 싶었다. 그러니 준비가 필요했다. 그는 자기 침실에 특별히 향수를 뿌리게 했다. 뛰어난 안마사들이 그의 몸을 만졌는데, 영도자들의 뒤를 대어주는 해외 열강 출신의 투밥[21] 여자 두명이었다. 그는 면도를 하고, 손톱을 다듬고, 너무 더부룩한 눈썹 일부를 깎았다. 그는 오래 입을 헹구었고, 귀와 콧구멍을 소제했고, 몸의 모든 구멍들을 점검했다. 그는 방광을 비워냈고, 반 시간 남짓 동안 대장도 비웠고, 호흡 촉진제를 씹은 뒤에 침실로 갔고, 이중 잠금 문을 닫았고, 침대에 누워 기다렸다. 그의 육신은 생각에 잠겨 있었다. 풍성한-머릿결-샤이다나가 드나드는 문으로 검은 피를 뒤집어쓴 유령 하나가 들어왔는데, 샤이다나였다. 영도자 부드러운-마음-앙리는 공포에 질려서 얼이 빠졌고 벌거벗은 알몸으로 첫번째 위병 초소까지 뛰어갔다. 그는 아무도 이해할 수 없는 언어로 말을 했고, 카피치앙티 대령이 국민들에게 그가 곧 나을 거라고 믿게 하면서 그의 이름으로 통치한 지 육년 사개월 이주일 하루 뒤에 정신병원에서 암살당한 날까지, 그는 그 언어로 말을 했다. 그를 정신병원에서 암살하고, 그 살해 행위를 카피치앙티 대령에게 뒤집어씌워 독립 광장에서 총살시킨 뒤에, 국영 라디오를 장악하고 아버지-마음-장-오스까라는 이름으로 통치를 시작한 것은 영도자 부드러운-마음-앙리의 배다르고 씨 다른 형제 카카라-무샤타였다. 풍성한-머릿결-샤이다나는 여전히 부드러운-마음-앙리가 낫기를 기다리고 있었다. 그러나 사실 카카라-무샤타가 자신의 배

---

21 (옮긴이) 아프리카의 윌로프어로 '백인' '서구인'을 가리키는 표현.

다르고 씨 다른 형제를 살해한 데에는, 그의 은근한 수작을 거부하는 절세미녀 카타말라나지 국모를 물려받으려는 욕심도 어느정도 작용했다. 아버지-마음-장-오스까는 풍성한-머릿결-샤이다나에게 바치는 시를 썼다. 장-오스까의 속 깊은 애정이라는 제목의 시였는데, 그 나라의 모든 학교에서 그 시를 가르쳤다. 부자연스럽게 꾸민 서툰 시였다.

달콤한 육신의 덫
속 깊은 애정의 달콤한 태양
언제쯤 와서
내 마음을 흩트려놓으려나
언제쯤 오려나
화약처럼 엄청난 피
내 수컷의 꿈 깊숙한 안쪽으로
아! 당신이 보는 나
당신이 바스러뜨리는 나
내 생명 내 몸은
당신 질塵의 힘줄들 같아서
나는 저 광기의 하늘에서
모든 말 모든 햇빛을 쓸어버리리라
우리 마음으로 하여금
첫번째 비명을 내지르게 만드는
이 두려움처럼 쓰라린 하늘……

국영 라디오 방송에 따르자면, 영도자 아버지-마음-장은 금세기의 가장 위대한 시인이었다. 유르마 아카데미 작가협회는 그가 자기 의붓형제를 살해한 해에 그를 올해의 공화국 문학상 수상자로 선정했고, 그는 예술 총검열관의 자격으로 국립아카데미 회원이 되었다. 그런 식의 숱한 성공에 고무된 영도자 아버지-마음-장은 저명한 마푸-앙쉬아의 오케스트라에 들어갔다. 장 발렌느[22]라는 별명에 딱 어울리는 그 불쾌한 용모와 우스꽝스러운 목소리로 영도자 아버지-마음-장이 모든 작품들을 노래하려고 했기 때문에 오케스트라는 두달 만에 그 명성을 잃고 말았다. 사람들은 그가 있는 자리에서는 장 발리니아라고 불렀고(그는 그 이름을 아주 좋아했다), 그가 없는 자리에서는 장 발렌느라고 부르거나 다짜고짜 '저속한 아버지'라는 뜻의 뻬르 바라고 불렀다. 코끼리 춤이라는 이름으로 사람들이 고안해낸 춤은 민중들의 주된 표현 수단이 되었다.

능욕당한 덕분에 마침내 우리는 허파가 무슨 소용이 있는지 알게 되었다고 마르샬의 사람들은 말했다.

그러나 사람들이 자기를 조롱하고 있다는 것을 알게 된 영도자 아버지-마음-장은 단박에 카타말라나지 전 영토에서 그 춤을 금지시켜버렸다. 그 덕분에 특수부대는 사람들에게 오물을 먹이는 또다른 구실 하나를 찾아냈다. 풍성한-머릿결-샤이다나가 영도자

---

22 (옮긴이) '발렌느'는 프랑스어 보통명사로 '고래'라는 뜻이다.

아버지-마음-장과의 결혼을 승낙한 것이 바로 그 무렵이었다. 마르샬이 와서 대여섯차례 그녀의 따귀를 때렸고 결국 첫날밤의 잠자리에 그녀를 기절한 상태로 버려두고 갔다. 영도자 아버지-마음-장은 그녀가 기절해 있는 것을 보았고, 그녀에게 연속적으로 여덟번의 속 싸다귀를 날렸고, 바로 그날 밤, 그러니까 자신이 통치한 지 삼백이십팔일이 되던 날에 미쳐버렸다. 그러나 나라의 말고삐를 빼앗길 정도로 미친 것은 아니었다. 그는 자기 사촌 기타누마나를 영도자의 대리인으로 임명했다. 장-오스까가 처음으로 풍성한-머릿결-샤이다나의 속 싸다귀를 때린 지 열다섯달 뒤에 커다란 털북숭이 하나가 태어났고, 그 털북숭이에게는 카마슈 빠따뜨라라는 이름이 붙여졌다. 빠따뜨라가 태어나자 영도자 아버지-마음-장은 국민투표를 통해 두개의 조항으로 된 헌법을 제정했다. 1조: 권력은 영도자에게 속하고 영도자는 인민에게 속한다. 두번째 조항은 아무도 이해할 수 없는 언어로 작성되어 있었다. 광인들의 언어라는 풍문이 돌았다. 2조: 그로나니니아타 메제 보투에테 타우-타우, 모로 메타니 바마나사르 카라니 메타 옐로 옐로마니카타나.

풍문에 의하면 옐로 옐로마니카타나는 '종신 군주'를 의미했다. 그렇든 말든 제헌 국민투표의 결과는 백프로 찬성이었다.

그런 일이 있을 때면 으레 그랬듯이 아버지-마음-장-오스까는 축제를 베풀었다. 그는 사람들을 배불리 먹고 마시게 했다. 그는 카타말라 인민(국가명의 형용사 형태를 카타말라나시엥에서 카타말라로 변경했는데, 원래 단어가 너무 길어서 영도자가 피로감을 느꼈기 때문이다. 심지어 국가명을 바꾸자는 말도 있었다)의 선택권과 제도를 지키는 사람들, 그리고 국민투표에 대한 시들을 지었고 전국의 집집마다 문 위에 헌법을 써넣게 했다. 그 무렵에 마르샬의 사람들은 아버지-마음 치하의 일년에는 이백스물여덟번의 축일이 들어 있다고 비아냥거렸다. 성명 축일, 영도자 축일, 특수부대 축일, 영도자의 마지막 결혼 축일, 영도자 아들의 축일, 아카데미 회원들의 축일, 영도자의 카멜레온 축일, 명상 축일, 정자精子 축일, 황소 축일이 있었고…… 순교자의 날, 젊은이의 날, 어른의 날, 여자의 날, 샤이다나 머릿결의 날, 입술의 날, 배의 날, 카타말라 프랑화莢의 날, 카파아쇠의 날, 그리고 또 무슨무슨 날들이 있었다……

인민의 헌법 조항들로 모든 방과 부엌, 모든 곳을 채색하라는 지시가 내려졌다. 영도자가 정한 구일의 시한을 넘긴 사람들의 집은 특수부대원들이 총 개머리판으로 쑥대밭을 만들거나 다이너마이트로 폭파해버렸다. 어떤 사람들에게는 페인트 상자를 사서 마시게 했고, 그 사람들은 결국 민중들이 알약 배급소[23]라고 부르는 곳에 가서 죽었다. 시중에는 인민의 헌법 2조가 지옥을 의미한다는 말이 돌기 시작했다.

"지옥이야!"

"지옥은 죽게 될 거야."

"언제?"

"언젠가."

"어느날에?"

---

23 (옮긴이) 보건소를 가리킨다.

빠따뜨라가 성장하고 있었다. 그는 호랑이처럼, 사자처럼 키워졌다. 때때로 사람들은 그에게 날고기를 먹였다. 정부 상점에서 파는 가공육은 먹이지 않았는데, 가공육을 먹는 사람은 피의 양이 조금 줄어들기 때문이었다. 빠따뜨라는 말 그대로 야생의 고기, 영도자의 정원에서 생산되는 자연산 고기를 먹었는데 그 고기에는 약간의 숲이 들어 있었고 진흙, 뱀, 칡넝쿨 냄새가 났다. 영도자 아버지-마음-장-오스까의 동생이자 카타말라나지 은행들의 소유주인 장-쁘랭시빨의 명언에 의하면, 구원의 영도자 이래로 카타말라나지의 최고 권력자는 육식 동물들이었다. 마르샬처럼 빠따뜨라의 눈은 검은색이었고 입술은 두툼하게 위로 젖혀졌고 얼굴색은 담갈색이었다. 빠따뜨라의 개인교사들은 그가 총명하다고 생각했지만 빠따뜨라는 모든 문 위에 쓰인 노란색 글귀 말고는 아무것도 읽지 않았다. 아버지는 자주 그를 맹수 사냥에 데려갔고 나이트클럽에도 데려갔다. 아버지-마음-장-오스까는 민중들 속의 영도자가 되고 싶어 했다. 전국에서 짧은 밤 매춘 가격이 가장 싼 동네인 위 쌍[24] 구역에서도 그를 볼 수 있었다. 어린 빠따뜨라는 철제 우리 속 남자인 레이쇼를 지켜보면서 하루의 많은 시간을 보냈다.

아이가 사탕, 메뚜기, 바퀴벌레, 잠자리, 거머리를 던져주면 레이쇼는 아주 즐거워하며 그것들을 먹었다.

"사람하고 비슷해. 이빨만 없을 뿐이지."

레이쇼는 이제 세상과 세상의 이면을 보는 것 같은 시선을 지니

---

24 (옮긴이) '팔백'을 의미한다.

고 있었다. 그 시선이 영도자 아들의 뇌리에서 떠나지 않았다. 아이는 하루에 몇시간씩 어머니로부터 숲, 카족族, 카파아쇠, 다르멜리아, 완전한 허구의 인물인 카 아저씨에 대한 이야기를 들었고 삶이 삶을 죽이는 역할밖에는 못하는 삶을 사는 남자들과 여자들, 배고프고 목마른 사람들, 예나 아니요 때문에 죽임을 당하는 사람들, 진정한 인민, 진정한 민족, 땅-인간들, 나무토막-인간들, 자갈 육신들, 인간 돌멩이들에 대한 이야기를 들었다. 풍성한-머릿결-샤이다나는 장-오스까가 자기 아들의 교육을 맡긴 열두명의 가정교사에 한명을 추가했다. 열두명은 열한명의 대령과 한명의 장군이었고 풍성한-머릿결-샤이다나가 추가한 사람은 엥디라카나 추기경이었다.

"풍성한-머리털-샤이다나, 내 어머니, 나의 왕비." 아버지-마음-장-오스까가 말했다. "내 가랑이 사이에 왜 사제를 끼워 놓는 거요? 그자는 거추장스러워. 빠따뜨라는 이 땅에 있어본 적이 없는 사내, 진짜 육식 동물이 되어야 해."

여전히 변함없이 유르마에 시간이 흘렀고 납 같은 시간, 비명 같은 시간, 공포의 시간이 흘렀다. 사람들이 에프에스(FS)라고 부르는 특수부대원들은 예나 아니요를 이유로 사람들에게 신분증, 셔츠, 샌들, 시효 지난 배지, 쇠붙이와 단추가 달린 군복을 먹게 했다. 사람들은 위장에 탈이 나서 죽었다. 구원의 영도자 시절에 어머니 샤이다나를 찾던 때처럼 사람들은 여전히 손을 보여주어야 했다. 빠따뜨라가 태어난 직후에 마르샬의 사람들에게는 오른쪽 허벅지 윗부분에 작은 십자가가 있다는 소문이 돌기 시작했다. 아버지-마음-장-오스까는 거리 구석구석마다 허벅지 '검사소' 두개를 각각 남성용과 여성용으로 설치하게 했고, 밤낮없이 검사한다는 구실하에 어떤 '검사원'들은 검사소에 침대를 놓았고 다른 검사원들은 서서 하는 체위나 맨바닥으로 만족했다. 최초의 검사소들이 설치된 지 아홉달 뒤 온 나라에 베이비 붐이 일어났다. 검사소들은 영도자들의 뒤를 대어주는 해외 열강의 융자를 받아 지어졌다. 아! 마르샬 사람들의 말처럼 이 나라는 한심한 상태에 있는 개발 문제에 전념하기는커녕 오히려 문제들을 확대하고 영속화하는 데 골몰하고 있었다. 숫자 조작을 감안하더라도 검사소 설치에는 백사십억이 소요되었다. 마르샬 사람들의 전단지에는 그 투자비 중에서 전문 브로커들이 다양한 명목으로 미리 떼어간 금액의 비율이 제시되어 있었다. 전단지에는 다른 수치들도 나와 있었다. 헌법 조항들을 대통령궁에 금박으로 새기는 데 이백이십억, 아마카데미 회원들의 마을을 건설하는 데 구백이십억, 사자死者들의 궁전을 짓는 데 사백팔십억, 빠따뜨라가 태어난 산과 병원을 짓는 데 백이십억……

전단지들의 결론은 국가 재정이 두개의 큰바다로 흘러드는 강이라는 것이었는데, 하나는 선전선동의 큰바다였고 다른 하나는 영도자의 필요 경비, 그리고 교묘하게도 민주주의와 공화국을 위한 군대라고 일컬어지는 특수부대의 필요 경비라는 큰바다였다. 카타말나지에서 시간은 여전히 변함없이 흘러갔다. 사람들은 이제 더이상 그 시간이 어디에서 오는지, 어디로 가는지, 누가 그 시간을 보내오는지 알려고도 하지 않았다. 죽는 것을 직업으로 가르쳐 온 마르샬의 사람들 말고는 모두가 이렇게 말했다. "지금은 영도자들의 시대야." 혹은 "지금은 마르샬의 시대야." 혹은 "그러니까 지금이 신의 시대라는 걸 이해하지 못하겠다는 말이오?" 어떤 사람들에 의하면 신은 얼간이들을 심판하느라 자기 시간을 낭비하지 않기로 결심했고, 그래서 그리스도가 이 땅에 왔던 것처럼 화육을 통해 지옥이 이 세상에 강림하도록 허락했다는 것이었다. 국영 라디오는 계속해서 카타말라나지라고 말했지만 거리에서는 모두가 지옥이라는 단어를 썼다. 자신의 호주머니 ─ 사랑스러운 호주머니 ─ 인 나라에 붙여진 치욕스러운 별명을 알게 된 영도자 장-오스까는 지독하게 화를 냈고, 앞으로 '지옥'이라는 단어를 발설하는 혀와 입술의 주인은 누구든 재판 없이 총살하라고 명령했다. 첫번째로 총살당한 사람은 국영 라디오 방송을 전혀 안 듣는 카족 주교 도미니끄 로쉬마니토였는데, 그가 목요일 아침 강론에서 지옥이라는 단어를 말했던 것이다. 사백칠십이명의 신부와 목사 들이 처형당했고, 도미니끄 로쉬마니토 주교의 장례식에서는 군중을 향한 발포가 있었는데, 사람들이 매 절마다 '지옥'이라는 단어가 반복되는 '주여, 재림하실 건가요?'를 노래했기 때문이다. 영도자 아버지-마음-장-오스까의 분노가 온 나라를 황폐화시킬 무렵, 마르샬의 사람들이 **지옥**이라는 단어 하나만이 적힌 전단 14킬로그램를 그의 침상에 투척했다. 영도자는 어떤 언어로든 '지옥'이라는 단어가 적혀 있는 모든 책과 모든 문건 들을 바따르[25] 광장에 임시로 피운 불길 속에 던져버리라고 명령했다. 그 무렵에 검열부가 만들어

---

25 (옮긴이) '바따르'는 프랑스어로 '사생아' '잡종' 등을 의미한다.

졌고, 검열부의 차량들이 지옥을 불 태우기 위해 카타말라나지 전
국에서 긴 행렬을 이루어 유르마의 바따르 광장으로 향해 갔다. 바
따르 광장에 피워진 불이 가난한 서민 구역의 상당 부분을 환하게
밝혔다. 검열부 직원들에게 문건을 제출하도록 정해진 두달의 기한
이 지나자, 신음하고 고함치고 욕설을 퍼붓고 악담하고 도와달라고
외치는 자루들이 바따르 광장의 불길 속으로 던져졌다. 수십만, 수
백만 톤의 책들 ─ 국내 서적, 외국 서적, 종교 서적, 예술 서적, 과
학 서적 들이 불태워졌다. 기념물, 예술작품 들도 불태워졌다. 사실
검열관들은 전부 읽어볼 시간도 없었고(검열부의 어떤 공무원들
은 글을 읽을 줄 몰랐다), 그래서 눈에 보이는 대로 모든 책을 태워
버렸다. 그것은 돌마음-장의 C계열 아들인 장 깔슘이 한번 물리면
사람, 짐승, 초목 할 것 없이 치명적인 결과에 이르게 되는 인조 파
리들을 등장시켜 벌인 전쟁에 앞서 벌어진 첫번째 큰 전쟁이었다.

책과의 전쟁은 구년 구개월 열하루 동안 계속되었다. '지옥'이라
는 단어가 들어가 있거나 암시되어 있는 음악 작품들도 모두 불태
워졌다. 뒤이어 '지옥'이 '고통'과 결합되어 전 국토에서 고통이 금
지되었다. 더이상 죽은 자들을 애도할 수 없었고 치과의사들은 환
자들에게 신음소리를 못 내게 했으며 고통스러워하는 사람들은 불
태워졌다. 선별이 쉽지 않았지만 FS[26] 병사들은 요령껏 처리해 나
갔다. 사람들은 이제 특수부대를 페스[27]라고 불렀다(마르샬 사람들

---

26 (옮긴이) '특수부대'의 머리글자.
27 (옮긴이) '페스'는 프랑스어로 '궁둥이' '성행위' 등을 뜻하는데, '에프에스'
　(FS)와 발음이 유사하다는 점을 활용한 풍자적 호칭이라는 것을 알 수 있다.

의 착상이었다). 자신들이 '페스'라고 불리고 있다는 것을 알게 되자 FS 병사들은 '페스'라는 단어도 물리적 검열 캠페인의 대상에 포함시켰는데, 때로는 하수인이 주인보다 더 주인 행세를 하는 법이기 때문이다. 외국어든 지역어든 카타말라나지의 모든 언어에서 '페스'라는 단어가 삭제되었다. 페스 대신에 '거시기' 또는 '그것'이라는 단어가 사용되었다. '지옥'이나 '고통'을 발설하는 사람들은 교수형에 처해졌다. 금지어들의 목록이 급속히 늘어나서 마침내 세상은 금지어들의 숲이 되었고 그 숲에서 사람들은 잔인한 사자에게 먹혀 죽어갔다.

그 무렵에 철제-우리-속-남자 레이쇼가 죽었다. 영도자 아버지-마음-장-오스까가 그의 사체를 노천에 내버려두게 한 아홉 밤 아홉 낮 동안, 마르샬이 그의 사체를 지켰다. 마르샬은 파리떼를 쫓고 개미들을 죽였다.

아버지-마음-장-오스까는 어린 소녀와 다시 결혼했고, 그가 칠십이년의 생애 동안 여인의 배에서 생산할 수 있었던 유일한 자식인 아들 빠따뜨라만 남기고 풍성한-머릿결-샤이다나를 내쫓아버렸다. 샤이다나는 카파아쉬의 무덤에 꽃을 바친 뒤에 다르멜리아로 돌아갔다. 그녀는 교구 신부와 레이쇼를 생각하며 비통하게 늙어갔는데 처음에 대통령궁의 정원에서 레이쇼를 다시 보았을 때는 그를 알아보지 못했다가 쫓겨나기 며칠 전에야 그를 알아보았다. 영도자가 아끼는 원숭이 크리크라는 정말이지 사람처럼 행동하는 원숭이였는데, 사람에게 싹싹한 미소를 지어 보이고 담배를 권하고 사람이 내미는 담배를 거절하기도 하고 찌푸린 상으로 감정을 표현하기도 하는 원숭이였다. 막연한 감정에 이끌려 마지막으로 그 원숭이를 보러 갔다가…… 그녀는 레이쇼를 알아보았다. 그녀는 저녁이 되도록 그에게 숲, 다르멜리아, 마르샬에 대해 이야기해주었다. 영도자 아버지-마음-장-오스까가 새 아내를 맞아들여 처녀의 비명소리가 온 대통령궁을 가득 채우는 동안 샤이다나는 레이쇼에게 다시 가서 사흘 밤 사흘 낮 동안 이야기를 했다. 영도자가 이제는 뚱뚱한-몸-샤이다나라고 부르는 풍성한-머릿결-샤이다나는 쉬지 않고 말을 했다. 그러나 레이쇼는 침묵했다. 그녀는 그의 혀가 잘려 있다는 것을 알게 되었다. 어쩌면 그는 듣지도 못하는 것 같았다. 세번째 날 아침에 레이쇼가 밤 사이에 마르샬의 잉크처럼 검은 자신의 배설물로 쓴 메시지를 보여주었다. "난 곧 떠난다. 이 도시는 멸망할 것이다."

뚱뚱한-몸-샤이다나가 유르마를 떠나 다르멜리아로 간 그해 12월 19일에 마르샬의 사람들은 카타말라나지의 모든 도시에 전단하나를 뿌렸다. "지옥은 불태워지지 않는다." 그것은 그들이 영도자 아버지-마음-장-오스까에게 보낸 공개 서한의 제목이기도 했다.

"각하. 우리는 당신이 이 서한을 끝까지 읽지 않으리라는 걸 압니다. 그렇지만 용기를 내서 그렇게 해보시기 바랍니다. 우리는 항상 말해왔습니다(그리고 우리는 우리가 옳다는 것을 압니다). 독재는 혁명의 무기가 아니라 정신적·육체적 고문과 마찬가지로 억압의 수단입니다. 당신이 자주 말하듯 독재가 혁명의 수단이라면, 그리고 당신이 주장하듯 규율이 교육을 대체할 수 있다면, 복종이

인간의 가장 고귀한 덕성이라면, 우리는 비인간성이 진보적이라는 결론에 이르게 되기 때문입니다. 불을 불로 끌 수는 없습니다. 독재는 태워지지 않습니다. 독재가 불입니다. 한번 독재를 선택하고 나면 멈출 수가 없습니다. 완화된 형태의 독재란 없고 있는 것은 독재의 단계들이며 그 단계들이 당신과 우리를 삼켜버립니다. 아닙니다, 지옥은 불태워지지 않았습니다……"

'지옥'이라는 단어가 눈에 들어오자 영도자 아버지-마음-장-오스까는 그 서한을 불태워버렸다.

"이 지옥의 자식들, 개의 새끼들. 이 잡것들. 이놈들은 내가 육식 동물로 태어났다는 걸 아직도 모르는군. 내가 육식 동물이라는 걸 몰라. 나는 어머니 배 속에서 나올 때부터 완전히 날것이었어."

레이쇼가 관도 없이 저주받은 자들의 묘지에 묻히던 날, 마르샬은 매장 임무를 맡은 죄수들과 동행했다. 레이쇼의 상처에서는 여전히 피가 흘렀고 그는 쉼 없이 기침을 했다. 죄수들이 구덩이에 사체를 던지고 흙을 조금 뿌려서 사체의 다리가 여전히 구덩이 밖으로 삐져나와 있게 되자 마르샬이 매장 작업을 다시 했다. 그는 무덤 위에 화관 하나와 아주 매끈한 돌십자가 하나를 놓았다. 화관에는 이런 글귀가 적혀 있었다. "레이쇼 오카브렝타에게, 마르샬이." 그 무덤이 저주받은 자들의 묘지에서 유일하게 십자가와 화관이 놓여 있는 무덤, 유일하게 사자의 사지가 밖으로 삐져나와 있지 않은 무덤이었다. 눈 없는 머리들, 살도 없고 가죽도 없으면서 여전히 허공을 움켜잡고 있는 손들, 더이상 걷지 못하는 다리들이 보였다. 귀뚜라미들이 많았고, 들쥐들이 사체 속에 쥐구멍을 만들기도 했다. 햇빛이 끈적한 모래를 뜨겁게 달구었고 ─ 악취가 지독하고도 지독했다 ─, 여기저기 성긴 풀들이 사자들의 진흙 속에 뿌리를 내리며 누렇게 바래고 있었다. 그러나 땅은 몹시도 헐벗고, 을씨년스럽고, 쓰라리고, 애통했다.

영도자 아버지-마음-장-오스까는 식사 중이었다. 엄청난 아름다움에도 불구하고 잠자리에서는 나무토막 같던 풍성한-머릿결-샤이다나를 영도자가 내쫓아버린 뒤에, 그녀의 자리를 차지했던 여자에 뒤이어 얼마 전에 영도자와 결혼한 십대 소녀가 그와 함께 식사를 하고 있었다. 음식은 영도자들의 한결같은 메뉴인 고기였다. 아버지-마음-장-오스까는 쿠투-메샹을 곁들였는데 그것은 일곱종의 수액과 열두가지 뿌리를 넣고 종려주를 증류하여 만든 강장제용 술이었다. 영도자는 그런 방식으로 아내들에게 '야간 경기'가 있다는 걸 예고해주었다.

그는 치즈를 먹은 뒤에 '특별한 날'에 쓰는 치약으로 이를 닦았다. 치아를 거울에 비추어보다가 그는 자기 이마에서 마르샬의 잉크로 쓴 '지옥'이라는 단어를 보았다. 이내 욕실로 달려간 그는 오랫동안 이마를 씻고 문질렀다. 글자들은 지워지지 않았다. 그는 밤새도록 자기 이마를 문질렀다. 그다음 날 아침에는 의사를 불러서 피부를 긁어내게 했다. 단어는 그 자리에 그대로 남아 있었다. 영도자 아버지-마음-장-오스까는 수술을 받기로 결심했다. 단어가 쓰인 부분의 피부를 제거하는 수술이었다. 단어는 뼈에 쓰여 있었다. 의사가 뼈를 긁어냈지만 단어는 여전히 남아 있었다. 피부 이식 수술도 했지만 단어는 새 피부 위로 올라왔다.

"나를 산 채로 태워버려." 아버지-마음-장-오스까가 내린 결론이었다.

그다음 날, 국영방송은 영도자 아버지-마음-장이 스스로의 죽음을 선택했다고 알려서 모두를 놀라게 했다. 국영방송은 세상에 존재하는 모든 형용사들과 세상에 없는 형용사들까지 총동원하여 그를 칭송했다. 행사일 직전의 나흘은 전 국민적인 명상의 날로 공표되었다. 화형 행사를 치르기에 앞서 영도자는 나흘 밤 동안의 축제를 베풀었다. 온 나라가 춤추고 마셨다. 물론 여기서 말하는 '온 나라'는 수도와 세개의 중간 규모 도시에 사는 사람들을 의미했다. 작은 깃발과 꽃으로 장식한 화형대가 삼일 전에 미리 준비되었는데 화형에 쓸 장작에는 국가의 상징색을 칠하고 향을 뿌렸다. 천구백열다섯개의 깃대들이 화형대를 둘러쌌다. 모든 깃발에는 영도자의 이름과 초상, 그리고 인민 헌법의 두 조항이 적혀 있었다. 그는 호화 사륜마차를 타고 유르마의 모든 대로들을 가로질러 갔다. 그는 군중들을 향해 인사하고 미소를 지었다.

카족 구역에서 여러차례 영도자에 대한 욕설이 터져 나왔지만 그는 생애를 통틀어 딱 한번 그날만은 눈감아주었는데, 그렇게 평생에 한번 용서하는 것이 영도자들의 관행이었기 때문이다. 마음-아프게-하는-장을 자신의 사후명死後名으로 선택한 아버지-마음-장-오스까의 이마에는 노란색 띠가 둘러져 있었다. 그러나 헝겊 위로 '지옥'이라는 단어가 선명하게 드러났다. 의전 담당자들은 이미 봤지만 그가 울화통을 터뜨릴까봐 두려워서 감히 아무도 영도자에게 말을 하지 못했다. 독립 광장에서 영도자 마음-아프게-하는-장은 노란색과 녹색의 천 깃발로 장식된 화형대에 올라갔다. 붉은색은 광인들의 색이라는 속설 때문에 그는 일부러 붉은색 옷을 입고 있었다.

사람들은 이 또한 영도자가 마르샬 사람들의 어두운 호수에서 '물고기'를 낚아 올리는 수법으로 사용한 우스꽝스러운 짓거리들 중 하나라고 생각했다. 특수부대의 첩자들이 사람들의 반응을 채록하고 있을 것이고 이 나라에서 그런 반응은 언제나 사상자들을 만들어냈다. 공화국의 의전 담당자들, 마르샬의 사람들, 평범한 사람들, 찬성하는 사람들과 반대하는 사람들, 요컨대 모든 사람들이 연민에 찬 고통스러운 태도를 지어 보이려고 애를 썼다. 아무도 자신의 눈과 귀와 마음을 믿으려고 하지 않았다.

"저 인간이 심심해서 장난치는 거야." 몇몇 사람들이 감히 입을 뗐다.

"저 인간, 상상력이 풍부하네."

"그러니까 당신들은 저 인간을 모르고 있는 거야."

영도자 마음-아프게-하는-장이 화형대에 흥건하게 휘발유를 쏟아붓고 자기 몸에도 휘발유를 뿌렸을 때, 그리고 시상대처럼 높직한 화형대 밑으로 빈 양철통을 내던졌을 때, 여기저기 무리 속에서 수군거리는 소리가 들렸다.

"저거 물이야. 물이라고."

"저 인간이 우리를 물로 보는군."

많은 사람들의 콧구멍 속으로 휘발유 냄새가 들어오자 사람들이 말했다.

"저 인간이 미치지 않았다면 용케 마술을 부린 거야."

잠시 침묵하라는 명령이 떨어졌다. 군중들은 꼼짝하지 않았다. 시선을 하늘로 향한 채 영도자는 'i'자처럼 꼿꼿이 서 있었다. 그의 이마에서 '지옥'이라는 단어가 선명하게 빛을 발했다. 잠깐 동안의 침묵 뒤에 그가 아주 크게 소리쳤다.

"사랑하는 형제, 자매 여러분! 나는 여러분을 나로부터 구하기 위해 죽습니다. 여기 이 속이(그가 자기 가슴을 때렸다), 그렇습니다, 여기가 이제 더이상 온전한 인간이 아니라는 걸 나는 알고 있습니다. 여기도(그가 자기 머리를 가리켰다), 그렇습니다. 여기도 더이상 인간이 아닙니다. 그래서 나는 여러분을 나로부터 구하기 위해 죽기로 결심했습니다. 나를 사랑해야 합니다. 나를 축하해야 합니다, 내 이름을 소중하게 기억하기 바랍니다."

그가 손가락으로 시청 건물의 6층을 가리켰다. 신비의 끈으로 그의 손가락에 묶여 있기라도 한 것처럼 모든 사람의 고개가 그쪽으로 돌아갔고, 그가 외쳤다.

"마르샬을 보시오. 내 머리 위에 열명의 마르샬, 스무명의 마르샬이 있소."

군중은 건물 위를 살폈다. 바로 그때 마음-아프게-하는-장이 주머니에서 라이터를 꺼내 장작에 불을 붙였다. 빠따뜨라와 의전 담당자들이 달려갔지만 장작에서 화염이 높이 솟구쳤다. 아무도 그와 함께 죽고 싶은 마음은 없었다. 마르샬 사람들이 낮은 목소리로 저주했다. "뒈져버려라, 더러운 돼지 새끼. 불에 구워도 시원치 않을 짐승……"

마음-아프게-하는-장이 계속해서 외쳤다.

"나는 여러분을 나로부터 구하기 위해 죽습니다!"

자기 몸을 삼키고 있는 끔찍한 화염 속에서 그가 웃었다. 그날 저녁 온 도시에서 그의 웃음소리가 들렸다. 두달 동안의 전국적인 밤샘과 일년의 애도 기간이 끝나자 독립 광장에는 벽이 둘러쳐졌고 광장의 이름은 신성한-아버지-마음-장 광장으로 바뀌었다. 영도자 거리, 망가달라, 악어 대로의 자동차 통행이 금지되었다. 신성한 광장을 지나가고자 하는 모든 사람들은 마음-아프게-하는-장의 기념비 앞에 놓을 예쁜 꽃다발을 준비해야 했고 그의 아들 빠따뜨라는 돌마음-장이라는 이름으로 통치를 시작했다. 인민의-친구-장, 소박한-장, 대담한-장, 순백의-영혼-장…… 가련한 마음-아프게-하는-장의 용기와 고결함을 칭송하는 이천칠백열한권의 책이 쓰였다. 그중 삼백열두권은 국가 공식시인 자노 오캉델리의 작품이었는데, 빠따뜨라는 그를 인민의 희망을 노래하는 임무를 맡은 시 담당 전권 장관으로 임명했다. 그러자 마르샬의 사람들

은 인민의 희망을 노래하는 임무를 맡은 시 담당 장관의 고환에 물
이 찼고 뇌 속에는 버터가 들었다고 말하면서 쓴웃음을 터뜨렸다.
빠따뜨라는 다른 장관들도 임명했다. 선전 담당 미술 장관, 영도자
의 노래 장관, 자유 사상 장관, 하모니 장관, 인도주의 장관, 부패 장
관, 무슨무슨 장관, 무슨무슨 장관…… 그러자 마르샬의 사람들은
각하의 지방-덩어리-헤르니아 담당 장관을 임명했다.

그의 대관식 전날, 다시 말해서 마음-아프게-하는-장의 자발적인 순교가 있은 지 아흔두시간 뒤에 영도자 돌마음-장은 뭔가 재미있는 일이 하고 싶어졌다. 파란색이 신의 색깔이라는 꿈을 꾼 그 다음 날에 그는 카왕고타라(그가 국명을 바꾸었다)의 모든 집들, 모든 나무 둥치들, 모든 철책들, 요컨대 눈에 들어오는 모든 것을 파란색으로 칠하라고 명령했다. 그는 파란색을 화합과 번영을 위한 국가의 색깔로 지정했다. 영도자 마음-아프게-하는-장의 깃발도 파란색으로 바뀌었고, 영도자와 그의 아내와 자식들을 빼고는 카왕고타라의 그 어떤 남자나 여자도 파란색 이외의 색깔로 된 옷을 입을 수 없었다. 나라 안으로 들어오는 모든 자동차, 모든 기계, 모든 물건은 파란색이어야 했다. 군대도 파란색, 민간도 파란색이

었다. 정원사들은 파란색 꽃만을 심을 수 있었고, 국립과학연구소
는 영도자들의 뒤를 대어주는 해외 열강의 학자들과 협력하여 자
연에서 파란색 꽃을 피워낼 수 있는 생성물 개발에 열중했다. 심지
어는 파란색 인간을 만들려고 한다는 말까지 들렸다. 학자들의 작
업은 고무적이었다. 열여덟마리의 파란색 생쥐들을 만들었는데,
그중에서 일곱마리가 죽자 남은 열한마리에게 영도자가 대통령궁
의 방 하나를 내주었다. 그는 그 생쥐들을 자식처럼 사랑했다. 그래
서 마르샬의 사람들은 그를 생쥐들로-가득한-마음-장이라고 부
르기도 했다.

공식 행사에서 정부 인사들과 인민평화당(PPP) 사람들은 얼
굴을 파란색으로 칠해야 했고 머리는 면도한 뒤에 머리털을 점잖
은 파란색 코팅으로 대체해야 했다. 영도자의 청년들이라는 단체
의 회원과 영도자의 신봉자 들은 자신들의 몸을 파란색으로 칠했
고, 칠을 하지 않은 사람들은 이유 여하를 막론하고 상상할 수 있
거나 상상이 불가능한 온갖 위험에 노출되었으며, 혹시라도 마르
샬 사람들의 위협적인 기운이 느껴지는 사람들은 재판 없이 공동
묘혈(공동 화덕이라는 표현이 더 어울렸지만)이 기다리고 있는 저
주받은 자들의 묘지로 보내졌다. 그것은 돌마음-장의 첫번째 고안
물인 깊이 15미터짜리 커다란 구덩이였는데 죽은 자들이 그 바닥
에서 불에 타면서 끊임없이 연기를 피워 올렸다. 구덩이 안으로 떨
어지지 않은 두개골들 위에는 파리들이 꼬여서 파란색 개미집처럼
보였다. 지옥, 레이쇼가 임종의 순간에 보았던 바로 그 지옥이었다.
파리들의 지옥. 불 없는 연기 지옥. 악취의 지옥. 비곗덩어리의 지

옥. 영도자의 구상에는 없었던 두개골들의 지옥. 아마도 마르샬이 샤이다나에게 떠나라고 하면서 피하고 싶었던 지옥. 지옥은 파란색이라고, 지옥은 특수부대라고 사람들은 말했다. 사람들의 그런 생각은 순진한 것이었다. 지옥은 그들이었기 때문이다. 재미와 쾌락이 돌마음-장이라는 존재의 본질 자체였다.

"괴물이면서 천사인 척하는 건 큰 죄악이야." 그가 늘 하는 말이었다. "자기가 느끼는 자기 모습 그대로, 그냥 살아야 해. 신이 불쌍히 여긴다면 당신들을 천사로 만들어주겠지."

돌마음-장의 그런 철학을 반박하려고 마르샬의 사람들은 모든 전단의 첫머리에 이런 문장을 넣었다. "스스로를 있는 그대로 받아들이는 것은 인간이 가진 비겁함의 극치이고 자기 자신을 거부하는 자만이 실존한다." 돌마음-장은 재미 삼아 12월 24일 밤을 여론의 밤으로 정했는데, 24일 저녁 7시 전이나 25일 아침에 불순 전단을 소지하고 있다가 적발되지 않는 한, 적어도 24일 밤에는 전단을 마음대로 뿌릴 수 있게 했다. 성탄절 아침이면 거리는 전단으로 넘쳐났다. 차량 운행은 '저주받은 자들의 날'이 지나야 정상적인 흐름을 회복했다. 많은 보통사람들이 전단을 읽느라고 시간을 보냈다. 거리는 바닥을 내려다보는 머리들, 전단을 줍는 손들, 읽는 눈들, 웃음소리들, 외침들, "이거 좀 봐" "이거 못 봤어요?" "멋져" "이 친구들 훌륭해" "장들한테 제대로 한방 먹였네" 등등의 말들로 넘쳐났다. 26일 아침이 되면 어김없이 다시 원래의 체제로 돌아갔다. 바로 그 무렵에 돌마음-장은 죽은 아버지가 자기 앞에 나타나서 자손에 대한 지침을 내려주었다고 주장했다. 영도자들의 뒤를 대어주는 만큼 되돌려 받는 해외 열강으로부터 빌린 돈으로 사년 치 국가 예산을 쏟아부어 지은 거울 궁전의 삼천개의 방들 중 하나에 침상 오십개가 준비되었다.

거울 궁전에서 유일하게 파란색이 아닌 붉은색 방이었는데 영도자는 해마다 이주일씩 그 방에서 연속 묵상을 하곤 했다. 그 방에 오십장의 파란색 담요, 오십장의 파란색 시트, 오십장의 수건, 오십벌의 여성 잠옷, 오십켤레의 샌달, 오십장의 때수건, 오십개의 안마기, 그리고 오십개의 선반이 준비되었다. 나라에서 가장 아름다운 오십명의 처녀들을 선발해 목욕시키고 안마받게 하고 향수를 뿌린 다음 그 방으로 들여보냈다. 그 여자들은 한결같이 바싹 달군 쇠 같은 안색에 축축하게 기름진 배, 풍만하게 잘생긴 엉덩이, 풍성한 육체와 몸동작을 지녔고, 머리끝에서 발끝까지 야생적이었다. 모두가 수컷들의 기억 속에 오래 바람을 일으키는 그런 몸의 소유자들이었다. 교황과 유엔, 카왕고타라와 가까운 많은 나라들의 개입에도 불구하고, 그 광경은 라디오와 티브이로 생중계되었다. 돌마음-장이 통치한 사십년 동안 그 광경은 일종의 의식처럼 반복되었다. 그렇게 해서 생겨난 처녀들의 주간이 이주일에 걸친 영도자의 연례적인 묵상을 대체했다. 옷을 벗은 처녀들은 각자의 배꼽 바로 위에 적힌 번호와 일치하는 침상에 누웠다. 영도자가 1번이었고, 처녀들은 2번부터 51번까지 번호가 매겨졌다. 돌마음-장은 자기 아버지가 추천해주었을 수액을 마신 뒤에 자기만의 피정避靜을 시작했다. 그는 첫번째 순회를 세시간 이십육분 십이초 만에 끝냈다. 그리고 '영도자와 생산'이라는 방송 프로그램도 돌마음-장의 통치 기간 동안 같은 길이로 계속되었다. '영도자와 생산' 프로그램의 첫 방송이 있은 지 십삼개월 칠일 뒤에 오십명의 처녀들은 오십명의 사내아이들을 낳았는데, 그 아이들을 위해 지어진 성-아버지-마음-장 조산원의 저울로 신생아들의 몸무게는 모두 4킬로100그램이 나갔다. 모두가 눈은 푸른색이었고, 피부는 구릿빛이었으며, 턱 위아래로 여섯개씩 열두개의 이빨이 나 있었다. 그 첫번째 계열의 장들을 축하하기 위해 성명^{娎名}의 날이 만들어졌다. 영도자 돌마음-장은 연례적인 처녀들의 주간 외에는 여자들과 하는 그짓을 절대로 하지 않기로 마음먹었다. 그는 그 결심을 지켰고, 그런식으로 이천명의 꼬마 장들이 성-아버지-마음-장 조산원에서 태어났으며, 아이들은 아홉살이 되면 아버지가 선택한 알파벳 철자에 따라 자기 이름을 정해야 했다. 국영 라디오가 영도자의-아랫도리에서-첫번째로-태어난 오십명의 이름을 발표했다. 장 꼬리아스, 장 깔께르, 장 끄로꼬딜, 장 까르본, 장 꾸, 장 꼬브라, 장 꼬롤레르, 장 끄리께, 장 까르나씨에, 장 꽁백스, 장 꽁까브, 장 꾸뢰르, 장 끌로뤼르, 장 까즈, 장 까르뚱, 장 까쉬, 장 끌라리넷, 장 까스-뻬쁘, 장 까따팔끄, 장 끄로니끄, 장 꼬르보, 장 쎄르-볼랑, 장 쬐르-뒤르, 장 뀌브르, 장 까까위에뜨, 장 까르디날, 장 끄라브, 장 까따락뜨, 장 꼬르사쥬, 장 까이유, 장 까쇼, 장 까반, 장 까브리, 장 까쉬-섹스, 장 까프띠에르, 장 깔리푸르슝, 장 까농, 장 까우축, 장 까르뷔라퇴르, 장 꾸쁘-꾸쁘, 장 끌라시끄, 장 뀌뱅, 장 까나쉬크르……

두번째 계열에는 장 발레, 장 보리앙, 장 보투르, 장 방트뤼, 장블뤼, 장 비뻬르, 방 베롤, 장 브또, 장 베띠베르, 장 비드, 장 비드-까브, 장 비네그르, 장 보까뷜레르, 장 뷜나비 등이 있었다.

그다음으로는 장 쑤르누아, 장 수프, 장 수빠쁘, 장 수잘리망떼, 장 수삐랑, 장 술로, 장 수띠앙 등이 있었고, 또한 장 그라바, 장 그라이유, 장 그라뜨-뀌, 장 고레 등이 있었다. 마지막 열네 계열의 아이들은 알파벳 철자가 부족해서 장에 번호가 붙여졌다. 장 93, 장 76, 장 47, 장 1461······

C계열의 장들이 태어난 시기에 파란색 전쟁은 끝나 있었다. 대신 신분증 전쟁이 시작되었다. 마르샬의 사람들이 카왕고타라 국적을 사고 팔기 시작했다는 소문이 돌았다. 그 바람에 이년 동안 많은 사람이 죽거나 다쳤다. 영도자는 신분증의 유효 기간을 차례차례 열달, 다섯달, 두달로 줄였다. 그러나 결과는 달라지지 않았다. 격노한 영도자는 모든 국민들의 이마에 자기 존호의 머리글자를 쓰게 했다. JCP였는데, 마르샬의 사람들은 그 약자를 '누구나 아는 인민의 유다' 또는 '누구나 아는 권력의 노리개'라고 번역했다. 그 약자 표기를 거부하는 사람들은 저주받은 자들의 묘지로 보내졌다. 그리하여 도시마다 마을마다 저주받은 자들의 묘지가 만들어졌다. 뒤이어 주민들의 유출이 일어났고 영도자는 국경을 폐쇄했다. 수도에 있는 비행장 세개가 유일한 출입로가 되었는데 그곳의 감시는 철저했다. 국경의 철도 세개는 여객 수송을 중단했고 화물들만이 세개의 항구를 통해 나갔다. 때때로 파란 항구가 영도자들의 뒤를 대어주는 해외 열강 군대의 상륙항으로 사용되었다. 팔천명 남짓한 병력의 그 군대가 억지력을 형성하여 인민의 의사와 열망으로부터 권력을 보위해주었다. 돌마음-장이 통치한 지 십

오년 되던 해에 유르마로 돌아오라는 아들의 초청을 여러차례 거절했던 샤이다나가 그에게 백오십의 편지를 썼고, 그 편지에서 아들의 권력 남용과 섹스 행군을 맹렬하게 비난했다. 돌마음-장은 샤이다나에게 돌마음-장의 이름은 여전히 빠따뜨라였고 그 나라의 이름은 카타말라나지였지만, 어쨌든 돌마음-장은 수십억 프랑으로 추정되는 수표를 동봉한 편지 한통과 함께 블루 사절단을 늙은 어머니가 있는 다르멜리아로 보냈다. 눈빛만으로도 사람을 죽일 수 있다는 말을 듣는 거울 궁전의 친위대원 오백명 정도가 사절단을 경호했다. C계열의 장들 중에서 서른여섯명이 할머니를 보러가도 좋다는 허락을 받은 것이 그 무렵이었다. 친애하는 영도자 돌마음-장, 국영방송이 인민의 구원자, 평화와 진보의 아버지, 자유의 설립자, 말 그대로 신으로 바꾸어놓은 인물, 뛰어난 선원을 가리켜 선원의 발을 가졌다고 표현하듯이 말하자면 마르샬의 발을 가진 나라에서 인간의 발과 학자의 발과 진보주의자의 발을 가진 그 인물을 카왕고타라에 선물한 여인을 눈으로 직접 보고 싶어 한 호기심 많은 사람들, 그리고 영도자의 아랫도리라도 핥을 아첨꾼들과 함께 블루 사절단이 다르멜리아에 도착했을 때 서른여섯명의 장은 한달 아흐레 전부터 그곳에 있었다. 블루 사절단은 도착하자마자 몇년 전에 영도자 돌마음-장이 그곳에 왔을 때 특수부대가 그랬던 것처럼 소동을 일으켰다.

빠따뜨라가 보낸 편지를 뜯었을 때 샤이다나는 파란색 종이에 적힌 붉은색 단어들을 보았다. "부인, 당신은 이제 내 어머니가 아닙니다." 그녀는 백지 한장을 집어들었고, 편지를 쓸 손과 펜을 자기 다리 사이에 세번 넣었다 뺀 다음, 큰 목소리로 읽으면서 이렇게 썼다. "사막의 땅처럼 저주받아라, 그리하여 지하와 천상의 저주의 문이 되어라, 악마가 너를 차지하도록, 악마가 네 몸속에 가장 끔찍한 어둠을 만들도록, 나는 네게서 내 가랑이 냄새를 도로 빼앗겠다." 그녀는 자기 손자들 중에서 원하는 사람은 자기와 함께 다르말리아에 남아도 좋다고 말했다. 서른명이 남겠다고 했다. 샤이다나가 그들을 축복해주었다. 오년 뒤에 섹스 왕은 다르멜리아에 사절을 보내 방황하고 있는 서른명의 아들들을 유르마로 데려오게 했다. 그들은 샤이다나화된 아들들이라고 불렸다. 형제들에 의해 우두머리로 뽑힌 장 꼬리아스와 장 깔께르가 샤이다나의 저주를 받은 그 펜으로 아버지에게 보낼 편지를 썼다. 사백오십이장짜리 편지였는데 쓰는 데만 두달 하루가 걸렸다. 그 편지에는 재판 없이 처형당한 마르샬, 어머니 샤이다나, 레이쇼, 카파아쉬, 마르샬 레이쇼, **죽음 뒤의 삶** 호텔, 자기 왼쪽 눈에 권총을 쏘아 자살한 오 장군, 치 박사, 교구 신부, 왕고티 신부, 첫번째 저주받은 자들의 묘지, 지옥, 파란색, 마르샬의 검은색, 이마에 머리글자를 쓴 사람들, 마르샬의 속 싸다귀가 언급되어 있었다. 또한 그 편지에는 자유와 인간 생명의 신성함이 언급되어 있었다. 편지는 다음과 같은 표현으로 끝을 맺었다. "지옥, 지옥입니다. 지옥은 곧 생명의 죽음이고 자유의 죽음이라는 것을 사람들은 알고 있습니까? 아버지들이 지옥을 만들었으니 자식들은 다른 곳에서 찾게 내버려두세요. 발견. 발견이 비극이라는 걸 누가 모릅니까? 발견은 지옥이니 찾고 있는 우리를 그냥 찾게 내버려두세요, 아버지. 한 사람 한 사람이 성채城砦가

되는 시대가 올 것이고 우리가 그 시대를 엽니다. 핏속에서 웅웅거리는 소리의 전쟁을 위해 우리는 물리적인 전쟁을 폐기합니다. 생명의 죽음을 무찔러야 합니다. 그것이 존재의 죽음보다 더 추하기 때문입니다."

돌마음-장은 이틀이 걸려 그 편지를 읽었다. C계열의 장들 중에서 샤이다나화된 서른명이 편지에 서명을 했고, 그 제일 앞에 차례로 장 꼬리아스와 장 깔께르의 서명이 들어 있었다.

"이 자식들이 미쳤군. 그냥 미쳐서 살라고 해." 돌마음-장이 말했다.

'카더라 방송'은 장시간의 연속 프로그램을 편성하여 돌마음-장에게 아들들과 싸우러 가라고 부추겼다. 그러자 샤이다나는 자신의 엄청난 재산을 현금화하여 만일의 모든 사태에 대비했다. 그녀는 샤이다나화된 아들들 각자의 명의로 160억 프랑이 입금된 계좌 서른개를 개설했다.

장 꼬리아스는 프랑 전략을 생각해냈다.

"돈은 냉혹한 무기야." 그가 형제들에게 즐겨하는 말이었다.

각자가 작은 공장 기업을 세웠다. 장 꼬리아스는 무두질 공장을 세웠고, 장 깔께르는 벨기에 기업과 함께 다르멜리아의 우라늄, 납, 철을 개발하기 시작했으며 그라니따 항구도 건설했다. 또한 그는 숲속에 5212킬로미터의 철도를 부설했다. 장 뀌베뜨는 광물의 운송을 담당했는데, 처음에는 영도자들의 뒤를 대어주는 해외 열강들을 대상으로 했지만 나중에는 다른 나라들도 목적지가 되었다. 장 까우축은 에베아 인터내셔널을 세웠고, 장 까즈는 교량·건물 건설이 전문인 웨스트 컨스트럭션 건설회사의 사장이 되었으며, 장 깔슘은 웨스트 리서치, 장 끌로뤼르는 식물·목재 콘티넨털이라는 기업을 세웠다.

　보좌관들이 와서 "국가 안에 국가가 만들어진 치욕스러운 사태"에 대해 이야기하면, 돌마음-장은 이렇게 말했다. "그냥 내버려들 두시오."

　"그들이 육체적·정신적 무책임의 이데올로기를 조장하고 있습니다."

　"그렇다는 증거를 대보시오."

　그러면 보좌관들은 멀찍이 물러나서 영도자가 국가 노선을 완전히 위반하고 있다고 투덜거렸다. 무심無心-장은 S계열에 속해 있는 장이었다. 이상하게도 그는 C계열의 장들처럼 넓적한 얼굴 한복판에 두개의 도마뱀 알이 뿌려진 것 같은 눈을 가지고 있었다. 그는 유르마 북동쪽의 펠리탕시아 호수 근처에 자신의 거처인 국민궁을 지었다. 인근의 유일한 집이었는데, 그 저택으로 가는 하나뿐인 도로 위에는 10미터마다 차량통행 금지 푯말들이 서 있었다. 국민궁의 열두개 바, 그리고 에스페라나 박물관에 소장된 무심-장의 예술작품 컬렉션이 일반에 공개되는 일요일과 목요일만 빼고, 사람들은 그곳에 가려면 통행증을 제시하고 지하 도로를 지나가야 했다. 나이트클럽들은 토요일에 운영되었는데, 그곳에서는 한잔 가격이 요리사의 네달 치 급여에 해당하는 수상쩍은 음료들을 제공했다. 페야디조라는 이름의 홀에서는 무심-장이 대단한 볼거리를 제공하곤 했는데, 열통 분량의 술을 마시고 오십인분의 음식을 먹고 요란하게 웃어 젖히는 그의 능력 때문이었다. 때때로 그가 노래를 하면 유르마의 모든 여인들이 그의 목소리에 매료되었다. 그는 자신이 직접 만든 노래에 마르티니아 쉬앙드라라는 제목을 붙였는데, 그가 자기 목숨보다 더 사랑하는, 둘 사이의 사랑이 시작되자마자 세상을 떠난 아가씨의 이름이라고 했다. 그는 음식 먹기 시합을 개최하기도 했다.

장 겔라르와 장 팡따스띠끄가 항상 결승전에서 맞붙었고 몇해 전부터는 매번 무승부로 끝이 나곤 했다. 단 한번, 두 형제가 같은 아버지의 아랫도리에서 태어나지 않은 인물에게 진 적이 있었는데, 마리오 방피라라는 사람이었다. 시합은 연속해서 석달 동안 이어졌고 일주일에 삼일씩 치러졌다. 처음에는 두 형제 대 마리오 방피라의 대결로 진행되었다. 그러다가 장 겔라르가 지독하게 배탈이 났고 영도자 주치의의 조치가 없었다면 생명을 부지할 수 없었을 것이다. 장 팡따스띠끄는 시합을 계속했지만 결국에는 그의 매니저가 수건을 던지고 말았다.

그래서 영도자들의 뒤를 대어주는 해외 열강의 고문관들은 무심-장에게 희망을 걸었다. 그들은 그에게 권력 의지를 불어넣으려고 애를 썼지만 사실 권력 의지는 모든 사람이 타고나는 것이어서 그저 일깨워주기만 하면 되는 것이다. 무심-장의 권력 의지가 사자처럼 깨어났다. 그의 조언자들은 그에게 형제들이 성가신 적수들이라는 것을 납득시켰다. 그는 자기 형제들을 차례차례 물리적으로 제거할 계획을 세웠다. 그는 자기 침실에 이상한 수조 탱크를 설치하고 형제들을 위해 그 방에 정부들을 불러들였다. 정부가 먹잇감을 제거하면 무심-장이 가서 사체를 황산이 든 수조 탱크 안에 던져버렸다. 천삼백육십육구의 사체가 황산에 녹아버렸고 사체의 원래 주인들은 공식적으로는 '샤이다나의 나라'로 간 것으로 발표되었다. 장 아베, 장 푸르쉬, 장 줄루는 자살했고 벨기에에 머물던 장 투른느졸은 형제의 초대에 응하지 않았다. 내 몸은 기억한다.

돌마음-장은 자식들의 죽음을 몹시 마음 아파했다. 그러자 세상 사람들은 이렇게 말했다. "이제는 그자도 시체의 무게를 알겠군!" 그 말 때문에 죽은 사람은 없었다. 그 말 때문에 다친 사람도 없었다. 사람들은 샤이다나의 저주 때문에 영도자의 자식들이 흔적도 없이 사라졌다고 믿었다. 돌마음-장은 그 마녀에게 한걸음 다가가려고 했다. 그러나 C계열의 축복받은 서른명의 장이 이루어낸 눈부신 발전 때문에, 그리고 그녀의 늙은 가슴 안에 세상의 모든 사람들에게 야수 취급을 받는 자식을 위한 자리는 더이상 없었기 때문에 샤이다나는 완고하게 타협을 거부했다. 그 몇년 전 서른명의 장이 기부한 돈으로 고인이 된 왕 신부의 후임자가 새로 지은 교회에 갔을 때, 그녀는 교구 신부와 카파아쇠의 영혼이 안식하게 해달라고 기도했고, 또한 빠따뜨라 혹은 돌마음-장이라는 이름의 괴물을 그 나라에서 사라지게 해달라고 신에게 기도했다. 그러나 이제는 두 다리를 괴롭히는 류머티즘 때문에 그녀는 더이상 외출하지 않았다. 서른명의 장이 자주 그녀를 보러 왔다. 장 꼬리아스는 아버지의 허락을 받아 다르멜리아에 카왕고타라 유니언 뱅크의 지점을 설치한 바 있었다. 그는 은행 말고도 다른 많은 지점과 지국들의 설립 허가를 받아냈다. 특히 국영방송의 지국은 돌마음-장이 죽은 뒤에 다르멜리아 정부의 독립이 선포된 곳이었고, 또한 임시정부와 헌법, 돌마음-장의 파란색에 밀려났던 다른 색들의 복권이 공표된 곳이기도 했다. 장 꼬리아스가 만든 헌법은 정당의 수를 셋으로 규정했다.

그해 5월 16일 월요일에 영도자들의 뒤를 대어주는 해외 열강의 동의하에 조직된 음모로 돌마음-장은 자기 아들 무심-장에게 살해당했다. 새로운 지배자는 국영 라디오 방송에서 자기 아버지가 권력 남용과 피에 대한 갈증 때문에 인민의 열망을 배신했으며, 자기 멋대로 국가 영토의 삼분지 일을 서른명의 후레자식들에게 내주어서 호수에서 바다에 이르는 그 지역이 말 그대로 국가 안의 국가처럼 설쳐대게 만들었다고 비난했다.

"나의 의무는 나랏일의 질서를 다시 회복해서 평화와 자유, 인민의 열망을 수호하는 것입니다."

인민들만 불쌍하다고 세상 사람들은 말했다. 무심-장은 자기 아버지의 사체를 저주받은 자들의 묘지에 던져버리라고 지시했다.

거울 궁전의 친위대원들은 대거 살육당했다. 그중 예순여덟명이 도망쳐서 장 꼬리아스의 나라로 갔다.

"전쟁이 임박했습니다." 도망자들이 말했다.

"우리도 예견하고 있소." 장 꼬리아스가 대꾸했다. "그들이 전쟁이라는 무기를 들고 오면 우리는 평화와 신념이라는 무기로 맞설 것이오."

무심-장은 곧바로 전쟁을 할 생각은 하지 않았다. 그는 자신의 궁을 짓느라 국가 예산의 절반을 쏟아부었다. 그는 경기부양세, 국가 위신세, 통일세, 열대적인 심장세 등을 새로 만들었다. 팡타시아니 장군이 자주 찾아와서 숲 지역의 치욕스러운 상황에 대해 그에게 말했다.

"정치에서는, 각하, 내일로 미루는 사람은 길에서 어제를 만나게 됩니다."

"그렇다고 해도 오늘과 내일을 뒤섞을 필요는 없소."

"언젠가는 제 말이 옳다는 걸 인정하시게 될 겁니다, 각하."

"이런 전쟁은 천천히 단계적으로 진행해야 하오."

"아닙니다, 각하. 속전속결 전쟁에서는 강한 자가 이깁니다. 단계적인 전쟁에서는 약한 자가 이기고요."

토론은 여러 시간 계속되었다. 그러나 영도자의 논리가 언제나 가장 훌륭한 논리였기 때문에 장군은 버티지 못했다. 무심-장이 장군에게 향료를 가미한 위스키를 대접했다. 그다음 날이면 장군은 또다른 논거들을 가지고 돌아왔다.

"우리는 전쟁을 할 거요, 팡타. 때가 되면 내가 말해주리다."

돌마음-장이 죽은 지 십오년 뒤에도 장군은 자신의 성적 무능력을 완전히 잊게 해줄 그 모험이 시작되는 것을 보지 못했다.

"이 땅 위에 내 편은 아무것도 없어. 아무것도."

그는 면도날로 자기 목을 갈랐다. 그가 죽으려고 마음먹었던 안락의자 위로 밤새도록 그의 피가 흘렀다. 무심-장은 그의 죽음을 애도했고 성-아버지-마음-장 광장에 그를 묻어주었다.

무심-장의 어머니는 지독하게 야비한 여자였다. 그녀는 아들로부터 많은 직함들을 얻어냈지만, 정부인 라부아리아 대령과 함께 무심-장을 죽이고 자신이 카왕고타라의 여제로 즉위할 수 있는 기회를 엿보고 있었다. 권력으로 얻을 수 있는 것이 자동차, 빌라, 여자, 술밖에 없는 나라에서 라부아리아는 개인적으로 권력에 대한 야심을 전혀 키우지 않았다. 그가 원하는 것은 단지 자기 삼촌의 전쟁, 요컨대 빠따뜨라의 후레자식 서른명과의 전쟁을 벌일 수 있는 기회를 자신에게 줄 권력자였다. 그는 무심-장을 제거하는 방식, 밥법, 날짜에 대해 무심-장의 어머니와 의견 일치를 보았다. 그들은 성-아버지-마음-장의 사망 기념일을 거사일로 선택했다. 샴페인 한잔 속에서 모든 게 이루어질 참이었다. 아버지-마음-장의 당파를 지지했고 빠따뜨라 제거 음모에 가담한 바 있는 국가 재건의 동반자들 마흔네명이 추억의 잔이라는 이름의 커다란 잔으로 샴페인을 마시는 것이 궁의 관행이었다. 팡타 장군이 성-아버지-마음-장 광장에 묻혔기 때문에 이제 국가 재건의 동반자들은 마흔세명이었다. 영도자가 개시로 한모금을 마시자 술잔이 테이블을 돌았다. 일행은 규칙대로 이십분간 침묵한 뒤에 해산했다. 마흔세명은 샴페인을 마신 며칠 뒤에 죽게 되어 있었다. 그러면 라부아리아가 나라의 우두머리가 되어 라노메이바나를 여제로 즉위시킨 뒤에 전쟁 채비를 할 참이었다. 라노메이바나는 성심-빅또리아나라는 재위 명칭을 이미 정해놓은 상태였다. 샴페인은 마흔세명이 모두 마셨다. 그런데 술잔을 '오염'시키는 임무를 부여받은 요리사가 이중첩자로 두 진영을 위해 일하고 있었다. 마흔세명이 죽기 전에, 원로 총사령관 켄타 무싸가 독살의 책임자들을 체포하고 나라의 고삐를 틀어쥐었다.

"진정하라, 우앙골로토라나여. 협상이 먼저다. 훌륭한 전쟁은 훌륭한 협상으로 시작된다."

총사령관은 통일 협상을 위해 다르멜리아에 사절단을 보냈다. 장 꼬리아스는 선거를 치러야 한다는 구실을 댔다. 다르멜리아에는 마르샬의 사람들이 넘쳐났지만 그 지역의 대부분은 여전히 피그미족의 땅이었다. 피그미족들은 삼십년 전에 자신들을 숲으로 데려온 선거와 투표라는 것에 전혀 관심이 없었다. 그들은 장 꼬리아스가 숲에 만들어놓은 것들 때문에 그의 이름을 알고 있었다. 그들은 숲속의 공터인 음불라-은구탕과 노바-시에파나에 인공 사냥감을 들여온 장 꼬숑을 알고 있었다. 그들은 장 까우축과 그가 만든 드넓은 수액 농장들을 알고 있었다. 그들은 장 깔께르와 주아르타나카 철광을 알고 있었다. 그들은 장 뀌브르, 장 깔슘, 장 까르뷔라퇴르와 해안의 석유화학 공장들을 알고 있었다. 그들은 장 까르본, 장 까반과 주택 기업들을 알고 있었다. 장 까이유와 주아르나타라에 있는 그의 광산을 알고 있었고, 삼십년 동안에 그들이 바꾸어놓은 숲의 모든 것들 때문에 이런저런 장 거시기들을 알고 있었다. 그들이 알지 못하고 아무도 입에 올리지 않는 유일한 사람은 장 까농이었는데, 영도자들의 뒤를 대어주는 해외 열강의 수도에 있는 군사학교에 다닌다는 기사가 때때로 신문에 나는 사람이었다. 그렇다보니 선거일에 노란색, 붉은색, 파란색인 세가지 색깔의 투표용지 더미 속에서 피그미족은 모두가 망설이지 않고 장 꼬리아스가 세운 PPDL(자유민주주의인민당)의 노란색 투표용지를 선택했다. 마르샬 사람들의 PDP(인민민주당)가 유효표의 14퍼센트를 획득했고, 카파랑시오 박사의 MNDP(인민민주주의국민운동)는 2.64퍼센트밖에 얻지 못했다. 다르멜리아의 국기는 흰색이었는데, 가운데에 노란색 원이 있고 그 원 안에 커다란 녹색 호리병박을 받쳐든 여덟개의 검은 손이 그려져 있었다. 다르멜리아의 기본 가치는 연대, 믿음, 노동, 평화였다. 숲 너머는 총사령관의 나라였고 그곳에서는 영도자 열대인熱帶人-펠릭스와 다른 생각을 하는 것은 극도로 위험한 일이었다. 다르멜리아에는 두개의 대도시가 생겨났다. 그라니따와 항구도시 조카-부르타였다. 장 꼬리아스의 칠년 임기 끝 무렵에 학업을 마치고 돌아온 장 까농이 FDP(평화의 무기) 부대를 창설했는데, 다르멜리아의 인구 이천칠백만 중에서 만사천명이 부대원이 되었다. 장 꼬리아스가 '든든한 배에 온전한 정신'이라는 문구를 좌우명으로 삼아 정책을 밀고 나가는 동안 장 깔께르는 C계열의 모든 장들과 함께 영도자 열대인-펠릭스에게는 없는 경제적인 무기로써 성심껏 장 꼬리아스를 뒷받침해주었다. 약육강식에 가까운 열대인-펠릭스의 재정 관리는 영도자들의 뒤를 대어주는 해외 열강을 불안하게 만들었다. 마르샬의 사람들은 무심-장의 빨치산 대원이던 몇몇 사람들의 도움을 받아 구원의 부대라는 비밀 지하부대를 창설했다. 유르마는 물리적·정신적·금전적으로 불안한 도시가 되고 말았다…… 무심-장의 초대를 거절했던 장 뚜른느졸은 장 아뽀깔립스라는 이름으로 그 나라에 돌아갔다. 그는 기자였고 글을 쓰고 싶은 욕구를 못 참는 인물이었다. 그는 **알렐루야**와 유르마 **트리뷴**이라는 두개의 신문을 만들었다. 열대인-펠릭스는 그를 좋아하지 않았다. 그는 장 아뽀깔립스를 나락에 떨어트릴 구실을 찾고 있었다. 장 아뽀깔립스는 펠릭스가 지은 저택인 바티칸 트루아(III)를 거론했는데, 그곳에서 영도자들의 뒤를 대어주는 해외 열강의 의료에 사용할 용도로 사람의 피와 뇌, 그밖의 다른 장기臟器 상품들을 팔고 있다는 것이었다. 그는 자신이 "핏빛 거래"라고 부르는 그 일이 얼마나 나라를 욕되게 하는 일인지를 논증했다. 열대인-펠릭스가 장 아뽀깔립스를 소환했다.

"그 썩어빠진 피를 물려받은 너희들. 너희들은 육식 동물을 생산하고 있어. 너희들의 피는 그자의 피야 ─ 범죄를 부르는 피지. 너희들의 그 몸뚱이에서는 너희들의 그 갈보 같은 에미 냄새가 나. 그렇지만 내가 네 놈을 죽인다면 그건 네 심장을 꺼내서 내 몸에 달고 살기 위해서야."

"각하, 우리는 부끄러워 해야 합니다. 우리에게 독립을 던져준 자들은 자기들의 목과 피를 걸고, 우리가 절대로 우리의 자유를 관리해나갈 수 없을 거라는 쪽에 내기를 걸었습니다. 이 도전과 시험! 이것이 우리가 숨 쉬는 방식 전체를 변화시켜야 합니다. 우리

행동의 으뜸가는 촉매제가 되어야 합니다. 우리의 과거는 숙명처럼, 다른 누구보다도 우리에게, 인간이 되라고 강요합니다. 그런데 우리는 '시험에 든 자들'이라는 우리의 숙명에 어떤 응답을 했습니까? 고기였죠. 어떤 고기? 마르샬의 몸, 사계절의 고기, 샤이다나의 몸, 파란색의 몸, 마르샬의 검은색이었죠. 각하, 죽임은 유치한 행동입니다. 상상력이 없는 자들의 행동입니다. 그리고 당신은 그들을 어느정도까지 죽이는 걸까요? 그들은 다시 와서 당신의 두개골 안쪽에 살고 있습니다. 그들은 당신의 모든 몸짓 속에 살아 있습니다. 그들은 당신의 핏속에서 들썩거립니다. 죽임은, 각하, 죽임은 타인들 속에서 자신을 파기하는 것입니다. 우리는 누구를 위해 죽입니까?"

"너희는 전부 짐승들이야. 타인의 피를 이해하지 못하니까. 그런데 너, 계속 그렇게 떠들면 네 몸을 내 것으로 만들어버리겠어. 네 심장, 네 허파, 네 신장을 다 나한테 달아버릴 거야. 그 나머지는 내 어린 사자인 음바얀구람에게 주고."

그라니쉬타 박사는 원기왕성한 호랑이처럼 눈부신 그의 미소 때문에 그리고 영도자들의 뒤를 대어주는 해외 열강의 은행에 들어 있는 그의 수표들 때문에 영도자 열대인-펠릭스를 아주 좋아했다. 특수부대 사령관인 이본느로부터 반역자 장 아뽀깔립스의 심장과 신장을 이식받겠다는 영도자의 결정을 전해들었을 때, 그는 그 사랑스러운 미치광이가 그런 바보짓을 못하게 막을 수 있는 방법을 찾아내려고 오랜 숙고에 빠졌다. 답을 찾기 위해 그는 위스키,

포도주, 담배, 섹스에 도움을 청했다. 그가 약속 시간인 2시를 넘기고 말았다. 영도자는 안락의자에 눌러앉아서 그를 기다렸다. 영도자는 끊임없이 고함을 내질렀다.

"그 더러운 백인 놈들, 그 희멀건 피부 하며! 백인 놈들이 너희들을 살려두지 않을 거야…… 그 사람 들여보내."

그라니쉬타는 영도자와 그의 궁을 제 호주머니 속처럼 잘 아는 사람들 중 하나였다.

"각하……"

"앉으시오, 그라니쉬타."

그가 열대인-펠릭스의 맞은편 안락의자에 주저앉았다. 영도자의 냉혹한 시선이 그의 온 존재를 파고들었다.

"지금 몇시요, 그라니?"

"8시 12분입니다."

긴 침묵이 흘렀다. 불가사의하고, 예측불허이고, 야생적이지만 어쨌든 뿌리 깊은 그 아프리카의 무게로 박사의 심장을 짓누르는 침묵이었다. 아마도 영도자가 좋아하는 건 사람들이 아니라(그는 그럴 시간이 없었다) 사람들이 그와 자기들 사이에 만들어내는 진공 상태였을 것이다. 도취와 현기증을 불러일으키는 감미로운 진공 상태. 타인들로부터 오는 그 진공 상태.

"내가 그 개자식의 심장과 신장을 달고 살기로 결심했소. 피도. 그놈의 피를 나한테 넣어야 해. 해보면 알겠지, 나도…… 아무튼! 그 유명한 마르샬의 피지. 그놈의 피는 사람들을 편히 내버려두지 않아. 그 피를 유린해버리시오. 이번에 확실하게 그 신비를 벗겨버려요. 그 피를 개봉해서, 쥐어짜버려요."

"각하……"

"그 개자식의 심장을 달고 살고 싶소. 내 건 피곤해."

"불가능합니다, 각하."

"정말로?"

"불가능합니다."

"그럼 내가 죽으리다. 그렇지만 내 신장에 그놈 심장을 달고. 수술은 내일이오."

박사가 뜨겁고도 열렬한 진심의 표현들을 총동원하여 호소해보았지만 열대인-펠릭스는 요지부동이었다.

"단 1초 만이라도 여기 내 몸 안에 그놈의 심장을 달고 싶소. 그거면 충분할 거요. 부탁이오, 내가…… 내가……"

박사가 아닌 그 누구라 하더라도 영도자의 그 위험한 결심을 포기시키려고 애썼을 것이다. 장 아뽀깔립스가 그 소식을 들었다.

"그 작자가 미쳐버렸군. 다른 건 몰라도 내 심장이 그자를 죽게 하리라는 건 나도 알아. 한명 더 죽는다고 해서 해결되는 건 아무것도 없지, 내 몸은 기억하고 있어. 모든 몸들이 기억하고 있지. 도대체 한명 더 죽는 게 무슨 소용이야?"

기술적인 문제들 때문에 박사는 수술을 예정일 다음 날로 연기했다. 샤이다나가 아버지-마음-장이 살아 있던 시절부터 알고 지냈던 총사령관에게 편지를 썼다. 그 시절에 그는 궁의 요리사였다. 그녀는 여러해 전부터 각하가 먹는 고기를 준비해왔던 그자의 수프를 아주 좋아했다.

"형제여, 당신도 기억할 겁니다. 당신은 사람이었어요.

나는 당신의 잼, 당신의 소스, 당신의 조언을 좋아했어요. 나는 당신의 모든 게 좋았어요. 당신이 때로 내 머리카락을 만지는 걸 허락했을 정도로요. 짐승들의 숲에서 우리는 유일한 사람이었죠. 자갈 인간이라고 우리는 말했지요. 인간 돌멩이라고……"

그는 편지를 찢어버렸다.

"조만간에, 나는 그놈의 심장을 달고 고함치겠어. 그러고 나선 그게 가능하다면 그놈의 심장을 뱉어낼 거야. 어쨌든 조만간에 그놈의 냄새를 내가 쏠 거야."

그는 자기 삼촌, 스스로의 눈에 권총 한발을 쏘아 자살한 오발타나 장군을 떠올렸다.

"모욕이지! 모욕은 엄연한 현실이야. 이게 모욕을 이겨내는 유일한 방법이고."

수술은 성공적이었다. 열대인-펠릭스는 이주일의 병가를 내어 영도자들의 뒤를 대어주는 해외 열강의 수도에 머물렀다. 휴가가 끝나자 그는 즉흥적으로 해외 열강을 공식 방문했고 그 나라 국민들의 구경거리가 되었다. 그는 거시기를 아주 잘하는 여자 이야기를 하듯 나라의 통일에 대해 말했다. 그는 모든 수단을 동원하여 통일을 이루겠다고, 자신은 통일을 이루기 위해 이 세상에 태어났다고, 통일은 자신의 꿈속에 신성한 글자로 새겨져 있다고 말했다. 그자가 그렇게 끊임없이 연설하고 다니는 동안 장 까농은 자신의 억지력 전쟁 이론을 현실화하고 구체화시켜 나갔다. 야당은 나라의 중산계급화를 위해 국가 방위를 소홀히 한다고 다수당을 비판했다. 사실 야당은 그라니따의 기지와 파리 제조에 대해 아무것도 모르고 있었다. 야당은 이름을 말하지 않아도 어느 나라인지 뻔히 알 수 있는 국경 분쟁을 겪은 이웃나라를 언급했다. 정규군이라고 해봐야 서둘러 군복을 입혀놓은 한무리의 친족들에다가 부족병사들을 보강해놓은 꼴이어서 그 나라의 정규군은 초전에 박살이나고 말았다. 그러자 손에 무기를 들어본 적도 없는 민간인들이 소집되어 전선에서 죽어나갔다. "정규군 병력을 늘려야 합니다." 그러나 장 까농은 그런 말에 전혀 귀를 기울이지 않았다. "우리에게 전쟁은 이웃나라들로부터만 올 수 있습니다. 우리의 이웃나라들은 카타말라나지, 마누파타, 방갈리아나, 타쿠입니다. 혹시라도 그들이 우리에게 전쟁을 강요할 때 우리가 제대로 대응하려면 우리는 적들의 약점을 알아내고 그들의 힘을 측정하고 가능한 한 깊이 그들을 알아서 타격전, 억지전, 정확하고 치명적이고 가차없는 전쟁을 벌여야 합니다." 몇년 뒤에 펠릭스가 처음으로 다르멜리아를 공격했을 때 장 까농의 이론은 그 놀라운 효력을 입증해보였다. 장깔슘의 파리들은 단 몇시간 만에 고전적인 전쟁이었다면 십년은 소요되었을 피해를 적진에 입혔다. 평화의 무기 부대는 4월 12일 밤에 열다섯개의 전략 지점들을 같은 시각에 한꺼번에 공격했고, 육십세개의 철교와 도로교량 들을 파괴했으며, 영도자 펠릭스 군대의 사령부를 폭격하여 펠릭스를 체포했고, 그를 다르멜리아에 인질로 데려왔다. 그 전쟁은 제1차 마르샬 전쟁이라는 저주받은 이름으로 불렸는데, 장 깔슘은 펠릭스-빌로 이름이 바뀐 유르마에 자신의 인생을 바쳐서 만든 파리들 백여마리를 풀어놓았다. 파리들은 그라니따의 실험실에서 제조되었다. 파리들은 펠릭스-빌의 사람들을 닥치는 대로 물었고 물린 사람들은 몇초 만에 사망했다. 그 시기에 장 깔슘은 삼백열두번 물 수 있는 파리들을 만들었다. 이틀 뒤에 펠릭스-빌에서는 악취가 진동했다. 죽은 짐승들과 죽은 사람들이 썩어갔다. 장 꼬리아스는 펠릭스-빌에 생존해 있는 군대 책임자들에게 텔렉스를 보냈다. 그는 카타말라나지 부대들이 병영으로 돌아가지 않으면 카타말라나지의 모든 도시에 파리들을 보내겠다고 위협했다. 저승사자 임무를 띤 그 저주받은 파리들이 일곱개의 도시를 공격하고 나서야 카타말라나지 부대들은 병영으로 돌아갔다. 영도자 펠릭스도 포로가 되었던 것을 몹시 수치스러워하며 자기 나라로 돌아갔다. 그는 곧장 국영 라디오 방송국으로 달려가서 특별방송을 진행했고, 다르말리아의 더러운 개들을 향해 욕설을 퍼부었다. 그는 자기 손으로 직접 유엔 안전보장이사회에 장 꼬리아스를 제소하는 글을 썼다. 제소장의 일곱면은 욕설들이었고 나머지는 저주들이었다. 장 아뽀깔립스의 심장은 제대로 작동했다. 펠릭스는 자기 가슴을 두드리며 젊은 코끼리처럼 힘 있게 외쳤다.

"내 몸은 기억하고 있어."

영도자들의 뒤를 대어주는 해외 열강의 국영방송은 펠릭스에 대해 언급하면서 애매모호한 표현을 썼다. 해외 열강의 외교부 장관이 펠릭스-빌에 왔는데, 그는 비행기에서 내리면서 영도자 열대인-펠릭스에게 보내는 자국 대통령의 친서를 가지고 왔다고 밝혔다. 영도자는 영도자들의 뒤를 대어주는 해외 열강의 소속민에게 부합하는 의전을 갖추어 장관을 맞이했다. 환영 만찬 내내 장관은 자국 대통령이 자기 뇌리에 박아놓은 문장들을 생각했다.

"위그, 그 작자가 여전히 열대적인지 가서 보게. 가까이서, 아주 가까이서 확인해야 해. 필요하다면 그자를 조금 빨아봐서라도 확인해야 하네, 그자의 그 오래된 취향, 열대적인 흥취가 사라지지 않았는지."

그의 열대 취향은 여전했고 오히려 예전보다 더 강렬하고 날카로워져 있었다. 좀더 탐욕스러워진 열대성이었다. 이삼년은 더 지속될 것 같았다.

"이보시오, 장관, 의사들이 그놈의 상스러운 심장을 나한테 달아주었소. 그 개자식의 심장을 말이오. 나는 물 거요. 개는 무는 법이니까. 무는 자질은 나한테 진작에 있었어요. 단지 심장이 없었을 뿐이지. 이제는 심장이 있으니, 물 거요."

"아! 아시다시피, 대통령 각하, 그 심장은…… 그 심장이……"

"장관, 당신은 절대로 그 심장을 가질 수 없을 거요. 그건 두박자로 뛰는 심장이오. 쉭, 쉭 하고 말이오! 이따금 숨어서 사라지기도 하는데 그러면 한참을 찾고 또 찾아야 해요. 큰 목소리로 부르다가 목이 쉴 정도지요. 아, 말도 마시오, 장관!"

해외 열강의 특사는 펠릭스가 이식 실험을 이겨낸 것에 대해 축하 인사를 했다. 그는 자신이 우방의 수도에 머무는 동안 펠릭스가 해외 열강 정부의 모든 인사들에게 베푼 만찬에 대해 감사했다. 그는 두 나라 국민 사이의 몇백년에 걸친 우호관계도 잊지 않고 언급했다. 국가 통일과 그 고귀한 과업에 필요한 세심한 배려에 대해서도 말했다. 펠릭스도 똑같은 단어들을 다르게 뒤섞어서 답례 메시지를 전했다. 장관이 자국 대통령에게 한 대답은 짤막했다.

"그자는 이제 부적격입니다."

영도자 열대인-펠릭스는 해외 열강이 온전히 열대적인 인물 하나를 찾아낼 때까지만 장 아뽀깔립스의 심장을 사용할 수 있었다. 해외 열강은 다니엘리오 메스디나시라는 인물과 총사령관의 사촌인 수푸르타라는 인물을 놓고 저울질을 했다. 다니엘리오 메스디나시는 팔주 동안의 권력 실험 뒤에 암살당했고, 뒤이어 수푸르타가 젊은-호랑이-말로라는 통치명으로 권력을 잡았다. 다니엘리오 메스디나시는 열대적이기에는 너무 지나치게 신중하고 지적인 인물이었다는 것이 확인되었다. 그는 해외협력 파견원들의 안전을 보장하기 위해 그 나라에 와 있으면서 카타말라나지의 내정에도 코를 들이미는 해외 열강의 병사들 이백삼십명의 본국 송환을 주장하기도 했다. 그 병사들 중의 세 사람은 용병으로 국가반역에 가담했다는 이유로 총살당했다.

"그 멍청이가 말이 너무 많군."

"그 꼴통이 너무 멀리 가네."

"그러게 말이야."

그자가 여자와 술을 좋아했기에 멀리서 방법을 찾을 필요도 없었다. 공식적인 그의 사인은 펠릭스-빌과 신-유르마 사이에서 난 자동차 사고였다.

샤이다나는 백스물아홉번째 생일을 맞았다. 그녀는 카파아쇠의 시신이 유르마로 옮겨지기 전에 임시 매장되었던 광장과 왕 신부의 무덤에 꽃을 가져다놓게 했다. 그 무렵에 수염이 땅에 닿고 두 눈 말고는 온몸이 죽은 사람 같은 노인 하나가 다르멜리아에 나타났다. 사람들은 그를 숲에서-온-사람이라고 불렀다. 어떤 사람들은 그냥 광인이라고 부르기도 했다. 교구 신부였다. 그가 샤이다나를 보았을 때 그녀가 그의 이마에 입을 맞추며 말했다.

"몸은 기억해요."

"나는 몸을 넘어섰습니다." 교구 신부가 말했다. "나는 죽음도 넘어섰어요."

그는 광인처럼 앞뒤가 안 맞는 말을 했다. 그러나 샤이다나가 교구 신부의 낡은 단어들 속에 다시 질서를 부여했다. "나는 그곳에 있으면서 사탄에게 긴 편지를 쓰느라고 인생을 보냈어요. 지금은 답장을 기다리는 중입니다. 답장이 오면, 난 갈 겁니다. 내가 하려는 말을 이해하시겠어요?"

교구 신부는 "내가 하려는 말을 이해하시겠어요?"라는 질문으로 모든 문장을 끝냈다. 그러나 그가 하려는 말을 누군들 이해하겠는가?

"하기야, 나로서는 그 시간이 오기 전에 떠날 수 있다면 다행일 겁니다. 아시는지 모르겠는데 사자死者들만이 땅에 묻을 수 있는 별난 사람들이 있지요. 그자들의 눈은, 이해하실지 모르겠는데 세상보다 많은 것들을 봅니다. 게다가 이 모든 게, 기억하는 몸의 잘못입니다. 장차 십일년 동안의 건기가 오고, 모든 것이 숲이 되고, 강들이 마르고, 숲이 열기로 타 죽고, 그런 뒤에 여러세기 동안 비가 올 것입니다, 아멘."

"저 횡설수설이 다 무슨 뜻이야?" 사람들이 말했다. "저 미치광이, 도대체 무슨 말을 하려는 거야?"

"사람들의 심장 속에서 개구리들이 자랄 것입니다, 아멘."

힘든 협상 끝에 210억 프랑의 비밀 거래를 통해 아버지-마음-장의 시신을 넘겨받은 장 꼬리아스는 그 시신을 장 깔께르가 바위를 파서 만든 그라니따의 바위-박물관, 풍성한-머리-샤이다나와 교구 신부의 옆자리에 매장했다. 살아 있거나 죽은 사람들의 거래가 시작된 것이 바로 그 무렵이었는데, 그 거래는 C계열의 축복받은 서른명의 장이 세운 정권의 마지막 은신처였던 조카-부르타가 함락되는 재앙의 순간이 올 때까지 계속 이어졌다. 다르멜리아 정부가 펠릭스-빌의 지도자들로부터 사들인 살아 있는 사람들 중에는 사포투마 추기경과 은디엥그 목사가 포함되어 있었다. 다르멜리아는 젊은-호랑이-말로의 사면을 받지 못한 사형수들도 모두 사들였다. 부유한 집안들은 이런저런 방법을 동원하여 자기 가족들을 사왔다. 그렇게 해서 카타말라나지라는 지옥에서 벗어나고 싶어 하는 사람들을 대상으로 하는 밀거래가 생겨났다.

젊은-호랑이-말로의 첫번째 계획은 분리주의자들과 전쟁을 벌이기 위한 일련의 준비를 하는 것이었다. 군비軍備 수행을 위해 그는 영도자들의 뒤를 대어주는 해외 열강에게 자기 나라 일년 치 예산의 구백배가 넘는 빚을 졌다. 그는 해외 열강의 군사고문관과 기술자 들의 급여로 자기 자신만큼이나 정신 나간 액수를 지급했다. 카타말라나지는 고철 무기들을 삼키는 나라가 되었고, 해외 열강 병사들의 수효는 모든 병과를 합하여 이십삼만명에서 팔십오만명으로 늘어났다. 다르멜리아의 야당은 카타말라나지의 모태 역할을 하는 열강 병력의 그 엄청난 숫자를 강력한 근거로 제시하며 장 까농의 계산을 불안하게 만들기 시작했다. 파리 제조 공장이 두개에서 아홉개로 늘어났다. 그라니따의 공장들은 삼천번을 물 수 있는 능력을 가진 파리들을 제조했다.

"전쟁은 전쟁이오." 참모회의에서 장 까농은 거듭 그렇게 말했다. "전쟁을 없애거나 전쟁을 하거나, 둘 중 하나를 선택해야 합니다. 선택은 자유지요. 그러나 일단 전쟁을 하기로 선택했으면 전쟁답게 전쟁을 해야 합니다. 그들이 우리를 공격한다면 우리는 그 누구에게도 자비를 베풀지 않을 것입니다. 전쟁을 해야지요. 전쟁은 짐승입니다."

회의는 항상 장 까메라가 만든 **마침표**라는 제목의 영화를 상영하는 것으로 끝이 났다. 때로는 **마침표** 대신에 **증오의 무기**와 **평화의 무기**가 상영되기도 했다. 이 두번째 영화는 일반 대중도 볼 수 있었다.

장 까메라는 다르멜리아 군대의 타격대인 평화의 무기 부대용으로 파리들과 미지의 부대라는 다른 두편의 영화도 만들었다.

새끼-호랑이-말로의 체제는 칠년 동안 이어졌다. 열여섯번의 분리독립 전쟁이 있었고, 다르멜리아에 대한 열여섯번의 공격 전쟁이 있었으며, 이제는 냉혹한 중사라고 불리는 장 까농의 반격 전쟁도 열여섯번 펼쳐졌다. 사실 장 까농은 학업을 마치고 돌아오자마자 다르멜리아 군대에 중사 이상의 계급을 없애도록 결정했다. 그에 의하면 대령, 장군, 총사령관 들은 피둥피둥 살이 찌는 현역 군인에 불과했고, 샴페인과 어린 여자 들을 차지하려고 서로 다투면서 나이트클럽과 빌라 들을 짓는 자들, 가장 추악한 살코기 속에 빠져 뒹구는 자들, 영도자들의 뒤를 대어주는 해외 열강이 결정해주면 권력을 잡고 통치명을 선택하는 자들일 뿐이었다. 권력을 잡고 나면 그들은 영도자들의 뒤를 대어주는 해외 열강의 은행에 구역질 나는 계좌들을 만들었다. 때때로 그들은 자기 조상들이 주조해놓은 구절들을 이런저런 개막 연설에 끼워넣어 '앵무새처럼' 주절거리기도 했다.

"규율은 군대의 힘이지만 반드시 인민의 힘은 아닙니다. 인민은 이해할 수는 있지만 복종할 줄은 모르기 때문입니다. 인간의 본성은 이해하는 것이지 복종하는 것이 아니기 때문입니다. 이러한 대화의 필요성, 나는 대화의 권리라고 말하고 싶습니다만, 그것은 모든 사유하는 질료 속에 새겨져 있습니다. 질료만이 자연의 법칙에 맹목적으로 복종합니다."

다르멜리아의 국부國父인 장 꼬리아스는 그렇게 말했다. 그러나 장 꼬리아스는 자신을 국부라고 부르지 못하게 했다.

"국가는 매일매일 태어나야 한다는 단순한 이유 때문에, 국가에게는 부모가 없습니다. 국가는 우리들 각자로부터 태어나야 하는 바, 그렇지 않다면 그게 어떻게 국가이겠습니까? 그들의 의지에 관계없이 국가는 두서너명의 개인들의 환상에서 생겨나는 것이 아닙니다."

펠릭스-빌에서는 장 꼬리아스의 연설이 **오바잔시아니**, 즉 예언자의 말이라는 이름으로 은밀히 유통되었다. 그의 연설문 때문에 죽고 다치는 사람들이 생겨났다. 그의 연설문에 열광하는 자들이 생겨났다. 전쟁! 전쟁은 용서하지 않는다. 다르멜리아는 열여섯차례에 걸쳐 카타말라나지의 모든 도시에 장 깔슘의 파리들을 풀어놓았다. 펠릭스-빌에서만 인구 오백만 중에서 이백만이 죽었다. 파리에 물린 동물들과 초목은 죽어서 탄소로 바뀌었고 밤이면 새끼-호랑이-말로의 나라는 번쩍번쩍 빛이 났다. 강한 빛을 내는 탄소가 너무 많아져서 카타말라나지에는 밤이 사라졌다. 새끼-호랑이-말로는 다르멜리아 군대에 세번째로 납치되었다. 평화의 무기부대는 그를 다르멜리아 법정의 재판에 넘겨 교수형에 처하라고 요구했지만 장 꼬리아스는 그런 절차를 거부했다.

"우리는 다른 사람들에게, 그리고 온 세상 사람들에게, 우리가 전쟁을 위한 전쟁을 하고 있지 않다는 것을 이해시켜야 합니다. 우리의 전쟁은 평화를 위한 것입니다."

그래서 새끼-호랑이-말로는 의전을 갖춘 호위를 받으며 자기 나라의 수도로 돌아갔다. 민중들은 이미 그를 초콜릿-호랑이라고 불렀다. 마르샬의 사람들은 말로의 가랑이 사이까지 전단을 뿌렸다. 어느날 성-아버지-마음-장 광장에서 열린 집회를 주재하려다가, 말로는 군중들 사이에서 플래카드들이 올라오는 것을 보았다. "초콜릿-호랑이는 안녕하신가?" "다음번 다르멜리아 여행은 언제 하시려나?" "그들이 당신한테 아주 멋진 여행을 시켜주는 모양이던데?"

"세상 참 가혹하군!" 새끼-호랑이-말로가 외쳤다.

그가 권총을 꺼내 자기 머리통을 날려버리면서 이렇게 소리쳤다.

"너, 아가리 닥쳐!"

영도자들의 뒤를 대어주는 해외 열강으로부터 권력을 넘겨받은 마리안-드라크루아 장군은 새끼-호랑이-말로를 위해 칠십오일 동안의 애도 기간을 정했고 그를 인민과 인민의 대의를 위해 죽은 비범한 순교자로 만들었다. 새끼-호랑이-말로의 장례에는 가공하지 않은 순수 비용으로 70억 프랑이 들었는데, 숫자 부풀리기로 이득을 보는 자들이 그 액수를 주무르고 가공해서 120억 7억 7700만 프랑으로 만들어놓았다. 새끼-호랑이-말로의 능陵이 순수 비용으로 40억 프랑을 집어삼켰다. 그러나 신문과 국영 라디오는 그 액수에 대해서는 침묵하면서 이웃나라의 전쟁 비용만 거론했고, 말도 안되게 비인도적인 국방 정책을 펴고 있다고 이웃나라를 비난했다. 말로의 장례 비용 액수도 다른 많은 숫자들처럼 죽거나 다치는 사람들을 만들어냈고 특수부대와 마르샬의 사람들에게는 엄청난 일거리를 제공했다.

"지옥이야! 지옥! 더이상 찾아 헤맬 필요 없어, 이미 답을 찾아냈으니까. 인간은 지옥을 발명하라고 창조된 거야. 그러니 누가 감히 달리할 수 있었겠어?"

마리안 장군이 대량의 고철 무기들로 무장하자 다르멜리아를 포함한 이웃나라들은 두려워했다. 장 꼬리아스는 모든 이웃나라들과 불가침 조약을 맺었지만 카타말라나지만은 예외였는데, 카타말라나지는 분리독립 국가인 다르멜리아를 여전히 자기 나라의 한 지방으로 취급했기 때문이다. 그러나 역사는 영원을 결정짓기 위해 결코 오래 기다리지 않는 법이다. 영도자들의 뒤를 대어주는 해외 열강이 다르멜리아에 한걸음 내디디려고 시도했다. 해외 열강은 비밀 임무를 띤 밀사대를 파견하면서 밀사대의 요원들을 트로픽 석유회사의 프랑스인들로 위장시켰다. 샤이다나화된 장들 중에서 석유와 관련된 그 외세 개입에 휘말려 죽은 첫번째 인물은 세상에서 가장 큰 부자로 알려져 있던 장 깔께르였다. 석유 밀사대의 책임자가 장 깔께르를 저녁식사에 초대했다. 식사를 마치고 돌아오는 길에 그의 자동차가 도로를 이탈하여 나무 한그루를 들이받았고, 다르멜리아-그라니따-왕복 자동차 경주에서 일곱차례 연속 우승하여 도로 위의 날쌘 매로 불리던 장 깔께르는 자신에게 스포츠맨으로서의 영광을 안겨준 바로 그 도로 위를 그라니따에서 다르멜리아 방향으로 달리다가 새까맣게 타 죽고 말았다. 경찰 조사는 그의 죽음이 '윗선'과는 무관하다고 밝혔다. 두달 뒤에는 장 까우축이 독살로 세상을 떠났다. 누가 언제 독살한 것인지는 전혀 알려지지 않았다. 그의 침실에서 사체가 발견되었을 때 사체는 이미 부패하고 있었다. 장 꾸뜰라는 목욕 중에 감전사했다.

장 꼬리아스가 영도자들의 뒤를 대어주는 해외 열강의 공사를 불렀다.

　"3 대 0은 노블 스코어라고 귀국 정부에 전하시오. 그렇지만 당신들이 우리에게 전쟁을 강요한다면 우리는 기꺼이 응하겠소."

　"무슨 말씀인지 모르겠습니다, 대통령님."

　"그렇다면, 본토의 공사들은 아무것도 이해하지 못하는 늙은 얼간이들이라는 거군요."

　"무슨 말씀이신지……"

　장 꼬숑이 죽자 장 꼬리아스는 영도자들의 뒤를 대어주는 해외 열강의 수상을 초청했다. 수상은 거의 신처럼 영접받았다. 다르멜리아 사람들은 파뉴 차림에 종려나무 가지를 들고 도로 위에 나왔고, 수상 일행은 여러시간에 걸친 환호와 갈채 속에 파묻혔다. 마리안 정부는 우방 국가의 고위급 인사가 적국을 방문한 것에 대해 격렬하게 항의했다. 마리안이 직접 국영 라디오 방송에 출연하여 그 엄청난 배신 행위를 비난했다. "백인들은 약속을 지킬 줄 모르는 자들"이라고 비난하면서 웅변가로서의 재능을 한껏 발휘하기도 했다. 마르샬의 사람들은 이렇게 말했다. "한심한 장군, 자기가 무슨 짓을 하고 있는지 언제쯤이면 알게 될까?"

　수상의 방문은 나흘 동안 이어졌다. 방문 일정의 끝 무렵에 장 꼬리아스는 수상을 저녁식사에 초대했다.

　"당신들은 우리를 끝장낼 수 없을 겁니다." 저녁식사가 끝날 즈음에 장 꼬리아스가 말했다.

　"무슨 말씀이신지……"

"무슨 말인지 차차 아시게 될 겁니다, 수상. 귀국의 대통령께 전하시오, 우리가 점수 차를 4 대 1로 줄였다고. 머지않아 우리가 동점으로 만들겠소. 그리고 시합이 계속된다면 우리가 이길 것이오."

"무슨 말씀이신지 모르겠습니다, 대통령님."

"당신 대신 다른 누군가가 이해할 겁니다, 수상. 비행기에서 내리면 기자들에게 이 점수를 말해주시오."

그러나 수상이 다르멜리아 방문 이틀 뒤에 갑자기 심장마비로 사망한 이유에 대해서는 그 누구도 전혀 알지 못했다. 어쨌든 이제 점수는 4 대 1로 해외 열강이 앞선 상태가 되었다. 동점을 만들기 위해서는 장 까농이 영도자들의 뒤를 대어주는 해외 열강의 수도를 공식 방문해야 했다. 장 까농이 자기 나라로 돌아온 지 삼주 뒤에, 해외 열강의 국영 라디오 방송은 해외 열강의 공군참모총장과 두 명의 장관이 심장마비로 사망했다는 소식을 전했다. 장 꼬리아스는 조문 전보에 교묘하게 점수를 표시했다. 전보는 다섯 개의 문장으로 되어 있었는데 각 문장의 첫 단어들을 연결하면 이런 문장이 만들어졌다. "다음번에는 파리들이다." 그러나 아무도 장 꼬리아스의 그 경고에 주의를 기울이지 않았다. 장 까반이 목덜미에 총알 한방을 맞아서 죽고 그 며칠 뒤에 장 까르본이 죽는 바람에 점수차가 더 벌어지더니, 해외 열강의 펠릭스-빌 주재 대사가 심장마비로 죽어서 점수 차가 좁혀졌고, 해외 열강의 외교부 장관 역시 심장마비로 죽으면서 결국 스코어는 동점이 되었다. 해외 열강은 자국 정부 인사들의 심장에 신경을 쓰기 시작했다. 세 명의 장이 헬리콥터 사고로 사망한 뒤에도 장 꼬리아스는 다시 동점을 만들었다. 장 까따락뜨는 의문의 전화 한통을 받고 그라니따 수력 발전소의 댐으로 갔다. 그는 토막토막 난 사체 상태로 "파손 위험"이라고 적힌 트렁크에 담겨 장 꼬리아스 앞으로 돌아왔다. 장 까따락뜨를 무척 아꼈던 장 꼬리아스는 닷새 밤 닷새 낮 동안 쓰디쓴 눈물을 흘렸다.

"우리는 모두 개야. 자기 차례가 오기를 기다리다가 달려들어 무는."

해외 열강의 수도에 잠시 체류하게 되었을 때 장 꼬리아스의 나라는 유엔의 공식 인정을 받기 직전이었는데, 장 꼬리아스는 영도자들의 뒤를 대어주는 해외 열강의 대통령과 몇시간 동안 환담했다. 대화는 아주 화기애애했다. 두 사람은 세계의 군사 상황, 두 나라 각각의 경제, 해외 열강과 다르멜리아 사이에 구축되고 있는 우호협력 관계에 대해 이야기했다. 해외 열강의 대통령이 다르멜리아의 일인자에게 배푼 오찬에서 장 꼬리아스는 자기 나라가 한골 뒤지고 있다고 밝혔다. 대통령 자신을 포함하여 대통령의 부인, 네 명의 자식들 중 그 누구도 그 말의 의미를 이해하지 못했다. 모든 사람들이 장 꼬리아스가 자기 나라의 기술적인 뒤처짐에 대해 말하고 있다고 생각했다.

"당신들은 정말이지 충격적인 사례입니다. 당신들은 채 사년도 안되는 기간에 기반시설을 갖추는 데 성공했으니까요. 제 생각에 그건 당신네 대륙의 첫번째 기적, 최고의 기적입니다."

"그런 기적들은 또 일어날 겁니다." 장 꼬리아스가 말했다. "우리에게 오래된 세계의 열쇠를 줌으로써 당신들은 우리에게 기적을 일으킬 시간을 주었습니다."

"오래된 세계지요." 대통령 부인이 말했다. "오래된 세계."

"오래된 세계입니다. 부인. 그곳은 우리가 사는 곳이고, 또한 우리가 죽는 곳입니다. 환상적이지요. 이 기회를 빌어 우리나라가 유엔의 승인을 받는 즉시, 두 분 부부를 그곳에 사적으로 초대하고 싶습니다."

사적인 방문 전에 대통령은 손님 접대의 열대성을 확인하기 위해 외교부 장관을 보냈다. 장관은 출발했지만 같은 비행기로 되돌아가야 했다. 텔렉스 한통이 심장마비에 의한 대통령의 죽음, 그리고 자살에 의한 영부인과 자녀 넷의 죽음을 알려왔기 때문이다. 해외 열강의 시민들로서는 참으로 마음 아픈 일이었는데, 자신들의 대통령이 말처럼 튼튼한 심장을 가지고 있었을 뿐만 아니라 두번의 임기 내내 매력적이고 지적이고 상냥했기 때문이다.

"다음번에는, 파리들이다."

해외 열강은 심장마비를 유발하는 수액이 있다는 풍문을 입수했다. 그러나 아무도 그런 풍문을 진지하게 받아들이지 않았다. 시합은 이년 동안 15 대 15의 무승부 상태에 머물러 있었다. 자유주의자였던 해외 열강의 새 대통령은 대리전쟁을 통해 다르멜리아와 싸우기로 결정했다. 마리안 장군은 자기 나라에 주둔해 있던 해외 열강 군대의 전쟁 개입을 허락받았다. 전쟁, 아! 전쟁! 장 까농은 가장 맹렬하고 사나운 등급의 파리들을 풀어놓았다. 카타말라나지는 이제 탄소의 나라로 불렸다. 카타말라나지의 주민들은 동굴에 들어가서 혈거 생활을 다시 시작했다. 지하 도시들도 세워졌다. 다르멜리아는 패배 국면으로 접어들었다. 이년에 걸쳐 수천 킬로그램의 총탄과 대포알이 숲에 쏟아졌다. 다르멜리아는 완전히 파괴되었고 수도는 그라니따로 옮겨갔다. 포화! 파리들이 물었다. 두 나라는 공허함 속에서 서로 치고받는 두 구의 시체에 지나지 않았다. 바람을 일으키며 날아오는 파리떼와 그에 맞서 싸우는 포화의 연기. 마르샬의 지옥. 샤이다나화된 서른명의 장들 중에서 스물일곱명이 죽었다. 장 꼬리아스, 장 깔슘, 장 까농 세명만이 살아남았다. 그 무렵에 영도자들에게 물자를 재공급주는 해외 열강은 좀더 직접적으로 분쟁에 개입할 채비를 했다.

"당신들이 우리에게 전쟁을 강요한다면." 해외 열강의 그라니따 주재 대사에게 장 꼬리아스가 말했다. "우리는 기꺼이 응할 것이고, 그건 전면전이 될 것이오. 당신들은 우리 말을 믿지 않지만, 우리는 당신네 국민 전체를 위험에 빠뜨릴 수 있는 충분한 양의 파리들을 보유하고 있소. 우리는 당신네 국민들을 탄소로 만들어버릴 거요."

자신들을 압박해오는 해외 열강의 강력한 위협 앞에서 장 꼬리아스와 장 까농은 장 깔슘에게 빛의 속도로 이동할 수 있는 파리들을 만들어달라고 부탁했다. 장 깔슘은 수백만 킬로미터 거리에서도 치명적인 엑스선을 방출할 수 있는 엑스선-파리들을 개발해냈다. 달을 녹이고 태양도 파들어갈 수 있다고 했다.

"진짜 평화의 무기를 내가 발견했어." 그날 저녁 장 깔슘이 형제들에게 말했다. "이 무기는 파리 백억마리의 파괴력을 지녔고, 상상을 초월하는 거리에서도 작동한다는 장점이 있어. 우리는 죽음을 방출하게 될 거야, 내가 엑스선-폭탄을 발명했으니까."

마리안 장군이 평화 사절단을 그라니따에 보냈다. 협상이 진행된 이년 동안 카타말라나지는 영도자들의 뒤를 대어주는 해외 열강의 고인이 된 대통령의 말마따나, 좀더 열대적인 전쟁을 할 채비를 했다. 또한 그 기간 동안에 장 깔슘은 다양한 규모와 다양한 성능의 파리들을 제작했다. 적지에 풀어놓은 파리들은 우주 공간에 발사된 모母-파리로부터 치명적인 광선을 받아 주위에 다시 퍼뜨렸다. 그 광선은 사람이든 물건이든 모두 새까맣게 태워버렸고, 모든 물질에 방사능을 각인시켰다. 그라니따에 열네개의 파리 발사기지가 건설되었고 만오천에서 삼만마리까지 파리를 생산할 수 있는 다양한 규격의 벌집 만이천개가 만들어졌다. 그 무렵에 장 깔슘과 두 형제의 나이는 쉰이 되었다. 장 깔슘은 시간이 없어 결혼을 못했는데 이제 결혼을 하고 싶은 생각이 조금 들었다. 그는 아캉카니 레옹티라는 이름의 아가씨와 데이트를 했다. 그녀는 그의 마음속에 파리들이 아닌 다른 것들의 자리를 만들어보려고 애를 썼다. 레옹티는 부드러운 심성, 그리고 영도자 아버지-마음-장과 결혼하던 시절의 풍성한-머리-샤이다나처럼 균형 잡힌 몸매를 지니고 있었다.

"당신은 항상 전쟁 이야기만 해요. 당신한테는 몸이 없기라도 한 것처럼. 마치 당신 자체가 생각에 불과한 것처럼. 해묵은 생각."

"보석 같은 시대는 아직 오지 않았어요. 나는 전사의 심장을 지녔어요. 우리는 전쟁이 사라질 때까지 싸울 겁니다. 전쟁이 사라지거나 아니면 전쟁이 우리를 죽일 때까지!"

그의 시선은 세상과 삶에서 약간 벗어나 있었고 그 커다란 몸의 어떤 부위들, 예컨대 이마, 사지, 입도 그랬다. 그라니따의 얼마 되지 않는 국민들은 그의 파리들 덕분에 자신들이 웃고 춤추고 마실 수 있다는 사실은 잘 모른 채 그를 미치광이-장 영감이라고 불렀다.

"우리는 아주 힘든 시절을 살게 될 거예요. 가혹한 시절을. 지옥을 만든 나한테는 한층 더 가혹하겠지요. 우리의 꿈들은 모두 죽어버렸어요. 이제는 싸울 권리마저 전혀 없어요. 그렇지만 우리는 전쟁에 매달리고 있지요. 전쟁은 우리의 악습이에요. 예전에 평화의 전쟁이었을 때, 우리는 인간으로서 싸웠어요. 전쟁을 위한 전쟁에 돌입한 지금, 우리는 야만의 짐승들처럼 싸우고 있어요. 물건들처럼 싸우고 있지요. 전공戰功을 세워봐야 점수 한점 따는 게 전부예요."

"그 바깥에 삶이 있어요."

"그 바깥에 삶은 없어요. 어쩌면 나는 그 어떤 인간보다도 내 파리들을 더 사랑해요."

장 깔슘이 첫번째로 생산한 파리들을 무장하는 데 사용했던 육식성 균류의 발효통이 있었다. 레옹티는 그곳에 오면 언제나 그 발효통에 기대어 서서 장 깔슘이 말을 걸어올 때까지 온전히 몇시간 동안 그가 일하는 모습을 바라봤다.

"왔어요?"

"당신을 방해하고 싶지 않았어요."

"당신 모습이 이해되기 시작했어요. 당신의 포동포동한 몸매가 분명하게 보이기 시작해요. 몸은 이상하고 놀라운 파리예요."

시간이 흘렀다. 카타말라나지와의 작은 전쟁이 몇차례 더 있었다. 장 깔슘과 두 형제의 나이가 일흔살이 되던 해에 다르멜리아와 카타말라나지 사이에는 또 한번의 평화 조약이 체결되었다. 영도자들의 뒤를 대어주는 해외 열강에게는 그 조약이 달갑지만은 않았다. 마리안 장군이 다르멜리아를 공식 방문했을 때 그의 목숨을 해치려고 시도한 세 사람이 있었다. 장 꼬리아스는 자기 앞에 끌려 온 그 세명의 무뢰한들을 즉각 총살하라고 지시했다. 장 까농은 외국에 있었고, 장 깔슘은 자신의 파리들과 살인 광선파 곁을 절대로 떠나지 않았다. 마리안 장군의 공식 방문은 그가 파리들의 호텔에서 베푼 고별 오찬으로 끝이 났다. 짤막한 인사말을 통해 마리안 장군은 사바나와 숲 사이에 존재해온 견고한 우호관계를 언급했고, 지난 과거는 없었던 일로 하자는 것이 자기 정부의 의지라고 거듭 밝혔다. 그러나 연설은 그저 연설일 뿐인 것이, 그의 공식 방문이 있은 지 겨우 이주일 뒤에 펠릭스-빌을 답방하러 가던 장 꼬리아스의 비행기가 반-꼬리아스 진영의 공격을 받았다. 비행기가 공격당하고 장 꼬리아스가 납치된 지 이틀 뒤에 장 깔슘은 이상한 소포 하나를 받았다. 소포를 풀어보다가 그는 끔찍한 외마디 비명을 내질렀다. 누군가가 장 꼬리아스의 머리를 보내왔던 것이다.

"잡것들 중의 잡것들 같으니! 내가 그 대가를 치르게 해주마."

그는 펠릭스-빌에 그야말로 폭풍우처럼 파리떼를 보냈다. 파리들 다음에는 불을 선사했다. 결국 펠릭스-빌은 모든 것이 유령과 숯으로 바뀐 흉측한 나무 그루터기처럼 되었고, 유령 물고기들과 환영들이 헤엄치는 거대한 탄소의 호수로 변했다. 영도자들의 뒤를 대어주는 해외 열강은 펠릭스-빌에서 엄청난 숫자의 자국민들을 잃었다. 장 깔슘은 계속해서 펠릭스-빌에 광선파를 쏘았고, 펠릭스-빌의 땅은 불에 타서 완전히 녹아버렸다. 대략 750미터 깊이의 깊은 구덩이가 만들어졌고, 그 밑바닥에서는 뜨겁게 타오르는 역청이 일렁일렁 빛을 발하면서 네온 불빛보다도 강렬한 빛으로 주위를 밝혔다. 그 빛의 호수를 당신이 보았더라면! 사방으로 수십 킬로미터 떨어진 거리에서도 그 빛은 사람들의 눈을 후벼팠고 살갗을 파고들었다. 대기의 온도가 너무 치솟는 바람에 생겨난 대기 폭풍과 허리케인 속으로 수백대의 비행기들이 빨려 들어갔다. 인근 지역에는 일주일 동안 쉰세번의 지진이 발생했다. 장 깔슘은 그라니따 주위에 광선파 벨트를 구축하여 적의 부대가 어떤 방법으로도 그곳에 접근할 수 없게 만들었다. 숲도 이미 적의 폭격을 받아 불타고 있었다.

"그라니따! 그라니따!"

장 깔슘이 살인 광선파 발사를 중단한 뒤로 펠릭스-빌에는 두달 동안 비가 내렸다. 그렇게 해서 모든 파라오들이 보게 될 나일강이 생겨났고, 니아사강과 빅또리아강, 호수 지대가 생겨났다.

"그라니따! 그라니따!"

장 깔슘은 안락의자에 앉아 있었다. 레옹티가 그의 턱을 어루만졌다. 그의 목소리는 완전히 변해 있었다. 그 목소리는 이제 단 한 가지밖에 말하지 않았다. 그라니따! 그라니따!

장 깔슘이 마지막으로 자신의 본부 건물을 바라봤다. 레옹티가 한번 더 그를 잡아끌었다. 그들은 여러시간 동안 걸었다. 그들은 장-빠따뜨라 다리를 건넜고, 샤이다나 광장을 가로질렀고, 카파아쇠 부두에 이르렀다. 교구 신부 거리, 왕 신부 거리, 마르샬 대로, 레이쇼 광장, 장-까반 광장, 장-까농 광장, 장 꼬리아스 대로, 빠블로-그라니또 소로, 라뮈엘리아-곤잘레스 거리, 빅또리오-람푸르타 주택단지, 앙리 스퀘어, 죽음 뒤의 삶 원형 교차로……

"그라니따! 그라니따!"

"당신은 우리가 본부 건물의 지하에 얼마나 오랫동안 있었는지 모르나요?" 레오티가 물었다.

"삼일 같은데."

레옹티가 웃음을 터뜨렸다.

"뭐라구요? 당신은 기억이 안 나나요? 전쟁, 파리들, 다르멜리아 함락, 숲 전체의 함락, 장 꼬리아스의 죽음, 장 까농의 죽음. 기억이 안 나나요? 불이. 그 모든 시간이."

그녀가 자기 머리에서 머리카락 한올을 뽑아 장 깔슘에게 보여주었다.

"봐요!"

그녀가 머리카락을 한올 더, 그리고 또 한올을 뽑았다. 세가닥 모두 새하얬다. 그리고 아주 길었다.

"내가 꿈을 꾼 건가? 그라니따!"

그녀가 다시 그를 잡아끌었다. 그의 늙은 두 다리는 기적적으로 버텼고, 늙은 두 눈은 모든 걸 보고 싶어 했다. 그의 늙은 두 귀는 모든 걸 듣고 싶어 했다.

"그라니따! 그라니따! 소돔과…… 고모라."

그들은 칠일 밤 칠일 낮을 걸었다.

"우리가 아직 살아 있는 건지, 여기가 여전히 그라니따인지, 내가 영원토록 꿈을 꾸고 있는 건 아닌지 모르겠어."

다르멜리아 거리, 카싸르-푸에블로 수영장, 아바이치앙코 광장, **죽음 뒤의 삶** 호텔, 총살당한 자들의 대로, 무슨무슨 원형 교차로……

"우리가 여전히 세상에 있는 건가?"

"당신은 그러면 우리의 입맞춤, 우리의 밤들, 우리의 뜨겁던 사랑이 기억나지 않나요? 내 몸의 움직임, 우리 가슴 속을 그토록 휘젓고 다니던 달콤한 욕정이 기억나지 않나요? 우리 딸 마야도, 우리 아들 베니-마르샬도 기억나지 않는 거예요? 그리고……"

"내가 아직 이 세상에 있는 건가?"

"당신이 무서워요." 레옹티가 말했다.

"난 내가 그라니따에서 죽은 것 같애."

"당신은 살아 있어요, 장. 그냥 내 말을 믿어야 해요…… 삶은, 그냥 믿어야 하는 거예요."

그리고 그녀는 그를 아이처럼 여기저기 끌고 다니면서 두 사람이 아직 살아 있다는 것을 그에게 증명해보이려고 애썼다. 그러나 장 깔슘은 전혀 그렇게 믿지 않았다. 그는 레옹티가 이해할 수 없는 말들만 반복했다.

"난 시체이고, 장례식이야. 난 나의 시체야. 운 좋은 시체. 나는 그라니따에 묻혔어. 까맣게 타버렸지. 그라니따! 고모라! 난 지옥을 발명했어. 펠릭스-빌에서는 뭐가 남았나? 펠릭스-빌 이야기를 해줘! 당신은 기억하니까. 펠릭스-빌! 십오년 전! 전쟁!"

"전쟁 이야기는 하면 안돼요. 법으로 금지되어 있어요. 법에, 이 곳에서 전쟁 같은 건 없었다고, 분리독립 같은 건 없었다고, 펠릭스-빌 같은 건 없었다고 규정되어 있어요."

"그럼 마르샬 대로는 왜 있는 거야? 아바이치앙코 광장은 또 왜 있는 거야?"

"이유를 묻는 건 법으로 금지되어 있어요."

"본부로 다시 돌아갑시다, 모든 걸 아주 꼼꼼하게 다시 봐야 겠어."

본부 건물은 고통의 박물관으로 바뀌어 있었다. 그 모든 것을 만들어낸 바로 그 사람에게, 경비원이 횡설수설 그 모든 것을 설명해 주었다.

"그라니따! 그라니따!"

그러자 경비원이 그 큰 입을 장 깔슘의 귀에 가져다 댔다.

"선생, 여기서는 그 단어를 말하면 안됩니다."

"그렇다면, 도시 이름이 뭐요?"

"어떤 도시 말입니까, 선생?"

"이 도시 말이요."

"샤이당카. 여기는 샤이당카입니다."

"이 나라 이름은 뭐요?"

"민망하네요, 선생."

경비원이 이번에는 목소리를 높였다.

"부끄러운 일이네요. 나라 이름도 모르신다는 말씀입니까……? 외국인이세요? 그럼, 알지도 못하는 나라의 수도에는 어떻게 오셨소? 신분증 좀 보여주세요. 당장 신분증 좀 봅시다.”

“그렇지만⋯⋯”

“신분증 주세요⋯⋯”

“여기 있어요.” 레옹티가 말했다.

경비원이 손을 뻗었다.

“그라니따! 그라니따! 어느날 그라니따에서 신분증 검사를 받으
려고 우리가 그렇게 싸웠군. 그런데, 맙소사, 누구한테, 내가 누군
데 나한테?”

“누가 이 이름을 당신한테 지어주었소, 선생?” 경비원이 물었다.

“어떤 이름 말이오?”

“이 이름요. 장 깔슘.”

“내가 지었죠.”

“이 잡놈이 어디서 감히?”

“우리 아버지는 우리한테 아버지가 제시한 철자에 따라 이름을
짓게 했소.”

경비원이 그의 앞에 무릎을 꿇었다.

“각하! 각하!”

“일어나시오.” 장 깔슘이 말했다. “그런 식으로 내 마음을 아프
게 하지 마시오.”

그 이틀 뒤에 장 깔슘은 밤포초아타 공화국 대통령의 영접을 받
았다. 장 깔슘을 주빈으로 하여 베풀어진 오찬은 오일 낮 오일 밤
동안 계속되었다.

“그라니따! 그라니따!” 장 깔슘이 거듭 말했다.

"안됩니다, 존경하는 영웅 어르신, 그런 것들은 이제 말하면 안됩니다. 그건 우리가 실제로 겪은 일들이 아닙니다. 우리가 꿈을 꾸던 시절의 이야기입니다. 우리가 현실을 선택한 이후로 그런 것들에 대해 말하는 건 금지되어 있습니다."

"각하, 펠릭스-빌에 대해 한두마디만 해주십시오."

"지옥이었죠! 마르샬의 불, 그러고 나서 삼년 동안 비가 내렸습니다. 지금 그곳에는 650미터 깊이의 물 밑에 '카본 80'이라는 광산이 있습니다. 존경하는 영웅 어르신, 그곳 이야기를 할 때는 이런 표현들을 쓰셔야지, 왜 달리 말하려고 하십니까? 레몬을 곁들인 캐비아 좀 드세요. 아니면 카포치니카[28]를 더 좋아하실 지도 모르겠네요. 거품 수프도 있고, 또…… 코코넛 카프리스 케이크도 있어요…… 담배 피우시죠, 그렇죠?"

"아니요."

"한번 피워보세요."

"그라니따! 내 몸은 너를 기억한다. 내 몸은 죽었어요, 각하의 지방-덩어리-헤르니아 담당 장관님."

1977년 12월 25일

----

28 개구리 알, 알콜, 우유, 채소를 재료로 만드는 국민적 요리.

소진(消盡)과 여명(餘命) 사이
20세기 후반의 콩고와 소니 라부 탄시의 정치적 상상력

소니 라부 탄시

소니 라부 탄시(Sony Labou Tansi, 1947~95, 본명은 마르셀 옹초니)는 현재는 콩고민주공화국인 벨기에령 콩고의 수도 레오뽈드빌(킨샤샤의 옛 지명)에서 태어났다. 그의 아버지는 벨기에령 콩고 출신이었고 어머니는 지금의 콩고공화국인 프랑스령 콩고 출신이었는데, 1960년 온 가족이 콩고강을 건너 갓 독립한 콩고공화국으로 이주했다. 그는 수도 브라자빌의 중앙아프리카 고등사범학교에서 수학한 뒤, 1971년부터 대서양 연안의 뿌앵뜨-누아르 등지에서 프랑스어와 영어 교사로 일했다. 1969년부터 라디오프랑스 엥떼르(프랑스 공영방송사인 라디오프랑스의 프랑스어 국제방송)가 주관하는 프랑스어권 아프리카 연극 꽁꾸르에 극본을 응모하기 시작했고, 1973년 수상자가 되어 처음으로 프랑스에서 체류하는 기회를 얻었다.

1979년 프랑스의 쐬이유(Seuil) 출판사에서 소설『죽음 뒤의 삶』(*La vie et demie*)을 출간하면서 라부 탄시는 '빠리 프랑꼬포니 문단'에서 가장 주목받는 콩고 작가가 되었다. 그러나 그의 작품이 보여준 맹렬한 체제 비판적 성격 때문에 콩고의 권력 엘리트들은 그를 프랑스 문학 비평계와 출판계의 꼭두각시라고 비난했고, 사회주의 일당독재 정권은 그를 '제국주의의 앞잡이'로 몰아갔다. 그나마 문화부 장관이던 작가 따띠 루따르, 작가이자 유력 정치인이던 앙리 로삐스 등의 도움 덕분에 그는 작가로서 활동을 이어갈 수 있었다. 그러나 그에게 허용된 발언권이 사수-응게소 정권의 독재에 '문화적 알리바이'로 활용되고 있다는 비판과 함께 그가 이끈 로카도 줄루 극단(Rocado Zulu Théâtre)이 프랑스 석유회사 엘프-콩고의 재정 지원을 받는 것을 비난하는 사람들도 있었다.[1]

1990년을 전후하여 라부 탄시는 현실 정치에 참여하기도 했다. '민주주의와 총체적 발전을 위한 콩고운동' 소속으로 브라자빌에서 하원의원으로 선출(1992)되었고, 콩고노동당의 이십칠년에 걸친 일당독재가 끝난 뒤 처음으로 실시된 대통령 선거(1992)에서는 베

---

1 1979년은 콩고공화국에서 1992년까지 십삼년간 사회주의 일당독재를 펼친 사수-응게소가 집권한 해이자, 프랑스 석유회사 엘프가 콩고에서 대규모 유전 개발을 시작한 해이기도 하다. 사수-응게소는 1992년 대통령 선거에서 빠스깔 리수바에게 패해 실권했지만, 1997년 내전의 혼란 속에서 꾸데따로 다시 권좌에 올라 2020년 현재까지 대통령직을 수행하고 있다.

르나르 콜렐라² 후보의 선거 캠프에 참여했다. 1993년 다시 내전이 발발하면서 베르나르 콜렐라가 외국으로 망명하고 라부 탄시도 생명을 위협받는 상황에 처했지만 몇몇 프랑스 지식인과 정치인 들의 도움으로 생명을 유지할 수 있었다. 1994년 후천성면역결핍증을 진단받았으나 적절한 치료를 받지 못했고 이듬해 브라자빌에서 사망했다. 그의 아내도 같은 병으로 그보다 먼저 세상을 떠났다.

『죽음 뒤의 삶』 외의 주요 소설작품으로 『치욕의 국가』(*L'état honteux*, 1981), 『적(敵)-인민』(*L'anté-peuple*, 1983) 등이 있으며, 『피의 괄호』(*La parenthèse de sang*, 1981), 『앙뚜안은 내게 자기 운명을 팔았다』(*Antoine m'a vendu son destin*, 1997)를 비롯한 10여편의 희곡을 발표하고 몇권의 시집을 출간했다.

『죽음 뒤의 삶』의 '열대적 리얼리즘'

라부 탄시는 한 대담에서 소설 『죽음 뒤의 삶』을 쓰게 된 직접적인 계기를 밝힌 바 있다. 1977년 그는 '피 묻은 표범가죽 옷'을 입은 콩고 대통령 마리엥 응구아비가 전임 대통령 마셈바-데바와 함께 나오는 꿈을 꾸었다. 마셈바-데바는 사회주의 계열의 정치가로, 단독 출마한 선거에서 당선돼 콩고의 두번째 대통령(1963~68)

---

2 사수-응게소의 독재 시절에 아홉번이나 구금된 전력이 있는 콩고의 정치 지도자로, 식민지 시절의 독립운동가 앙드레 마추아의 메시아주의를 계승하여 '카리스마 있는 영적 지도자'라는 평판을 얻었다.

을 지내다가 군부 꾸데따로 실권한 인물이다. 그는 '청렴한 원칙주의자'로 명성이 높았고, 라부 탄시는 교사생활을 하던 시절에 그와 가깝게 지냈다. 후임 대통령 응구아비가 1977년 대통령 관저에서 기관총 세례를 받고 죽었을 때, 마셈바-데바는 암살의 주모자로 몰려 사형을 당했고 사체는 행방불명되었다. 그런데 그가 라부 탄시의 꿈에 나타나 이렇게 말했다는 것이다. "그들이 내 생명을 앗아갔지만, 자네는 한배 반의 삶을 사는 거야(tu as la vie et demie)……" 그렇게 해서 라부 탄시가 몇달 만에 쓴 소설이 바로 『죽음 뒤의 삶』[3]이었다.

『죽음 뒤의 삶』은 프랑스어권 흑아프리카의 현대문학사에 하나의 사건으로 기록되어 있다. 이 소설이 보여준 독특함과 새로움은 유례를 찾기 어려운 것이었다. 많이 거슬러 올라가도 1930년대, 짧게 잡으면 1950년대에 시작되었다고 할 수 있는 프랑스어권 아프리카 소설의 역사에서, 『죽음 뒤의 삶』은 서구에서 유입된 근대 소설의 형식에 '아프리카적 주제에 부합하는 아프리카적 언어와 색채'를 부여하려고 시도한 최초의 작품들 중 하나였다. 그러나 이 소설이 거둔 성공의 가장 큰 이유는 작가가 보여준 첨예한 현실 인식, 그리고 그 현실 인식을 한편의 허구로 형상화해낸 작가의 독특한 미학에 있다고 할 수 있다.

흑아프리카의 '프랑스어 문학'은 그 출발에서부터 문학의 효용성 또는 현실적 용도라는 질문, 달리 말하면 문학의 존립 의의 자

---

3 8면의 일러두기 2번 참조.

체와 관련된 모종의 자의식으로부터 자유롭지 못했다. 예컨대 네그리뛰드 문학은 노예무역에서부터 시작된 아프리카 흑인의 역사적 소외를 극복하기 위한 시도로 스스로를 규정했고, 1950년대의 소설 문학은 식민 지배의 모순과 폭력성에 대한 분석과 비판에서 자기 존재의 의의를 찾으려고 했다. 또한 독립 이후에도 당대 현실에 대한 비판적 역사의식을 바탕으로 한 현실 참여적 리얼리즘이 프랑스어권 아프리카 소설의 기본 미학이었다고 할 수 있다. 그만큼 그 지역의 문학은 근대 이후 아프리카인들의 역사적 경험과 당대 현실에 대한 책임과 의무라는 윤리적 당위로부터 자유롭지 못했다.

　라부 탄시의 경우에도 사정은 그다지 다르지 않았다. 그의 조국 콩고공화국은 19세기 말부터 프랑스의 식민 지배를 받다가 1960년에 독립한 나라다. 그러나 『죽음 뒤의 삶』의 주요 인물인 마르샬도 말했듯이 "독립이 만능은 아니"(42면, 43면)었다. 오히려 소수 군벌을 중심으로 한 독재 권력의 억압과 수탈, 반복되는 꾸데따 속에서 국가의 기능은 마비되어갔다. 라부 탄시가 『죽음 뒤의 삶』을 발표하던 시기의 콩고공화국은 ─ 다른 많은 사하라이남 흑아프리카 국가들과 마찬가지로 ─ 정치적·경제적·사회적으로 회생의 가능성을 찾기 어려운 절망적 상황으로 빠져들고 있었다. 그런 역사적 맥락 속에서 라부 탄시 문학의 가장 중요한 특징인 '폭압적 정치권력에 대한 야유와 독설과 풍자'가 모습을 드러낸다. 그래서 그 '극단적 비현실성'에도 불구하고 『죽음 뒤의 삶』이 묘사하는 온갖 광기와 폭력의 일화도 특정한 시대 현실에 대한 알레고리로 읽는 것이 거의 불가피하고 필연적인 선택처럼 보인다.

요컨대『죽음 뒤의 삶』이 우리에게 보여주는 허구의 세계는 독립 이후 콩고(그리고 콩고를 비롯한 아프리카 여러 나라들)의 총체적 현실이 소설이라는 형식을 빌려 '하나의 세계상'으로 구축된 것이라고 할 수 있다. 그런 점에서 그의 문학은 여전히 리얼리즘 미학에 기초해 있는 문학이다. 다만『죽음 뒤의 삶』이 재현해내는 리얼리티는 일종의 '과도한 과잉의 리얼리티'에 가깝다. 작가의 치열한 현실의식에도 불구하고 전통적 리얼리즘의 틀로는 담아내기 어려운 극단적·비합리적·폭력적 에너지로 들끓는 시대 현실의 리얼리티라는 점에서 그렇다.

그래서『죽음 뒤의 삶』에서는 혼란스러운 순환적 서사 구조가 전통적 서사 규범을 대체하고, 일화와 사건 사이의 논리적 상관관계나 일관성을 찾기도 쉽지 않다. 삶의 비극성은 풍자적 웃음과 결합되어 비루해지고, 삶의 마지막 버팀목인 숭고나 성스러움의 가치는 상스러운 희극성의 요소들과 버무려져 하찮아진다. 소설의 서문에서 작가가 말한 대로, 어찌 보면 "『죽음 뒤의 삶』은 되는 대로의 글쓰기라는 지칭이 어울린다."(9면) 그러나 바로 그런 터무니없는 형식을 통해 독립 직후 콩고인들의 '치욕스러운 실추 상태' 또는 '영혼의 증발 상태'를 신랄하게 해부·묘사하는 데 성공한 소설이 바로『죽음 뒤의 삶』이다. 말하자면 그 소설은 극단적으로 환상적인 성격의 허구 속에 비합리적·폭력적 에너지로 들끓는 콩고 혹은 아프리카의 시대 현실이라는 '진실-리얼리티'를 봉인해놓은 작품이다.[4]

소설의 서문에서 작가는 자신이 왜 우화(fable)의 형식을 선택할 수밖에 없었는지에 대해 이렇게 설명하고 있다.

그렇다. 나는 부조리의 부조리함에 대해 당신들에게 말하는 것인데, 처음으로 절망의 부조리함에 대해 말하려는 내가 밖으로부터가 아니라면 도대체 어디서부터 말할 수 있겠는가? 인간이 그 어느 때보다도 삶을 죽이기로 작정한 시대에 육신(肉身)의 암호로 말하는 것 말고 내가 어떻게 말할 수 있겠는가?(9면)

시대 현실의 도저한 비합리성을 그에 부합하는 방식으로 말하는 서사 형식, 또는 그 도저한 비합리성이 필연적으로 작가에게 부과한 소설 형식이 바로 우화였다는 말로 읽을 수 있는 대목이다.

예컨대 '수백년에 걸친 전쟁과 파괴의 결과물로 나일강과 호수지대 등이 생겨났다'(190면)는 식의 시대착오적 과장과 너스레는 이 허구의 이야기에 신화적인 성격을 부여해주기도 하지만, 당대의 역사 현실을 바라보는 작가의 관점이 얼마나 비관적이고 절망적인지를 드러내주기도 한다. 다시 말해서 수백년에 걸쳐 거의 동일한 방식으로 반복·변주되는 타락과 실추의 세계상은 그 우화 속 인간 군상들의 삶을 '운명론적 순환의 폐쇄성' 속에 가두어버리는 의미

---

4 『죽음 뒤의 삶』이 보여주는 그런 특징과 관련해 여러 평자들이 가브리엘 가르시아 마르께스의 『백년의 고독』(프랑스어 번역본은 1968년에 출간)과의 영향 관계를 가능성으로 제기하곤 했다. 실제로 두 소설 사이에는 적지 않은 공통점이 있다. 문체의 장황함, 환상성과 현실성의 즉각적인 공존, 존재론적 고독이나 근친상간의 주제, 순환적·종말론적 시간관 등이 그렇다.

효과를 낸다.

결국 소설 『죽음 뒤의 삶』의 우화 형식은 다음과 같이 설명할 수 있다. 20세기 후반 콩고의 역사 현실에 대한 라부 탄시의 인식과 전망은 '역사의 근본적 무의미' '헛바퀴 도는 역사의 몰역사성'이라는 표현으로 요약될 수 있는 도저한 허무주의에 닿아 있고, 아무런 출구도 찾을 수 없는 암울한 현실에 대한 작가의 첨예한 역사 인식이 역설적이게도 비합리적·환상적 우화의 형식에서 가장 적절한 형상화의 수단을 찾아냈다는 것이다. 그래서 몇몇 평자들은 라부 탄시의 소설 미학에 '열대적 리얼리즘'이라는 새로운 명칭을 부여하기도 했다.

식인(食人) 체제의 '열대성'

소설 『죽음 뒤의 삶』은 가상의 공화국 카타말라나지의 대통령궁에서 '섭리의 지도자'(우리는 편의상 '영도자'라고 번역했다)라는 거창한 호칭을 지닌 독재 권력자가 마르샬이라는 반란군 지도자의 가족을 직접 고문하고 살해하는 장면으로 시작된다. '영도자'라는 권력자의 호칭과는 대조적으로 마르샬의 가족을 부르는 호칭은 '넝마'이다. 예컨대 가족들 각각은 '아버지-넝마' '어머니-넝마' '아들-넝마' '딸-넝마'라고 불린다. 영도자는 고기를 잘라먹던 식사용 나이프로 '아버지-넝마'의 목을 찌르고, 배를 세로로 가르고, 두 눈을 찌른다. 그리하여 내장이 쏟아지고 검붉은 피가 콸콸 흐르는 상태에서도 '아버지-넝마' 마르샬은 "'i'자처럼" 꼿꼿이 선 채 "나는 이런 죽음을 죽고 싶지 않다"라고 읊조린다. 마침내 몸의 대부분이 검붉은 살점들로 흩어지고 허공에 머리만 달랑 남은 비현실적인 상태에서도 그 목소리는 사라지지 않는다.

> "나는 이런 죽음을 죽고 싶지 않다." 아버지-넝마가 말했다.(13면) (…) 영도자는 정말 화가 났고, 금빛 광채가 나는 자신의 검을 휘둘러 아버지-넝마의 몸뚱이 윗부분을 마구잡이로 자르기 시작했고, 차례차례 가슴, 어깨, 목, 머리를 해체했다. (…) 그는 자기 두 손이 먹물을 칠한 것처럼 검어진 것을 깨달았다. 나중에 영도자는 몇날 며칠 동안 세상의 온갖 용해제와 비누를 써서 마르샬의 그 검은 얼룩을 씻어내려 애를 썼지만, 그 검은 얼룩은 지워지지 않았다.(16면)

소설 서두의 이 그로테스크하고 터무니없는 에피소드를 통해 우리는 이 가상의 나라가 처해 있는 문제적 상황이 카니발리즘의 야만적 폭력과 그 폭력에 맞서는 사람들 사이의 전쟁이라는 것을 알게 된다. 또한 마르샬과 그의 딸 샤이다나, 그리고 다른 가족들을 부르는 '넝마'라는 호칭은 카니발리즘의 폭력 앞에 인간으로서의 품격을 상실한 채 말 그대로 너덜너덜해진 존재들을 가리키는 은유라는 것을 알 수 있게 된다. 후자들의 삶은 거의 죽음 같은 삶, 소설의 표현을 빌리자면 "죽은 자들의 세계와 온전히-살아-있지-못한-자들의 세계"(17면)의 경계에 걸쳐 있는 삶이다. 그러나 야만적 폭력에 의해 너덜너덜해졌음에도 그들의 생명력은 결코 완전히 파괴되지 않는다. "몇날 며칠 동안 세상의 온갖 용해제와 비누를" (16면) 써서 지우려고 기를 써도 결코 지워지지 않는 '마르샬의 검은 얼룩'처럼 그들의 삶은 죽음 이후에도 계속 이어지는 중음신의 삶, 집요하고 끈질긴 저항의 삶, 그 자체로서 체제의 터무니없는 폭력성을 증언하는 '삶의 흔적 같은 삶'이다.

요컨대 가상의 공화국 카타말라나지는 포식(捕食) 권력의 '열대성(tropicalité, 이 소설에서 야만성, 동물성, 육체성, 폭력성, 상스러움 등을 포괄적으로 지칭하는 용어)'이 지배하는 일종의 식인(食人) 체제이다. 극단적·비합리적·폭력적 에너지로 들끓는 타락한 세계이고 인간, 삶, 사회, 국가, 역사 등의 의미와 가치가 총체적으로 파괴된 세계이다. 그리고 그렇게 황폐하고 공허해진 세계에서 권력자들은 실존의 무의미라는 '거대한 구멍'을 몸의, 몸에 대한 지배와 탐닉(대표적으로 섹스)으로 메워보려고 시도하고, 그 공허하고 그로테스크한 시도들로부터 끊임없이 '괴물-권력자들'의 계보가 만들어진다. 대를 이어가는 영도자들 중에는 "열통 분량의 술을 마시고 오십인분의 음식을 먹는"(156~57면) 능력의 소유자도 있고, 태어날 때부터 열두개의 이빨이 나 있거나 털북숭이로 태어나는 인물도 있으며, 수십년의 통치 기간 동안 2천명의 아들을 생산하는 '짐승'도 있다.

그리고 그들의 맞은편에 마르샬과 그의 딸 샤이다나로 이어지는 저항자들의 계보가 있다. 『죽음 뒤의 삶』이 묘사하는 가상의 나라 카타말라나지는 파괴적 동물성의 형태로 발현되는 '죽음의 권력-충동'이 전적으로 지배하는 곳이지만, 생명의 에너지는 끊임없이 그 경계를 넘어서고 그럼으로써 끈질기게 죽음 이후의 '유령 같은 삶'을 이어간다. 그런 식의 삶, 그런 식의 유령 같은 '생존-저항'을 일컬어 작가는 '죽음 뒤의 삶'이라고 불렀을 것이다.

수대에 걸친 '전쟁-지옥'의 기록

달리 말하면 소설『죽음 뒤의 삶』은 수대에 걸친 영도자들과 '마르샬의 사람들' 간의 대결·투쟁·전쟁의 기록이라고 할 수 있다. 그것은 애초부터 극단적인 힘의 불균형 위에서 진행되는 싸움이지만 다른 한편으로는, 적어도 상징적인 차원에서는 권력자들에게 자신의 근본적인 무능력을 끊임없이 확인시켜주는 싸움이기도 하다. 유령, 흔적, 너덜너덜해진 살점 속에 끈질기게 남아 있는 기억과의 싸움이라는 점에서, 나아가 신성불가침한 생명의 원리에 맞서는 싸움이라는 점에서 권력자들 또한 근본적으로 속수무책이기 때문이다.

『죽음 뒤의 삶』이 묘사하는 그 전쟁은 끝없는 반복·변주를 통해 악무한적으로 이어진다. 물론 그 전쟁의 첫번째 양상은 영도자들(육식 동물들)과 마르샬(너덜너덜해진 중음신-유령) 사이의 전쟁이다. 죽어서 '유령-예언자'가 되어 메시아주의적 전통 속에 편입된 마르샬은 결정적인 순간마다 '피 흘리는 상체'의 모습으로 혹은 '검은 얼룩'의 형상으로 나타나서 샤이다나의 아름다운 몸을 범하려는 영도자들의 시도를 좌절시킨다. 혹은 수도(首都)의 모든 집

대문에 아이들이 검은 글씨로 써놓은 "나는 이런 죽음을 죽고 싶지 않다"(45면)라는 글귀로 혹은 '최후의 심판'에 대한 민중들의 종말론적 바람으로 혹은 '마르샬처럼 삶이 아니라 죽음을 유일하게 의미 있는 삶의 양식으로 선택한 젊은이들'의 저항과 반란의 형태로 유령 마르샬의 싸움은 계속 이어진다.

그 전쟁의 두번째 양상은 타락한 권력자들과 두명의 샤이다나(마르샬의 딸 샤이다나, 그리고 그녀의 딸인 또다른 샤이다나) 사이의 전쟁이다. '검은 성모 같은, 축제 같은 몸을 지닌 여인'(105면)으로 묘사되는 두명의 샤이다나는 어떤 의미에서, 신성하고 아름다운 생명의 원리 그 자체의 화현이라고도 할 수 있다. 다만 카타말라나지는 총체적으로 타락한 세계('지옥' '소돔과 고모라')여서 사실 그 세계에서 본연의 가치를 온전히 유지하는 것은 아무것도 없다. 그래서 생명의 화신인 샤이다나조차도 또다른 괴물에 가깝다. 샤이다나는 "그들이 내 안에 몸뚱이 하나 반"(22면)을 넣었다고, "나는 그자들의 작품"(46면)이라고, "그자들을 모두 엿 먹여주겠어"(46면)라고 선언한다. 그리하여 샤이다나와 딸 샤이다나가 대를 이어 수행하는 전쟁은 소위 '샴페인 섹스'를 수단으로, 샤이다나의 육체를 "먹음직스럽다고, 감동적이라고"(123면) 생각하는 체제의 권력자들을 차례차례 제거하는 데 있다. 그러나 강가에서 15명의 민병대원들에게 성폭행을 당하고 실신상태에서 다시 363명에게 성폭행을 당한 뒤에 샤이다나가 하는 말 "그들은 사랑이 필요해요"(73면)에 잘 나타나 있듯이 샤이다나 모녀의 그런 싸움도 세상에 대한 환멸과 허무주의적 절망의 몸짓 그 이상은 되지 못한다.

그 전쟁의 세번째 양상은 카타말라나지라는 지옥을 지옥이라고 말하는 자들(낙서, 전단, 루머)과 진실을 금지하는 권력 체제(특수부대, 감옥, 국영방송) 사이의 전쟁이다. 마르샬의 사람들은 '지옥'이라는 두 글자만이 적힌 전단을 영도자의 침실에까지 쏟아붓고, 국가 권력은 지옥이라는 단어를 발설하는 모든 사람들과 그 단어가 적힌 모든 책들을 광장에서 불태워버린다. 나아가서 '지옥'과 연결되는 '고통'이라는 단어가 금지되고 그런 식으로 금지 목록은 계속해서 늘어난다. 그 터무니없고 우스꽝스러운 검열의 희비극성은 자기 이마에 검은 글씨로 새겨진 '지옥'이라는 글자 때문에 자신의 분신 집행을 명령하는 영도자 '아버지-마음-장-오스까'에 이르러 절정에 달한다.

그 전쟁의 네번째 양상은 마르샬과 샤이다나에서부터 시작되는 저항문학과 저항음악·미술이 타락한 세상과 벌이는 전쟁이다. 그 중에서도 특히 문학의 존재 방식은 '피-잉크로 쓴 문학'이라고 불릴 정도로 비장하고 강렬하다. 샤이다나 모녀의 보호자 역할을 하다가 감옥에서 133세에 죽음을 맞이한 어부 레이쇼는 팔십육년의 수감 생활 동안 수천 킬로그램의 종이에 자신의 피로 글을 썼다. 그것은 '그가 꿈꾸는 국가'에 대한 기록, '피-잉크'로 쓴 꿈의 기록이었다.

그러나 『죽음 뒤의 삶』에서 문학이 벌이는 전쟁은 무엇보다도 이름과 실제 사이의 전쟁이다. 영도자라는 호칭에서부터 공화국이라는 명칭, 헌법 조항, 광장들의 이름, 수도의 명칭 할 것 없이 카타말라나지의 모든 이름들은 무의미하고 공허하고 헛되다. 그래서 지명과 국명은 계속 바뀌고 샤이다나는 100여개에 가까운 신분을 차례차례 가지며 딸 샤이다나가 영도자와의 사이에서 낳은 아들들의 이름은 그저 알파벳 순서에 따라 붙여진 번호 같은 것에 불과하다. 요컨대 문학은 그 거짓 이름들로 우스꽝스럽게 포장된 지옥의 실상을 있는 그대로, 희비극적으로, 풍자적으로 드러내면서 인간 생명의 존엄과 역사의 의미를 '피-잉크의 흔적과 얼룩'으로 증언하는 데 있다.

소진(消盡)과 여명(餘命) 사이

『죽음 뒤의 삶』에 서술된 악몽 같은 전쟁의 가장 구체적인 양상은 '샤이다나화(化)된 장(Jean)들'[5]이 숲속에 세우는 다르멜리아 공화국과 카타말라나지 사이의 전쟁으로 나타난다. 소설의 후반부는 그 전쟁과 관련된 다양한 에피소드들의 나열에 가깝다. 그리고 소설의 마지막 장면은 그 오랜 전쟁의 귀결을 다음과 같이 보여준다.

"그라니따! 그라니따!" 장 깔슘이 거듭 말했다. "안됩니다, 존경하

---

5 영도자 '아버지 마음 장 오스까'와 딸 샤이다나의 사이에서 털북숭이로 태어난 빠따뜨라는 후일 '돌마음-장'이라는 이름으로 최고 권력자의 지위에 오른다. 그는 대통령 궁의 방 하나에 50개의 침상과 50명의 처녀들을 준비시킨 뒤에 '영도자의 생산'이라는 제목으로 라디오와 텔레비전으로 생중계하면서 사십여년에 걸쳐 도합 2천명의 아들을 낳는다. 후일 그 2천명의 '장'들 중에서 30명이 할머니 샤이다나가 있는 다르멜리아 공화국의 지도자가 된다.

는 영웅 어르신, 그런 것들은 이제 말하면 안됩니다. 그건 우리가 실제로 겪은 일들이 아닙니다. 우리가 꿈을 꾸던 시절의 이야기입니다. 우리가 현실을 선택한 이후로 그런 것들에 대해 말하는 건 금지되어 있습니다. (…) 지금 그곳에는 650미터 깊이의 물 밑에 '카본 80'이라는 광산이 있습니다." (…) "그라니따! 내 몸은 너를 기억한다. 내 몸은 죽었어요, 각하의 지방-덩어리-헤르니아 담당 장관님."(194~95면)

그라니따는 반군이 세운 국가인 다르멜리아의 거점 도시 중 하나이다. 마침내 전쟁이 끝나고 카타말라나지의 수도 유르마가 1600미터 지하에 매몰된 뒤 새로 들어선 정부에서, '마르샬의 사람들'은 거리와 건물 들의 이름으로 남게 된다. 그러나 역설적이게도 그 유래와 역사의 기억을 묻는 것은 법으로 금지되어 있다. 그래서 '죽음 뒤의 삶'이라는 제목의 이 기나긴 전쟁의 기록-역사처럼 허망하고 몰역사적인 것도 없다. 수대에 걸친 야만적인 파괴와 살육 끝에 남은 것은 결국 역사의 악무한적인 순환 혹은 '역사의 몰역사성'에 대한 뼈저린 확인밖에 없다는 점에서 그렇다. 소설의 후반부에서 그 끔찍한 전쟁에 허무맹랑하고 공상과학적인 게임의 요소들이 도입되는 까닭도 바로 여기에 있을 것이다. 절망적인 생존의 충동에 이끌려 사람들은 서로를 학살·청소·말살하지만, 거의 만화적인 수준의 과학기술이 동원된 무기들의 등장은 그 전쟁을 한낱 게임으로 희화시켜버린다.

전쟁은 전쟁의 근본적 무의미만을 증언하고 역사의 수레바퀴는 헛돈다. 메시아는 결코 오지 않으며 죽임의 폭력을 무기로 한 권력의 자기 증식은 계속 이어진다. '샤이다나화된 장들' 중 마지막 생존자가 말하듯 그들 또한 '지옥'의 산물이고 의도와는 달리 그들 또한 지옥을 좀더 지옥으로 만드는 데 기여했을 뿐이다. '몸 대 몸'의 전쟁(샤이다나 모녀의 전쟁), '죽임의 게임'으로 변질된 전쟁('샤이다나화된 장들'의 전쟁)은 결국 지옥의 현실을 구제(救濟)하지 못한다. 소설 『죽음 뒤의 삶』이 그려 보이는 카타말라나지의 역사는 소진과 여명 사이에서 무의미한 지속의 충동에 이끌려 굴러가고 있을 뿐이다.

『죽음 뒤의 삶』이 시사하는 아프리카 문학의 운명도 그다지 다르지 않다. 터무니없다 못해 괴물스럽기까지 한 현실의 그 터무니없음을 가장 효과적으로 재현하는 방법을 모색하는 문학, 극단적으로 부조리한 현실의 극단적인 부조리 앞에서 자신의 존재 의의 자체에 대해 완강한 회의에 사로잡힐 수밖에 없는 문학, 그럼에도 불구하고 끝내 역사-현실 앞에 마주서려고 시도하는 문학에서는 '죽음 이후의 삶을 사는 유령의 냄새'가 날 수밖에 없을 것이다. 문학 또한 '소진과 여명 사이'에서 자신의 불가피한 운명을 살고 있는 셈이다.

궁극적으로 『죽음 뒤의 삶』이라는 우화가 당대의 아프리카인들에게 제기한 질문은 이런 것이었다. '어떻게 이 총체적인 죽임을 죽일(tuer la mort) 수 있을 것인가. 그리고 그 살림의 과제를 떠맡을 수 있는 새로운 아프리카적 인간-주체의 가능성은 어디에 있는가.' 라부 탄시가 자신의 소설에서 그려 보인 그 새로운 주체의 역설적 가능성을 우리는 '넝마-주체' '광인-주체'라고 부를 수도 있을 것이다. 너덜너덜해진 살점의 기억 속에 각인된 인간 존엄성의 흔적, 그 살점의 기억 속에 맹아(萌芽)처럼 남아 있는 인간-주체의 가능성이라는 점에서 그렇다. 또한 바로 그런 점에서 라부 탄시의 정치적 상상력은 역사의 시간 저 너머의 어떤 미래, 소위 종말론적·메시아적 순간에 대한 비극적 열망과 맞닿아 있다.

덧붙이는 말

전문적·학술적인 연구의 차원에서나 대중적인 소개의 차원에서나 우리에게 아프리카는 여전히 낯설고 먼 땅이다. 아프리카 문학도 마찬가지다. 콩고 작가 소니 라부 탄시의 소설을 번역·출간할 기회를 준 창비와 번역을 지원해준 서울대학교 인문학연구원 불어문화권연구소에 감사드린다. 마지막으로, 번역 원고를 꼼꼼하게 교열해준 창비 세계문학팀의 오규원 씨께도 감사드린다.

심재중(불문학자, 번역가)

작가연보

1947년   7월 5일 지금의 콩고민주공화국인 벨기에령 콩고의 수도 레오뽈
드빌(킨샤샤의 옛 지명)에서 출생. 본명은 마르셀 응초니(Marcel
Ntzoni). 아버지의 국적은 벨기에령 콩고였고, 어머니의 국적은
지금의 콩고공화국인 프랑스령 콩고.

1960년   가족이 독립 직후의 콩고공화국으로 이주.

1971년   브라자빌의 중앙아프리카 고등사범학교를 졸업하고 지방도시에
서 중등학교 프랑스어와 영어 담당 교사생활 시작.

1973년   라디오프랑스 엥떼르(프랑스 공영방송사인 라디오프랑스의 프랑
스어 국제방송)가 주관하는 프랑스어권 아프리카 연극 꽁꾸르에
극본이 당선되어 처음으로 프랑스에서 체류.

1979년   프랑스의 쐬이유(Seuil) 출판사에서 소설 『죽음 뒤의 삶』(*La vie et*

demie)을 출간하여 프랑스 니스에서 열린 제1회 프랑꼬포니 국제 페스티벌에서 심사위원 특별상 수상.

1979년   브라자빌에서 로카도 줄루 극단(Rocado Zulu Théâtre) 창립.

1981년   쐬이유 출판사에서 소설 『치욕의 국가』(*L'état honteux*) 출간. 프랑스의 아띠에(Hatier) 출판사에서 희곡 『피의 괄호』(*La Parenthèse de sang*) 출간.

1983년   쐬이유 출판사에서 소설 『적(敵)-인민』(*L'anté-peuple*)을 출간하고 프랑스어 작가협회가 수여하는 '흑아프리카 문학대상' 수상.

1985년   쐬이유 출판사에서 소설 『로르사 로뻬스의 일곱가지 고독』(*Les sept solitudes de Lorsa Lopez*) 출간.

1986년   로카도 줄루 극단과 함께 프랑스 리모주에서 열린 프랑꼬포니 국제 페스티발에 참가하여 「앙뚜안은 내게 자기 운명을 팔았다」 (Antoine m'a vendu son destin) 공연.

1988년   쐬이유 출판사에서 소설 『화산의 눈』(*Les yeux du volcan*) 출간.

1992년   브라자빌에서 '민주주의와 총체적 발전을 위한 콩고운동' 소속으로 하원의원에 당선. 대통령 선거에서 베르나르 콜렐라 후보의 선거 캠프에 참여.

1994년   빠스깔 리수바 정권에 의해 모든 공직에서 해임되고 출국을 금지 당함.

1995년   쐬이유 출판사에서 소설 『고통의 시작』(*Le commencement des douleurs*) 출간. 벨기에의 랑스망(Lansman) 출판사에서 희곡 전집 두권을 출간. 후천성면역결핍증으로 6월 14일 브라자빌에서 47세의 나이로 사망.

고전의 새로운 기준, 창비세계문학

오늘날 우리는 인간의 존엄과 개성이 매몰되어가는 시대를 살고 있다. 물질만능과 승자독식을 강요하는 자본주의가 전지구적으로 확산되면서 현대사회는 더 황폐해지고 삶의 질은 크게 훼손되었다. 경제성장만이 최고의 선으로 인정되고 상업주의에 물든 문화소비가 삶을 지배할수록 문학은 점점 더 변방으로 밀려나고 있다. 삶의 본질을 성찰하는 문학의 자리가 위축되는 세계에서는 가진 자와 못 가진 자 할 것 없이 모두가 불행할 수밖에 없다.

이 시대야말로 인간답게 산다는 것의 의미가 무엇인지 근본적인 화두를 다시 던지고 사유의 모험을 떠나야 할 때다. 우리는 그 여정에 반드시 필요한 벗과 스승이 다름 아닌 세계문학의 고전이라는 점을 강조한다. 고전에는 다양한 전통과 문화를 쌓아올린 공동체의 경험이 녹아들어 있고, 세계와 존재에 대한 탁월한 개인들의 치열한 탐색이 기록되어 있으며, 새로운 세상을 꿈꾸는 아름다운 도전과 눈물이 아로새겨 있기 때문이다. 이 무궁무진한 상상력의 보고이자 살아 있는 문화유산을 되새길 때만 개인의 일상에서 참다운 인간적 가치를 실현하고 근대적 삶의 의미와 한계를 성찰하는 지혜를 얻을 수 있을 것이다.

'창비세계문학'은 이러한 문제의식에서 출발한다. 세계문학의 참의미를 되새겨 '지금 여기'의 관점으로 우리의 정전을 재구성해야 할 필요성이 그 어느 때보다 절실하다. '정전'이란 본디 고정된 목록으로 존재하는 것이 아니라 그때그때 주어진 처소에서 새롭게 재구성됨으로써 생명을 이어가는 것이다. 우리는 먼저 전세계 문학들의 다양성과 차이를 존중하면서 국가와 민족, 언어의 경계를 넘어 보편적 가치에 기여할 수 있는 가능성에 주목하고자 한다. 근대를 깊이 성찰한 서양문학뿐 아니라 아시아와 라틴아메리카, 중동과 아프리카 등 비서구권 문학의 성취를 발굴하고 재평가하는 것 역시 세계문학의 지형도를 다시 그리려는 창비의 필수적인 작업이 될 것이다.

여러 전집들이 나와 있는 세계문학 시장에서 '창비세계문학'은 세계문학 독서의 새로운 기준이 되고자 한다. 참신하고 폭넓으면서도 엄정한 기획, 원작의 의도와 문체를 살려내는 적확하고 충실한 번역, 그리고 완성도 높은 책의 품질이 그 기초이다. 독서시장을 왜곡하는 값싼 유행과 상업주의에 맞서 문학정신을 굳건히 세우며, 안팎의 조언과 비판에 귀 기울이고 독자들과 꾸준히 소통하면서 진정 이 시대가 요구하는 세계문학이 무엇인지 되묻고 갱신해나갈 것이다.

1966년 계간 『창작과비평』을 창간한 이래 한국문학을 풍성하게 하고 민족문학과 세계문학 담론을 주도해온 창비가 오직 좋은 책으로 독자와 함께해왔듯, '창비세계문학' 역시 그러한 항심을 지켜나갈 것이다. '창비세계문학'이 다른 시공간에서 우리와 닮은 삶을 만나게 해주고, 가보지 못한 길을 걷게 하며, 그 길 끝에서 새로운 길을 열어주기를 소망한다. 또한 무한경쟁에 내몰린 젊은이와 청소년 들에게 삶의 소중함과 기쁨을 일깨워주기를 바란다. 목록을 쌓아갈수록 '창비세계문학'이 독자들의 사랑으로 무르익고 그 감동이 세대를 넘나들며 이어진다면 더없는 보람이겠다.

2012년 가을
창비세계문학 기획위원회
김현균 서은혜 석영중 이욱연 임홍배 정혜용 한기욱

창비세계문학 83

죽음 뒤의 삶

초판 1쇄 발행 / 2020년 11월 25일

지은이 / 소니 라부 탄시
옮긴이 / 심재중
펴낸이 / 강일우
책임편집 / 오규원
조판 / 한향림
펴낸곳 / (주)창비
등록 / 1986년 8월 5일 제85호
주소 / 10881 경기도 파주시 회동길 184
전화 / 031-955-3333
팩시밀리 / 영업 031-955-3399 편집 031-955-3400
홈페이지 / www.changbi.com
전자우편 / lit@changbi.com